暖暖心
Nuan Nuan Xin
01

与你相遇好幸运

好幸运

微我以酒 ◎ 著

贵州出版集团
贵州人民出版社

图书在版编目（ＣＩＰ）数据

与你相遇好幸运 / 微我以酒著. —— 贵阳 : 贵州人民出版社,
2016.8（2020.3重印）
ISBN 978-7-221-13265-9

Ⅰ.①与… Ⅱ.①微… Ⅲ.①长篇小说 – 中国 – 当代
Ⅳ.① I247.5

中国版本图书馆 CIP 数据核字 (2016)第128822号

与你相遇好幸运

微我以酒 著

出 版 人　苏　桦

出版统筹　陈继光

责任编辑　胡　洋陈　电

流程编辑　胡　洋

选题策划　胡晨艳

特约编辑　层　楼

装帧设计　颜小曼 逸　一

出版发行　贵州人民出版社（贵阳市观山湖区会展东路SOHO办公区A座
　　　　　邮编550081）

印　　刷　三河市华东印刷有限公司

开　　本　32开（889mm×1194mm）

字　　数　188千字

印　　张　9

版　　次　2016 年 8 月第 1 版

印　　次　2016 年 8 月第 1 次印刷
　　　　　2020 年 3 月第 2 次印刷

书　　号　ISBN 978-7-221-13265-9

定　　价　45.00元

目录
CONTENTS

目录
CONTENTS

第一章

数学家告诉我们，世上最美，不过黄金比例

2014 年 9 月 2 日，星期二，晴。

意大利北部，摩德纳市。

这是甘甜甜第一次站在异国他乡的土地上。

午后的阳光正烈，她站在一块巴掌大的空地上，捏着手机四处张望，时不时仰头瞧瞧碧空白云，好奇又新鲜。

周围很安静，偶尔有人说着她听不懂的语言，从她身旁经过。

这是她用青春的尾巴换来的，人生中唯一的一次任性妄为。

甘甜甜脚下是红砖铺就的道路，眼前是一座外观正在维护的古朴教堂，圆顶的教堂旁边连着一栋尖顶的钟楼，大幅的白布与脚手架，将斑驳了砖瓦的教堂围了起来。

她仰头瞧着耸入云霄的塔楼顶端，只觉得一时间，历史的厚重夹杂着信仰的力量使人心情瞬间平和。

她在等人来接，可除了来来往往肤白貌美身材高挑的意大利美人儿，她枯等半个多小时，也没有等到中介帮她联系的境外服务人员。

肩膀上的背包压得她似乎连两条腿，都快没了力气，鼻头上全是细细密密的汗珠。

甘甜甜弯腰将手提包放在脚下，正准备将背包卸下，突然一道身影从她侧面飞速冲了过来，将她猛然撞倒后，拎起她搁在脚边的手提包撒腿就跑。

甘甜甜愕然倒在地上，愣愣地望了眼那人雄伟的虎躯背影，脱口而出一声："靠！"

那包里有她所有的证件！

甘甜甜手掌撑住地砖跃了起来，迈开腿就追了上去。

她两步从广场跑向了马路，路边正好停着一辆闪着红灯的蓝色警车，她当即觉得一股熟悉的感觉扑面而来，差点儿热泪盈眶！

甘甜甜一把拉开警车副驾驶的门，兀自坐了进去，指着车窗外正对马路的方向，用流利的英语厉声喝道："开车追！有人抢了我的包！"

驾驶席上的意大利巡警，约莫只有二十出头的年纪，面相稚嫩，正就着啃面包的姿势，瞪着双蓝眼睛傻呆呆地看着她。

甘甜甜等了半晌不见车动，扭头皱眉一巴掌拍在小巡警肩膀上，吓得他脚下一抖就踩了油门，车猛然一晃后，她一脑门撞上了车前窗。

靠！开车用不用这么猛？！

甘甜甜龇牙咧嘴地捂着脑门坐起身，冷不丁听闻她身后有人带着笑意，用英语提醒她说道："小姐，请您系上安全带。"

那人声音很好听，微微沙哑，吐字间有种温柔缱绻的味道，像是舌尖含着一口红酒舍不得咽下，字里行间带出些许微醺。

只不过——这诡异的英语发音是什么鬼？

甘甜甜抽着嘴角回味了一下，那每逢 R 都在颤抖的音节又是怎么回事儿？

甘甜甜将紧盯在车窗外的视线短暂收回，忍不住抬头往后视镜中瞧去——原来车里除了驾驶席上的司机，后座上还躺着一个男人。

那男人上半身平躺着看不见脸，一双长腿跷在后车窗上，黑色的西装裤管滑到了膝盖，露出一截肌肉紧实的修长小腿。

皮肤真白……甘甜甜的注意力不合时宜地被转移了：比某某明星 P 的玉腿照好看多了。

"小姐？"驾驶席上的小巡警把着方向盘，好脾气地微微偏头，用英语问她说，"您能描述出偷您包那位的外貌特征吗？"

甘甜甜回神，又再一次被窘到：这跟后面那位一样，单词结尾逢辅音便重读的诡异英语发音现象，原来是意式特色？

"身高183厘米，肩宽51厘米，体重85公斤左右，手臂长度75厘米，头长25厘米，"甘甜甜头从窗口伸出去小半个，一双眼睛飞快扫过前方车道两侧人群，边搜寻边说，"身穿杂色横纹衬衣牛仔裤……"

驾驶席上的小巡警闻言一脸惊悚，眼睛连路都不看了，直直盯着后视镜中的甘甜甜。

幸好大广场出来往下走，是一条越加宽阔的直道。

"肤色棕偏……黑……停车！"甘甜甜视线凝在正前方的斑马线上，一声喝止。警车登时停在围绕在街心喷泉外的转盘旁，身后刹车声鸣笛声瞬间连环响彻天空。

甘甜甜一脑门又撞上了车前窗。

哎哟！要不要停得这么猛？！

甘甜甜这次再懒得管脑门，她卸下背包甩在车座上，推开车门就冲了出去。

她脚踩在喷泉边沿的水泥台上，借力往前一个跳跃，矫健身姿倏然跃上半空，太阳在她头顶像是一个恢弘热辣的光盘。

此时万籁俱静，摩德纳市中心主干道上的百来意大利人，脑袋整整齐齐地伸出车窗看上帝。

甘甜甜一头黑发高扎成马尾，辫梢随着主人跳跃起伏，晃荡出了英姿飒爽的风采。

她靠跃空加速，几步赶上正在穿行斑马线的衬衫男，再一个弹腿跳跃，下半身在空中扭转飞旋，一脚飞踹那人肩头。

衬衫男登时斜飞出去，以脸着地，倒在了对面红绿指示灯的灯柱下，身子不住地抽搐。

"Oh, Miodio（哦，我的上帝呀）！"对面正准备过马路的意大利老太太，颤颤巍巍地双手合十举在胸口，目光呆滞地冲着甘甜甜喃喃祷告。

甘甜甜这下淡定了，她迈开长腿两步走过斑马线，一脚踩在意图挣扎起身的衬衫男的后背上，弯腰从他手中把手提包扯了出来挎在肩头，非常嚣张地磨牙道："小爷打小儿没让人抢走过一毛钱，你也敢！"

那男人身子扭了两扭之后，被甘甜甜弯腰提着后衣领拽起来，一把推进身后跟着跑过来的小巡警怀里。

小巡警细胳膊细腿，被高壮的半黑人种撞得一个踉跄，后退了两步才站稳。他穿着海蓝色的短袖制服，警帽歪斜，越发显得干净稚嫩。他手忙脚乱地从腰带下取出手铐，铐在男人的手腕上。

第一次出警吧……甘甜甜袖手旁观，默默吐槽，瞧这业务生疏得！

突然，在他们周围，鼓掌声稀稀拉拉地响起，接着连成一片，然后有人按着喇叭加入进来，热烈得像是迎接战斗英雄凯旋。

"这姑娘太帅了！中国功夫！咏春！"从停靠在路边的公交车驾驶席里，伸出来一个锃亮的脑门，下巴上的胡子修剪的造型独特漂亮，他激动得挥舞着胳膊疯狂地按响鸣笛，"干得漂亮！"

甘甜甜被民众爆发出的热情吓得一激灵，手捂在脸前顶着口哨与欢呼，越过小巡警一路小跑回到警车前，从副驾驶席上取出背包打算闪人。

"嘿！"小巡警在她背后招手唤她。

甘甜甜转头正准备礼貌地向他道谢告别，结果话到嘴边，被小巡警眨着一双澄澈的蓝眸，神情款款地扬声用怪味英语抢了先："性感的劳拉！要不要一起喝杯咖啡？我叫弗兰科！"

他声音清亮，肺活量显然不错，身边本来已经热情渐退的意大利人们，闻言又开始了新一轮的喝彩起哄。

非机动车道上，还有人按着自行车铃铛陶醉地大唱外文歌曲。

甘甜甜窘然地在全民注目礼以及小巡警期待的眼神中，也向他大声回喊："性感的弗兰科！打得赢我再来约！"

小巡警红着脸傻了。

警车后座上的男人从车里出来，趴在车顶上朗声大笑。

本已经扭头走了两步的甘甜甜闻声又转回了头，那笑声爽朗动人，满满当当都是发自内心的愉悦。

她偏头打量靠在车门上、比车顶高出一大截的男人，默默在心里倒抽一口气：这位恐怕才真得算是——sexy man！

只因这个男人，一张脸完美诠释了什么叫作——黄金分割比例的美学……

好在他们一路开的都是直道，甘甜甜背着她失而复得的包，按原路返回到广场上的空地，继续等她的境外服务人员。

甘甜甜等人的这片空地，兴建于十二世纪，意大利语名曰"大广场"。

实际上，这个胆敢冠名"大广场"的空地的实际占地面积，恐怕连一个广场舞大妈团都装不下。

甘甜甜抱着她的背包坐在路边的长椅上，正对着被联合国教科文组织列为世界遗产的主教堂与钟楼，在阳光下困顿得直眯眼睛。

意大利的广场太安静，偶尔会有小孩子笑着跑来跑去追赶着鸽子，鸽子踩着小脚跑着S形路线，最后避无可避地扑棱着翅膀飞上天。

甘甜甜从包里摸出来一袋饼干，随便吃了两口，她的手机没有开国际长途跟漫游，此时就是一块板砖的用途。那位与她在登机前，便约好会面时间地点的境外中介服务人员，终于在她即将睡着前，姗姗来迟。

"你就是甘甜甜吧？"来人站在甘甜甜面前，两手竖在胸前合十，不停地给她道歉，"对不起对不起，我忘了今天中午排了班要打工的，把你给忘了……"

甘甜甜迷迷糊糊睁开眼，说话的是个约莫二十二三岁的女孩儿，一副卡哇伊的日式学生打扮，戴着副无镜片的黑框眼镜，皮肤白皙，个子不高，有点儿微胖。

她记得这女孩儿叫毛佳佳，微信聊天的时候，语气轻柔软萌，一句一个"亲""嗯啊""喵"，果然人如其声，浑身透出股动漫风。

"没事儿，你来了就行。"甘甜甜仰头瞧了她一眼，见她一副愧疚的小模样，便也不想多计较，安抚了她两句便站了起来，背上背包，拎着挎包，问她道，"那现在，你是要带我去办证件，还是去学校报到？"

境外中介的服务项目还不少，重头戏就是办证件——合法居留许可、税卡、公交卡、电话卡，外加接人、找房跟报到。

但这些的难度系数并不高，于是第一年被别人带着走过一遍流程的留学生，便会在第二年里，成为新生的境外服务人员。

也算是留学生赚零用钱的好途经。

"今天来不及报到啦，"毛佳佳抿嘴歉意道，"秘书处今天是早上开门。我先带你回家休息吧？坐这么长时间飞机，肯定会累的吧？然后，啊对！咱们住的地方楼下就有一家 TIM 店，可以就近再给你办一张卡。"

甘甜甜的确又累又乏，晕晕乎乎听她说完一长串，兀自伸了个懒腰："那就走吧。"

毛佳佳带着甘甜甜一路穿梭小街小道，她说她们现在去的地方离市中心不远。因为市中心建筑群较为古老，旧式的石砖楼间距较窄，不能通车，走路倒是比坐公交车还要方便。

摩德纳是座古老的城市，历史悠久，相当于中国的洛阳。

她们一路踩着大块的红砖，走过并不平整的街道，甘甜甜不由得回想起小时候霖城还没有拆迁的老城区——那种历史的厚重感，是从脚下就可以感受得到的。

不远处的大教堂钟楼敲响了整点的钟声，叮叮当当奏出简单的曲调，时光似乎转眼便倒退了数千年的光阴。

甘甜甜不由得侧耳倾听，一双眼珠上下左右地转，她觉得眼前的一切都很新鲜，包括在凹凸不平的砖地上，骑自行车颠得犹如触电的少年；橱窗里细长腿造型诡异的模特；穿长款敞怀风衣打领带叼雪茄的大叔。

这座城市太静，静得除了钟声、清脆的车铃声、脚步声，就是——嗯？刺耳的警笛？！

那道不和谐的尖锐警报声由远及近，"刺啦"一声急停在了前面不远处。

甘甜甜诧异地将视线投向前方街道，街角的几家商铺里有人闻声跑了出来，站在街头踮着脚张望。

甘甜甜出国之前，中介一再保证，摩德纳是座多欢乐少犯罪，适合安居乐业与学习旅游的富有城市。因为这座城市有着严格的法律，以及一座神秘而古老的军校压阵。

她初来乍到就被抢，碍着犯事儿人员是其他种族，这也就不说什么了。可这相隔半天不到，又闻响彻云霄的警笛又怎么解释？

"这儿……"甘甜甜忍不住疑惑地问毛佳佳，"犯罪频率总这么高？"

"没有啊，"毛佳佳莫名其妙，"摩德纳治安很好的呀。"

甘甜甜露出不信服的表情。毛佳佳顿时升起一种她应该与这座城荣辱与共的心理，她抿了抿唇，拉着甘甜甜一声不吭就往前面跑。

甘甜甜在她身后顿时啼笑皆非，耐着性子跟在她后面。

待她们赶到街道尽头，才发现这条小路连着的另外一条较为狭窄的机动车道上已经被摆上了拦路牌，一辆闪着红灯的警车停靠在一旁。

警车对面零零散散地站了几个意大利人在驻足围观，甘甜甜还没走近，隔着老远就一眼认出了那个身材修长却细瘦，背对着她们站着的巡警是谁。

"难道是出了车祸？"毛佳佳担忧地扭头对她说，拽着她快步过去，却发现原来是一条小狼犬被碾伤了腿脚，躺在石砖路中央不住地低声哀号。小狗脖子上挂着个吊牌，它时不时把头抬起来，瞪大眼睛四处瞧上两眼，然后再呜呜叫着趴回去，脑袋贴着地面，水汪汪的眼睛里透出可怜又无助的神情。

它身后拖着一条歪歪斜斜的血痕，受伤的那条腿已经折成了一个不可思议的角度。

弗兰科似乎是打了个电话，打完转身叩了叩后车窗的门，自己转身又去了路口，打手势要求车辆掉头绕道行驶。

片刻后，警车后门从里面被人推开，先是一双穿着皮鞋的脚踩在了地上，然后一个身量颇高的男人从车厢内钻了出来。

那人上半身穿着修身的白衬衫黑马甲，没打领带，衬衣领口被他随意敞开，一边竖着一边趴着，头发还有点儿翘，随性中透出股性感，像是个还没睡醒就被拎起来走台的男模。

甘甜甜默默在心里给他估算出一组数据后，不由得在心里吹了个口哨：长腿细腰宽肩，头骨小巧精致。这人原来不只是五官，连带着身材，也是完美的黄金分割比例。

那人高挺的鼻梁上架着一副墨镜，头顶的发型乱得很潮，金栗色的头发在西斜的夕阳下，仿佛有细小的光点在发梢上跳跃。

他迈开一双长腿走到街心，蹲在小狼犬身前，伸手安抚地拍了拍它的脑袋。小狗不由得抖了抖耳朵，神色怏怏。

他抬头皱眉，仔细瞧了瞧路面上的血迹，又伸手凭空比画了下，转头对弗兰科说了句意大利语，背对着他的小巡警应声回了他一句。

"他们在说什么？"甘甜甜问身旁的毛佳佳。

"你听不懂意大利语？"毛佳佳诧异地反问了她一句，低声对她解释，"没有穿警服的那位先生在问巡警，宠物医院的救护车什么时候到。还有，他怀疑碾伤小狗的司机违规驾驶。"

"不会，我是英语授课。"甘甜甜摇头，大开眼界，又问道，"如果这辆车的车主的确违规，会因此获罪吗？以伤害一条狗的罪名？"

"那当然，如果这位司机，确实因为违规驾驶碾伤小狗，又肇事潜逃，是要吊销驾驶执照，甚至需要受到法律制裁的。"毛佳佳遗憾道，"可惜，现在却没有办法找出证据。"

蹲在地上的男人安抚了小犬后，用食指把墨镜往下钩了钩，让它虚虚架在鼻梁上，露出了一双深邃的茶色瞳子。他眸中带着探究，拧着眉头盯着眼前成片凌乱的车辙辨认思索，眼神专注，薄唇微抿，一边脸颊上现出一个浅浅的酒窝。

甘甜甜站在那人对面，看他在一堆凌乱的车辙中凝神辨认与分析，一路慢慢挪动直到停在她身前不远。甘甜甜情不自禁也跟着慢慢蹲下，紧盯着脚前一片交错的车辙犯了职业病。

犯罪现场痕迹检验，本来是甘甜甜她哥的职业，不过因为他俩时不时需要联手推断并且还原现场，所以多多少少，她也成了半个痕验专家。

对她而言，从车辙的走向中推断司机的驾驶状态不是件什么新鲜事儿，甘甜甜手在半空比画了几个奇怪的姿势后，喷了一声张口便道："这位司机很有可能是酒后驾驶，他的行驶路线真是够凌乱。"

男人猛地被打乱思维，拧眉抬头，眸中一片讶色："你看明白了？"

甘甜甜一怔，抬头正对上他淡色的双瞳，点了点头，略微带了点儿不太好意思地笑了笑，迟疑地站起来往前循着车辙的痕迹走了两步复又蹲下，最终停在小狗身侧，盯着那一串血迹眯了眯眼。

那男人饶有兴致地跟着她走了过来，蹲在小狗的另一侧。

甘甜甜眼珠还黏在血迹上，一手摸着身侧的挎包拉开包链，另一手从夹层里摸出来一双一次性的医用橡胶手套，她动作熟练地将手套戴在双手上，动了动手指。乳白色的手套材质轻薄贴合，丝毫不影响她手指的灵活度。

那男人眼中的好奇更浓了，他眼睐着甘甜甜做好了准备工作后，伸手探向小狼犬的伤腿。

小狼犬脖颈上的毛瞬间倒竖，它抬头狠戾地汪汪大叫。

甘甜甜吓了一跳，处在深思状态下的她，整个人不由得一震，眼睛顿时圆瞪，委屈而不解地睐着小狗，双眸中透出股无措。

她似乎是想说：受害人，你怎么这么不配合？

男人闷声笑了笑，笑声像是闷在红酒桶里发酵过一样，耐人寻味又意韵绵长。他笑着摸狗头不语，食指时不时轻钩小狗的下巴。

小狼狗没多久便被安抚，吐着舌头讨好地舔他修长的手指。

甘甜甜意外地瞥了他一眼，继续被打断的动作，低头伸手，手指隔着层手套，轻轻顺着它那条伤腿摸了下来。当她手停在它伤处时，小狼犬身子明显打着抖，大眼睛一眨不眨，喉头闷着几声呜咽。

甘甜甜手指轻擦过它几可见骨的伤处，猜测被证实，她嘴角一挑，挑出了个浅笑。

甘甜甜抬头自然而然地用英语对眼前的男人道："没有错，那位司机很有可能是酒后驾驶，他的行驶路线凌乱，存在急转急停的痕迹。从有血迹的地方开始，到伤者的所在位置，显示出伤者的行进路线并未对驾驶者造成影响，而是驾驶员自身的行车路线出现了问题，才将伤者碾伤，而那处——"

甘甜甜探指虚点一处地面，示意男人，并解释道："那处的车痕表明，驾驶员在碾压伤者的瞬间已经觉察，并且将车向一边转去。但是因为他判断出现错误，所以造成了对伤者的进一步碾压。这就是为什么在伤者的腿上，存在两种不同程度的伤害。而之后，车痕明显表示他存在急停与再次启动的行为，因为车辙在此处。"

甘甜甜手指再点，偏离了此前的位置，继续冷静地叙述道："重合的同时，46码的鞋印覆盖了部分车辙。"

"所以，"甘甜甜结案陈词，笃定地与男人对视，"驾驶员明知已对未知生命体造成伤害的同时，却选择了无视潜逃。"

她面前的男人，墨镜上的双眸中盛满笑意与赞扬。

"合作愉快啊，"甘甜甜站起身，摘了手套伸手拉过男人垂在身侧的手强行与他握手，职业病发作的她多管闲事地抢了别人的工作，此刻后知后觉地反应过来自己这番行为恐怕有卖弄之嫌。她装着一副懵懂的模样，故意摇晃了两下手说，"巡警先生，剩下的靠你了，我先走了啊。"

男人一副意味深长的表情看着她，甘甜甜只当自己睁眼瞎，完全无视。她松开他的手转身跑到毛佳佳身边，带着一头雾水跟崇拜的毛佳佳扭身就想跑，身后却突然爆发出一声难以置信的大喊："性感的劳拉！我们又见面啦！"

甘甜甜脚下一个踉跄，差点儿平地摔倒，她顿足回头，面对着激动得不住冲她挥舞双臂的小巡警，尴尬地笑着摆手："嘿——"

她打完招呼正再接再厉想继续跑，却不料身后又有一个声音追了上来，那人声音磁性悦耳，他笑着用英语扬声问她："你是医生还是警察？"

甘甜甜回头，那个适才蹲在地上替她安抚小狼狗的男人，此时站直了身子，胳膊搭在半开的警车门上。

她这回倒是痛快得多，她笑着回答他，露出了两颗尖利的虎牙："都不对，我是法医，国内供职刑侦中队——刑事技术侦查科。"

"cool！"男人闻言怔了怔，转眼却笑着吹了个口哨，眸中尽是不加掩饰的欣赏。

那是一个在异国他乡的夕阳下，晚风微拂，他们之间穿过及时赶到的救护车，甘甜甜的表情有了一瞬间的空白后，语气中带着自豪地对男人道了一句："谢谢。"

"我叫Luca Di Maggio，"男人把墨镜挂在食指上转了转，嘴边一抹迷人的笑，他示意她看向太阳的方向，"Luca 的意思是——光。"

甘甜甜眯着眼睛眺望着缓缓下沉的夕阳，似笑非笑地点了点头，拖着长音："哦——"

等她们一路走出老远，毛佳佳还握着拳头，保持着莫名的激动，兀自嘀嘀咕咕，不解地仰头问道："你认识警察？"

甘甜甜摇头，简单解释道："没有，今天中午我包被偷的时候，正巧是他们两个帮我找回来的。"

"你的外语名字叫劳拉？"毛佳佳带着她转过一个转角，又进了一条小道。

甘甜甜侧身跟上，抽了抽嘴角，艰难地点头："嗯。"

"你真的是法医？"

甘甜甜："对。"

"英语授课的法医系？"毛佳佳崇拜地抬头，眼睛里似乎都在闪着璀璨的光，"研究生啊？"

甘甜甜笑了："是。"

"好帅！"毛佳佳又道，"你知道，意大利人英语普及得很一般，就算是教授也一样，英授的课基本就那么几个，不是经济就是文物修复跟语言，我第一次听说有人报法医系！"

甘甜甜偏头兀自打量身边建筑物，对她道了声："谢谢夸奖。"

毛佳佳抿着唇笑着摇头，猛地"啊"了一声，她突然顿足，伸手冲天直指："到了！我们的房子就在这儿！"

什么玩意儿？住天上？甘甜甜纳闷地停卜脚步，顺着毛佳佳手臂仰头——好家伙！这楼够破的呀！

夕阳只剩下了半张脸，橘黄色的光晕在地平线上架着墨蓝的天空，瑰丽的黄昏已经来临。她们停在一片老楼前，昏黄的光线将外墙坑坑洼洼的三层青砖楼，映照得有几分荒郊野岭中兰若寺的感觉。

夜风拂过，连甘甜甜都不淡定了，她震诧地结巴道："我们……住……住这儿？"

"对，就住这儿！顶楼，门牌号是201。我的室友刚搬走，也就不给你另找房子了，你正好跟我住吧。"毛佳佳道。

闻言，甘甜甜下巴差点儿砸地："你确定这真不是危楼，能住人？"

眼前的小三层连楼门都已呈腐朽状态，土黄色的木头门板上全是虫蛀的洞，上面两个只有在古装剧中才能看到的圆形铁把手拉环，已经锈迹斑斑。这搁在国内，早百八十年就被推平了吧？

"这就叫作意大利特色，这楼只要没塌，几百年它也能住。"毛佳佳仰头居然洋洋自得地笑，"这房子可好啦，两室一厅、位置又靠近市中心、交通便利、水电网齐全，房东每个月还只收200欧，简直物美价廉！"

"好、好吧……"甘甜甜自嘲地嗤笑一声，仰头瞧着眼前老旧的古董楼，心里不住祈祷：这玩意儿千万不要是危楼才好。

既来之则安之，既要住之则淡然处之。

甘甜甜揉着酸疼的肩膀安慰自己，最起码今儿晚上有个地方过夜了。

门牌号多少来着？201？

甘甜甜啼笑皆非，她伸手摸了摸木头门旁砖墙上一块脱了色的，一半澄金一半锈绿的门铃板上，标有"201"字样的按钮，自娱自乐地想：这要开门的是个穿古旧燕尾服，端着烛台的老管家，才真算是应景了……

老管家的脚下卧着一只雍容华贵、正舔着爪子洗脸的猫，猫的胡须上还隐隐残留殷红血迹。老管家会欠身客气地问她说："这位小姐，请问您是我家少爷今晚的夜宵吗？少爷喜欢新鲜的血液干净的皮肤，我想，您今天晚上一定没有忘记沐浴吧……"

甘甜甜自己脑补得正嗨，一阵晚风吹过，她不禁打了个抖……貌似意大利晚上挺冷啊，空气湿潮，昼夜温差大……

拉倒吧，别脑补了，甘甜甜侧身让开一点儿，毛佳佳掏出钥匙开门。

门锁"吭"的一声弹开，木头门委实挺厚重，毛佳佳侧身将门板顶开一个够通行的宽度，招呼甘甜甜前后脚挤了进去。

毛佳佳摸黑熟门熟路地带着甘甜甜从走道里穿过，顺着左边的楼梯爬上去。

那条楼梯一路从地面通往三楼，长得有点儿让人不太能接受，此时还好，天色不算太晚，若是大半夜，又没有灯，只就这一缕星辉，爬这扶手锈蚀、阶面狭窄的石阶，心情还真是够唱完一首《忐忑》的。

甘甜甜跟着她爬到顶层，循着通道往前走。毛佳佳将门打开，笑着站在门口热情地伸手给甘甜甜，说："从今天开始，我们就是室友啦！有缘千里来相会。"

甘甜甜笑着与她握手："对，而且很巧，我们俩的名字，都是 ABB 的形式。"

"这就是所谓的缘分啊。"毛佳佳招呼她进房里，"你的行李呢？寄存在哪儿了吗？"

"没有，我——"甘甜甜从毛佳佳身侧进来，顿时被眼前景色惊呆了，她僵着一双腿大张着嘴，站在玄关踟蹰不前。

毛佳佳将吱嘎作响的铁门带上，又拿钥匙从里面将门反锁了三道，这才转身对她说："走啊，玄关往前左边是厨房，右边是客厅，尽头是厕所。厕所左边的房间就是你的卧室，右边是我的。"

甘甜甜一脸被震撼到了的表情，她指着铺满了玄关地面的各种杂物，等着毛佳佳解释。

这摆了一地的垃圾，让她怎么下脚？

"啊？啊啊啊啊啊啊！我前室友早上搬完家没打扫屋子啊！"毛佳佳也疯了，她从甘甜甜身后挤过来，抬脚把垃圾一律朝右拨，一路拨到厕所门前，"丁零哐啷"一阵响后，也算是给甘甜甜清出了一条踮脚能通行的路。

毛佳佳站在厕所门前，艰难地招呼她说："行了，你就先过来吧，屋子明天我打扫。"

甘甜甜："……"

甘甜甜脑门滑下豆大一颗汗珠，法医虽然跟医生就差一个字，不过在某些方面上，他们的特点很是相似，比如说——洁癖，好在她的洁癖程度在正常人可接受范围内。

甘甜甜盯着在灯管照射下，她脚前闪烁着七彩光辉的油渍与暗红的酒水，外加隐隐约约可分辨出的红烧牛肉泡面的味儿，语气都是沉痛的："要不，等下咱们先一起打扫了吧。"

毛佳佳正想点头，张嘴滑出个哈欠，便将点头改为摇头："明天再说吧，我打了一天的工，好累啊。"

甘甜甜纠结地瞥了一眼那满地狼藉，无奈地点了点头。

甘甜甜踮着脚，避着油光往前走，拎着她的包直接进了她大敞房门的卧室。她本身已经做好了上个房客将卧室也弄得一团糟的心理准备，结果却出乎她意料，卧室相当干净。

卧房不大，将将能放下一张单人床，一张书桌一把椅子，一个大衣柜，仅此而已。

甘甜甜把挎包跟背包卸下来，随手扔在枣红色的古旧木桌上，她坐进垫着垫子的摇摇晃晃的椅子里，龇牙咧嘴地伸手揉着酸疼的肩头。

"你其他的行李呢？"毛佳佳站在她门前，诧异道，"是寄存在火车站吗？"

"没有，"甘甜甜笑着拍了拍手边的包，"我就只带了这么两个。"

"你没有行李箱？"毛佳佳惊讶地瞪眼，"被子也没带？衣服呢？鞋呢？"

甘甜甜笑着摇头。

"那你晚上睡什么啊？穿什么啊？"

甘甜甜理所当然地眨眨眼："附近没有超市？去现买就行了吧，这里肯定有卖被子的……吧……"

毛佳佳遗憾地摇了摇头，面色凝重。

"没卖被子的？"甘甜甜目瞪口呆，"不可能吧？"

"是超市已经关门了！"毛佳佳夸张地叹气垂头，"附近都是小超市，都关门了，大超市在郊区，等咱们过去也就关门了。"

"那……"甘甜甜为难地蹙紧了眉。

"我这儿有房东留下的一套被子枕头，上次有朋友来的时候用过，不过事后我将它们洗过了。"毛佳佳想了想，迟疑道，"你、你看你介意吗？要是不介意，就凑合一晚吧。"

凑合吧，总不能因为洁癖把自己冻死？事急从权呗。

甘甜甜沉重地点了点头。她跟着毛佳佳出去，将放在客厅储物柜里的棉被芯儿跟枕头取了来，素花的被子粉色的枕面，瞧着颜色，倒是不脏。

她软着两条腿将没有被套的被芯儿，在光秃秃的白色床垫上铺好。

等她洗了个澡出来，整个人已经困乏到了极点，她将手机按亮看了看时间，拖着两条肿胀的双腿，仰面躺倒在了床上。

一时间，被褥中浓重的湿霉气息盈满她的鼻息。

甘甜甜时差还没倒过来，下午那会儿正困，此刻人虽然累，大脑却是清醒的。

她手臂枕在脑后，睁眼瞧着天花板上大片的暗色菌斑，月光从窗外照进来，在她床头前洒下一片清辉。

光？

甘甜甜翻了个身，无声地动了动嘴角，似笑非笑。

异国他乡的第一天，便这么多姿多彩地过去了，夜晚如约而至，甘甜甜仰躺在床上，终是在朦胧的月光中，进入了梦乡。

甘甜甜一觉睡到第二天早上八点，差不多睡够了一个对时。

她下床去厕所洗漱，在碎得只剩下了半扇的镜子前刷牙，听见外面铁门"叮咣"响了一声后，又紧接着用钥匙锁了门，心道可能是她室友出去了。毛佳佳昨天晚上临睡前告诉她，她今天早上有点儿私事要办，回来就陪她去办证件。

甘甜甜草草冲了个澡，换上了身浅灰色的休闲运动套。她打开厕所门，迎面就是那一走道的垃圾。

她原地停了三秒钟，决定不等毛佳佳，准备独自把卫生打扫了。

她回自己屋里，又把昨天那袋拆了包的饼干摸出来，啃了几块当早饭。她叼着饼干，坐在摇摇欲垮的椅子上，眼晕地举着昨晚毛佳佳写给她的那一大串夹杂着大小写字母数字跟符号的二十几位数的 wifi 密码，手指头点着手机屏幕，连输了三次才正确。

这座房子位置不错，可以搜索到收费低廉的公用市民网络。

甘甜甜聚精会神地将网络连接上，刚打开微信，眼瞅着一串的未读信息，还没来得及挨个点开来看，她就不由得皱了皱眉头，抽着鼻子狐疑抬头，她敏锐地嗅到了一股浓重的烟火缭绕的气息。

甘甜甜这才后知后觉发现，门与地板间的缝隙处，已经在缓缓喷吐浓烟，白色的烟雾缓缓升腾，小半个房子已经被缭绕出了似梦似幻的感觉。

这是……

甘甜甜诧异地捏着手机站起来，疾步到房门前，一把拉住门把手，打算将门打开。

结果，她直接被铜门把手上的热度，烫得一颗心徒然抖了抖。

再等她将袖子垫在手心拉开门，登时又被喷了一头一脸的浓烟。

房门外，从对面毛佳佳的卧房里，一道火龙贴着地板横窜而出，沿着满地的垃圾线燃起了一人高的火墙。

甘甜甜骇然后退，扑面而来的热度已经有些烫脸。

火堆里时不时传出几声爆响，噼里啪啦过后，火苗借着垃圾中的油星与酒，越蹿越高。

甘甜甜眼瞅着火势越发严重，她顿时青了一张脸，她室友还没给她家门钥匙，而且铁门还被反锁上了！

火警电话是多少？

甘甜甜茫然地转身回屋，奔至窗口往下探了眼，登时心又凉了半截——这楼有点儿高啊！而且墙壁上光秃秃的，连个落脚点都没！

甘甜甜的刘海儿被屋外秋风轻抚，她深刻地意识到，此刻的她连能撕成长条当捆绳的被单被罩也没有，跳窗跑路——貌似行不通啊……

她拧眉抱起床上的棉被芯儿扭头冲进厕所里，她把浴缸里的水打开，将被子一把塞了进去，迅速把被子打湿后捞起来。

甘甜甜把自己裹紧在被子中，冲回自己屋里锁上门，又将自己的两个包背在身上，这才扑到窗前，大声用英语呼救："救命啊！我屋子着火了！救命！"

"救命！"她气息不乱，底气十足，一点儿不见惊慌，"救命啊！"

"救命！我家着火了！"

甘甜甜边喊边哭笑不得地心想：她不就是留个学？至于这么多灾多难吗？攒了小半辈子的"救命"，全在一天里头喊完了。

甘甜甜自诩并不是一个离经叛道的人。

在她活了二十六年的这小半辈子里，唯一干过的让人大跌眼镜的事儿，不过就是高考之后，原报考专业分数不够，她顺从地接受了调剂去了法医系。然后临毕业又被有关部门提前招走，顺理成章地开始了她的法医生涯。

这项职业太过特殊，自打她拿起解剖刀时起，基本就与男人绝缘了。

局子里跟她一个科室的老李，闲暇时曾跟她开过玩笑，说："那个谁谁谁，本打算追你，结果一想有朝一日他要是出轨，你能顺着骨头缝，把他大卸一百零八块儿，追你的想法就蔫了。"

那个时候，甘甜甜正跷着腿在"咔嚓咔嚓"啃苹果，背后是一具解剖到一半的无名男尸，她敛着眉眼没搭腔，心里却想：瞧瞧瞧瞧，连"有朝一日出轨的下场"这种事儿都考虑到了，这些男人还能要？

于是，在女人最好的时光里，她的青春年华全部奉献给了非正常死亡人士。

甘家一门忠烈，全部任职刑侦机关，相传祖上最有名的人物是甘兴霸。

甘甜甜有个大她两岁的哥哥，跟她一样，走的是非主流型的职业道路。但是她大哥比她好命，有个打小就暗恋他暗恋得海枯石烂的青梅，等那青梅有一天鼓起勇气告白，她大哥就脱单了。

再等她大哥跟住在对门的叶青梅领了证，甘甜甜的苦日子才彻底到来——家里老大成婚了，老二的婚事，可就被正式提上了议程。

甘爹甘妈，外加住在对门的叶青梅的爹跟妈，四位老人开始轮番给甘甜甜物色对象相亲。

甘甜甜最高纪录，一个下午茶的时间里，轮流相了仨。

甘家大哥是在十月结的婚，甘甜甜从立冬开始被逼婚，一路被逼进夏天里，实在受不了了想当不婚族，话刚说出口，她妈就嘤嘤嘤，于是她就被她爹罚了半宿的倒立。

等天大亮的时候，她用她充了血严重缺氧的脑袋想：这日子没法儿过了，她得找个机会走远点儿，能有多远走多远……

最远的距离有多远？

除了文艺范儿的生与死的距离，爱与不爱的距离，相爱与不相知的距离外，那就是——地球一端与另一端的距离。

于是甘甜甜玩了手狠的，她第二天放了相亲对象的鸽子，用午饭时间跑出局里，在网上找了家当地比较出名的留学中介，不用工作人员忽悠，自己便火速拍板定下了她留学的路线——九月初，花销最便宜的意大利见！

她想，她受够了，就当是出去放风也好。

法医属于稀罕工种，工资高待遇好，月入 5000 加补贴，甘甜甜工作四年净存款二十五万，付完杂七杂八的中介费材料费申请费，剩下的紧紧抠抠正够她两年花销。

意大利消费水平并不算太高，中介按她的经济水平跟 7 分的雅思成绩，给她选了座位于中型城市的大学，跟英语授课的法医硕士，又给她贴心地做了一套假的资金证明，证明她出身穷苦却爱好学习成绩出众，并交代她一定记得把这份经过大使馆认证盖章的材料，交给意大利有关部门，博取意大利人民同情的同时，换取她的助学金跟学费减免资格。

这一切都是在暗地里进行的，三个月后，甘甜甜午间偷偷摸摸地拿手机上网，惊喜地发现了邮箱里安安静静躺着的——意大利摩德纳大学的录取通知书，她含着一包眼泪终于去把工作给辞了！

结果辞职的时候她才想起来，貌似她还只能挂停职，不过这一切都不是问题，只要能让她走。

甘甜甜斩钉截铁地对领导说"只——要——能——让——我——走！"

领导："……"

领导抽抽嘴角，当场给她开了份自费出国进修的停职单。

她这一套先斩后奏干得十分漂亮，回家挨揍挨得也十分痛快。

甘家见她如此破釜沉舟，再怎么劝说也无济于事，甘爹皱着眉头大手一挥，算是准了。

甘甜甜拿到签证的那一天，连行李都懒得打包，激动得把手提电脑塞进大书包，轻装简行地就上了路，完全浪费了航空公司给初次留学人员，贴心定制的 46kg 托运行李的限额。

她嫂子叶纯心知肚明她是生怕收拾行李的动作大了，家里二老眼瞅着心烦又反悔。

反正国外什么没得卖？

叶纯可怜她这一块儿玩到大的小姑子，送她到机场的时候，背着她哥甘哲，塞给了甘甜甜一沓兑换好的欧元，让她落地置办些家用，甘甜甜瞬间感激涕零。

那天，待甘甜甜独自进了安检的那一刻，她忍不住深深呼了一口气——自由的感觉真好。

她的未来，或许会在某个国度，发生质的改变。

但是，她想要的改变，却不是……如此这么……关乎生死的！

甘甜甜把自己包在湿棉被中，外面火势越来越大，极速上升的空气温度，已经将外层棉被上的水分几乎蒸发殆尽。

火焰贴着甘甜甜的房门，将木头门板舔舐得变了形，发出"吱呀嘎"的响动。屋内一时间浓烟密布，她把五官整个埋进棉被中，保证自己在被烧死前不先被呛死。

她此时的五感异常灵敏，在生死存亡时刻，她似乎隐约分辨得出由远及近，连续拉响的刺耳警报！

与昨日短促的巡警车警报微有不同，那辆警笛音节长而缓的车辆，片刻后，真的停在了她楼下。

甘甜甜抱着身上的棉被，"噌"地跳起来，转身贴在窗口上，激动地朝楼下挥手。

楼下已经聚集了不少居住在附近的意大利人，他们在发现火情的第一时间拨打了火警电话，之后围着老楼外围街道，仰着头紧张地关注着火势的变化。此时见着有个人影出现在火灾现场，围观的群众比火警还激动。

一对老夫妻抱着双手不住祈祷，不停地示意最先赶到的救火队员向上看。

从红白相间的救火车内，火速下来一批穿着厚重防火服的匪警，有条不紊地分工合作。第二辆救火车，紧跟着驶了过来。

驾驶员在车内操控着救护楼梯，向甘甜甜的窗口延伸，一名火警稳稳当当地站在上面，其他的火警将围观人群向远处疏散，并从车内抽出了高压水管。

甘甜甜扔了棉被，背着她的背包跟挎包，踩上窗台，被武装得严严实实的火警从窗口接到了救护梯上。

救护梯一路下降，将她缓缓送回了地面。

甘甜甜甫一落地，就有负责场外指挥的火警上前，张口就是一串快速的意大利语，他噼里啪啦说了一串。甘甜甜茫然地回视他，摇头用英语遗憾道："对不起，我不懂意大利语。"

那人愣了愣后，张嘴结结巴巴地吐出几个英语单词，甘甜甜聚精会神地紧盯他的嘴型，她越专注，那哥们儿越紧张，憋得脸都红了，也没把想要说的表达出来。

"请问，起火地点内，还有其他人员吗？"从第二辆救火车上跳下来一个人，站在他们身后，用流利但是重音错乱的英语向甘甜甜解释，"他想问你，屋子里还有需要救助的人员吗？"

闻言，甘甜甜跟那人同时舒了一口气，一个感激抬头，一个诧异回头。

甘甜甜慎重地回答说："就我所知，屋里就我一……个。"她惊讶地仰头瞧着眼前戴着墨镜，上身黑色棉质短袖 T 恤，下身豆绿色军裤踩着军靴的男人，意外地眨了眨眼，"呃……怎么是你？"

卢卡也低头俯视着她，笑得有几分惊喜："我也想说，怎么是你？法医小姐。"

"你不是巡警吗？怎么又跟着火警出警了？"甘甜甜脱口问道。

是意大利警察不分种类？还是各个都是万能的？

卢卡摊手耸肩，装得一派神秘："你猜猜？"

询问甘甜甜信息的指挥员，无奈地伸手戳了戳卢卡的肩膀，吐出一句意大利语，语气明显带着抱怨与调侃。

卢卡笑着回了他一句后，在刺耳的警笛声中，故意戏谑地翻译给甘甜甜："他说，如果我意图泡你，请等火被扑灭后。"

甘甜甜："……"

这就是……所谓欧美人士的热情奔放？自带调情属性？

"开个玩笑，"卢卡隐隐觉察出她脸色有一瞬间的呆滞，耸了耸肩笑着道，"他只是在调侃我的好人缘——出警都能遇熟人。"

"哦。"甘甜甜适才火海逃生，原谅她实在没闲情的心情。

"那么现在，法医小姐……"卢卡拿小指将墨镜钩下来露出眼睛，意味深长地看了她一眼，在浓烟滚滚的背景中，坦然地道，"我想他们可能更想知道，这场火灾的原因，以及——"

卢卡仰头，目光中带着十足疑惑，正色道："你为什么会出现在一栋，已经被房主弃置多年的老楼中。"

甘甜甜听到他前一句问话，正想回答他我也不知道，话还没出口，就被他的第二句话震住了。

"什么叫作被房主弃置多年？"

她昨天晚上……没遇鬼吧？！

卢卡怀疑地将视线凝在她脸上，嘴唇动了动，还未回答，便听身后传来一声凄厉尖叫："啊！我的房子！"

毛佳佳像一根被点燃的窜天猴一样，"嗖"地贴着地从街头蹿了过来，扑在离她最近的火警身上，哭得凄惨凌乱："我的房子！"

火警猛然被人投怀送抱，睁着双大眼睛莫名其妙。

"我的房子为什么着火了？"毛佳佳抱着火警的腰，哭得一把鼻涕一把泪地转向甘甜甜，抽抽噎噎地问，"怎么回事儿啊？你干什么了？"

甘甜甜牙疼地皱着张脸，抬头瞥了眼一脸询问的卢卡，用英语回毛佳佳说："我不知道，你走后不久就起了火，等我发现时，火是沿着你的卧房一路烧出来的。"

毛佳佳闻言，哭得更大声了，这意味着就算火势被扑灭，她的个人财产也肯定已经化为了焦土。

卢卡若有所思地仰头望着毛佳佳那个已经化身为烟囱的窗户，似有深意地问了句："我想请问二位小姐，你们的房主是哪位？既然房子起了火，总是需要通知房东的。"

"对不起，我是昨天晚上才搬进来的。"甘甜甜将一直投在毛佳佳身上的视线转移，对卢卡客观地叙述事实，"还没见过房东。"

卢卡点了点头："所以，关于这栋房子的信息，你也根本不知道？"

"没错。"甘甜甜仰头问他，"那么，你所说的这栋房子是弃置多年的，又是怎么回事儿？"

卢卡笑了笑，摇头说："抱歉，没有确认事实之前，一切都只是猜测，我暂时不能告诉你。"

甘甜甜理解地点点头。

"那么您呢，小姐？"卢卡扫了一眼在后面哭得凄惨的毛佳佳，"你在这栋楼里又住了多久，是否见过房东？"

"见……见过……"毛佳佳抽抽噎噎地说，"我去年年初搬来的。"

"那么，要麻烦你跟我走一趟，去警局做份笔录了。"卢卡说完，不顾毛佳佳徒然惊呆的表情，转而冲甘甜甜暧昧眨眨眼，闷笑着说，"既然你与案情无关，就走吧。希望，我们还有机会再见，法医小姐。"

甘甜甜欲言又止，视线往毛佳佳身上转了转，只好暂且压下她那一堆代办的证件，紧着人家的要紧事先办。

她对卢卡感激地说了声："谢谢。"

卢卡摇头只是笑，浓密的长睫毛下，一双茶色的双瞳中眸光流转。

火警已经架着高压水枪将火势控制住了，甘甜甜跟着围观群众一道散去。

卢卡望着甘甜甜的背影笑得分外开心，然后绅士地从口袋掏出包纸巾塞在毛佳佳的手心，用迷人的磁性嗓音温柔地说："小姐，不要哭了。"

毛佳佳抓着纸巾，怔忡地仰望着他的笑容，呆呆地吸了吸鼻子点头。

"把眼泪也擦擦吧，"卢卡笑容温暖，眼神却有点儿冷，"待会儿还需要您协助我，将非法占用私人住宅，并且转手出租的假房东绳之以法。"

毛佳佳一头雾水。

卢卡依然笑得很得体，他说："你们占用的这栋老楼，可是大有来头的。"

毛佳佳："？！"

第二章

没办法，中国人天生含蓄内敛，我得"徐徐图之"

甘甜甜背着她的包按照记忆中的路线，一路走到了市中心广场，心想好在她行李就这么些，简直是不幸中的万幸。

她在广场上就近找了家装修风格简单大方，围着透明玻璃墙摆放着一溜合约机展示柜，logo是蓝底红字，疑似是电信公司的店铺。

甘甜甜自给自足，用英语跟发音古怪的意大利美女店员办了一张电话卡，还选了个颇为实惠的手机套餐。

等她从店铺里出来，却又犯了难，她觉得当务之急应该是寻一处落脚的地方，可是她从昨天早上下飞机到现在，没有正经吃过一顿饭，等她这会儿精神放松下来，不说饿得前胸贴后背，光是时差混乱的困倦疲惫就让她连眼睛都快睁不开。

"就睡一小会儿吧。"甘甜甜又坐回了昨天等毛佳佳时的那条小长椅，紧紧地抱着她的包，脑袋跟啄米吃的小鸡似的点了两点后，便昏昏沉沉睡了过去。

"嘿！小姐，你这样睡会感冒。"

甘甜甜也不知道自己睡了多久，突然有人在她耳边说了句话，还推了推她肩膀。她迷迷糊糊睁眼，那人逆着光蹲在地上，两手撑在膝盖上支起上身，一张被墨镜挡了个大半的脸凑在她眼前。

甘甜甜："？！"

这什么情况？甘甜甜身体先大脑一步做出了反应，她自己仰身后退的同时，还抬手将那人按着脑门往后使劲一推，那人猝不及防直接向后仰倒坐在了地上。

"嘿！你！"那人也不恼，坐在地上用诡异的英语简单抱怨了两个单词，调整了坐姿，手撑在膝盖上也不着急站起来。他用另一只手的食指把墨镜往下钩了钩，让它虚虚架在鼻梁上，露出了一双深邃的茶色双瞳，无奈地对甘甜甜道，"你的警觉性太高了，法医小姐。"

甘甜甜这才彻底清醒过来，这是——那个名叫光的警察？！

"对不起，您刚才吓到我了。"甘甜甜慢吞吞站起身，弯腰递了手给他，"我拉您起来吧。"

"看到你在这里休息，不知是我们太巧，还是城市太小。"卢卡嘴角扯出个懒洋洋的笑，把手递给她借着她的力气站起来，语气随意地问她，"你在这里等人吗？哦对，我忘记了，你初来乍到还没有家，这是？"

他低沉磁性的嗓音里盈满了笑意："暂时无家可归了？"

甘甜甜闻言禁不住打了个抖，她只觉得这两句正常的话被他那华丽的嗓音莫名说出了股子酸溜溜的肉麻感，似乎还带足了电量，她嘴角抽了抽，结结实实体会了把触电的酥麻。

"是啊。"甘甜甜无奈地点了点头，关切地问道，"房子的事情弄清楚了吗？我那个室友怎么样了？"

卢卡耸了耸肩表示无可奉告，只含糊地回她说："事情还在调查，不过你的室友，已经被她的中国老板保释了。"

甘甜甜眼前一亮，顿时来了精神，她跟卢卡道了声抱歉，从微信中找出毛佳佳之前留给她的手机号码，拨了过去。

毛佳佳既然已经出了警局，那么作为她的中介，毛佳佳应该是能继续履行自己的职责的，别的不说，她找毛佳佳询问个妥帖的暂居处所却是可以的吧？

毛佳佳留学意大利已久，人脉肯定是比她广。

甘甜甜等电话那头的毛佳佳接通电话。果然，毛佳佳的老板听闻她的遭遇，为她提供了一个单间可供她暂时居住，经过毛佳佳与老板沟通，老板也愿意甘甜甜短期租住，并且房租收取得相当少。

甘甜甜喜出望外地挂断电话，背着她的包对卢卡挥手道别："警察先生，我先走了，谢谢！"

"再见，不客气。"卢卡绅士地半躬腰，做了个"愿意为你效劳"的动作，调侃地回道，"法医小姐。"

毛佳佳所说的中国餐馆离市中心并不太远，甘甜甜按照她的描述，走了十来分钟，拐进了一条餐馆集中的商业街，再往里走了大约二十米，果然瞧见了一家商铺上挂着红木镂金边的牌匾，上书四个熟悉的中国字——"龙城酒楼"。

甘甜甜义无反顾地推门走了进去。

说是酒楼，其实这家中餐馆并不是很大，不过百来平方米的餐厅。

店里这会儿还没多少客人，只有收银台上站着一位年纪看上去不是很大的小姑娘，正在埋头整理账单。

"请问，"甘甜甜站在门口，礼貌问道，"毛佳佳是在这儿打工吗？"

小姑娘应声抬头，笑着说："你就是甘甜甜吧，她在后堂，你等着，我叫她。"

她说完仰了嗓子，用口音颇重的南方话朝店里喊了一声。

片刻后，毛佳佳跑了出来，她两个袖子的袖口都挽得老高，手上还握着一串钥匙，见到甘甜甜便道："老板娘已经回家了，我先带你去他们的员工宿舍，咱们先暂时在那儿挤一挤。"

甘甜甜进来还没两分钟，就又跟着毛佳佳出了门。

毛佳佳说，老板娘在离饭馆不远的旧式公寓楼，买了一套四室一厅当员工宿舍，收银的小琪、大厨兰叔跟小跑堂阿南一人一间，其他的员工自己有自己的住处。

毛佳佳边跟甘甜甜絮絮叨叨，边打开了房间门，请她进来，还说改天一定得带着甘甜甜见老板娘一面，当众跟老板娘道谢才好。

老板娘这套房子的格局很奇怪，没有客厅，四个卧房一字排开，在最右边的拐角处是厨房跟厕所。

毛佳佳将最拐角的那个房间的门打开，转头对甘甜甜道："喏，这间就是咱们的房间啦，家具还算齐全吧，有两张床呢，咱俩正好一人一张。"

甘甜甜卸了书包放在桌上，毛佳佳眼瞅着她一点儿在大火中损失的个人财产，酸溜溜地叹了口气，说："你收拾东西吧，我就先回店里了，我现在浑身上下一穷二白，就指望着这份工作赚饭钱呢。"

"哦好，啊对了！"甘甜甜听出了她的话外音，也没多想，叫住正欲出门的毛佳佳，"屋里有wifi吗？我手机的网络业务还没开通，我想联系一下国内。"

"有啊，你等等，我给你去拿密码。"毛佳佳转身从墙上撕下来一张手掌大小的纸，回来交给她，"下面那行二十几位的就是密码，上面那个是咱家网络的名称。"

甘甜甜眼瞅着又是一串大小写字母混杂数字的密码，手指头有点儿抖。

"你输好了，把这张纸再贴回墙上就行。"毛佳佳交代完，体贴地替她关了房门，自己回店里继续打工。

甘甜甜将wifi连上以后，第一件事就是给她哥发了一条微信。

过了五分钟，她哥回复了她五个字："怎么回事儿？"

甘甜甜手指头停在屏幕上，想了想还是发了一条语音给他，没办法，这事儿细说起来字数有点儿多。

她简单扼要地叙述了从昨天包被偷到见到毛佳佳，到今天房子被烧被查违规，这短短二十四小时内所发生的主要事件。

微信那头静了片刻，她哥回了一个瀑布汗的表情，外加一句沉重的调侃："妹妹，咱不是去意大利取经的吧？"

"我要是把《圣经》取回来，有人给我建大雁塔吗？"甘甜甜苦笑着回他，"我估计跟这城市八字不合。"

甘甜甜抱怨完，这才又给她妈发了个开心的表情，并配了一句："来意大利的第一天，一切都好。"

典型的报喜不报忧，她都快被虐哭了。

不一会儿，她妈回了句她最不想看见的："早点儿毕业回来，今天还给你又物色了几个对象，人都挺不错的，就是不知道能不能等到你回来见面。"

甘甜甜心情复杂地回了个："知道了。"

等到了下午四点，毛佳佳趁餐馆午休打烊，跑回来带甘甜甜去了趟附近超市采购了些日用品。两人大包小包地拎回家，毛佳佳这才颇歉意地对甘甜甜说，自己可能不能再给她当中介，帮她办理各种证件了。

因为毛佳佳自己也没了证件，这几天又要打工又要抽空补办，需要各座城市间来回跑，也很麻烦。

毛佳佳倒是挺实诚："我给你说说怎么办，然后你自己去试试吧，你交给我的那些费用，我申请退还给你，你看怎么样？"

甘甜甜只能说好。她根据毛佳佳的说明，又在网上搜索了信息，做足了功课。又因为她报到的时间是在后天，所以她明天早上必须先去将税卡办好，下午拿着税号单，再去邮局将居留许可的申请信封邮寄了。

第二天，甘甜甜六点半就起了床。

她心想着早起早拿号码早办完，后面还要去邮局寄信封。

她背着挎包，里面装着她所有的相关文件，转了两趟公交车才到了办理税卡的办公室。

甘甜甜到的时候，也才不过八点半左右，办公室前果然排了两条长队，全部是外籍人士在等着九点工作人员上班后，开门抽号。

甘甜甜排在队尾，抽出她的 iPad，百无聊赖地开始看英文原版的侦探小说。

十一点半的时候，电子牌上的号码，终于跳到了她的一百一十三号，后面跟着受理的窗口，在四号。

甘甜甜将 iPad 放进背包，拿着号码纸去前台领了一张表格，拎着她的表格跟号码一起往四号隔间走。

结果，等她站在四号隔间门口的时候，她瞪着眼睛，冲着站在办公桌前，跟工作人员正热闹聊天的，某个穿着性感的男人，脱口便道："怎么又是你？！"

怎么是你？怎么又是你？怎么老是你？！

卢卡上身的杂色格子衬衫开了三颗扣子，精悍的胸肌半隐半现，他下身是一条折在脚踝的休闲西装裤，脚上是一双颇俏皮的米色皮鞋。

"嘿——"卢卡惊喜地笑眯着一双浅茶色的眸子，一只手插在裤兜里，一手撑在办公桌上，意外地说，"怎么又是你？法医小姐。"

"你到底是干哪行的？"甘甜甜笑得有几分求知欲，"怎么哪个行业都能遇到你？"

"这是缘分，你信不信？"卢卡抬手撩了撩刘海儿，眨了眨左眼，对她意味深长地拖长了尾音，用英语道，"上帝给我的指示。"

甘甜甜耸了耸眉，没有搭腔。

"你不信？"卢卡夸张地做出惊讶的表情，正要说话，他身旁的工作人员无奈地伸出手指，钩了钩他的衬衣下摆，仰头吐出一句意大利语。

"Ok，Ok！"卢卡低头回了工作人员一句后，举着双手做投降状。

卢卡看向甘甜甜，招手让她过来，兴趣盎然地瞧着她坐在办公桌对面的椅子上，将证件跟表格一起摆在桌面上，推给工作人员，说："你要不要猜猜，他刚才问了我什么？"

甘甜甜摇头道："我不懂意大利语，你直说吧。"

"他说，如果我想泡你，请等他为你办理完税卡。"卢卡眨了眨眼，眸中带着笑意。

这话怎么这么耳熟？

甘甜甜蹙眉兀自琢磨着，工作人员已经不想管他俩了，他拿着笔照着甘甜甜的护照，把本该她填写的信息，一笔一画地帮她填写好。

"喂！别发呆。"卢卡唤了唤她，"你不想知道，我怎么回答的？"

"你怎么回答的？"甘甜甜觉得他像是个自娱自乐的孩子，"说吧，我听着。"

卢卡闷声笑了笑，嗓音低沉悦耳，他一本正经中又明显带着戏谑，说："我对他说，他误会了。我知道中国人讲究含蓄，我才见过你两次。如果现在说泡你，你会打我。"

甘甜甜："……"她第一次被人用中欧之间无法跨越的文化差异当幌子，当众调戏了。

甘甜甜骨子里还是保守大过于开放，她是在一门忠烈的甘家长大的，职业的局限性又很强。她本身没有多少机会，可以接触到开放性的思想与文化。所以，她也不知道该怎么回答他。

卢卡也不催，手撑着桌子只是兀自带着笑凝视着甘甜甜。旁观工作人员拿着甘甜甜的表格，在电脑上录入信息。

工作人员将需要签名的地方用"×"标出来，递了支黑色圆珠笔给她。甘甜甜将空给她的住址跟邮箱填了，又埋头将名字的拼音签在上面，将表格再推回去。

"Gān Tián Tián……"卢卡看着她动作，按照意大利语的拼读规则，兀自尝试拼读着她的名字，结果，那摆不对位置的舌尖扭曲了发音，他实打实地给她把名字念成了"赶天天"。

甘甜甜："……"

卢卡又喃喃地重复了一遍"赶天天"的音，他好奇地抬头问甘甜甜："你的名字有什么含义？"

甘甜甜抬头，对上他盛满求知欲的认真眼神，抿了抿唇，本来一个可以让她选择跳过的问题，她还真就实诚地回答了："我大哥叫GanZhe[拼音]，甘哲谐音一种水果。我的出生算是个意外，家里人一时不知道怎么起名字了，就想起来既然大哥名字是水果，水果又是甜的，所以……"她有点儿胃疼地拧着眉，无奈摊手，一点儿不觉得这名字很甜，"我就叫作——甜甜了。"

"啊！"卢卡福至心灵，顿悟道，"你的名字是——sweet的意思？"

"算是吧。"甘甜甜点头。

卢卡眯着眼睛笑着打量她，眼角眯出一条细细的尾痕，半晌后他嘴角一挑，喉头滚出一个颇有韵律感的单词，发音明显不是英语："Dolcinna[意大利语]！"

"什么？"甘甜甜跟工作人员一起抬头看他。

"Dlocinna！嗯，赶天天，你有没有意大利语名字？"卢卡笑得分外得意，"跟你的名字意思一样，甜甜。你意大利语名字，就叫Dlocinna好不好？我帮你想的，肯定没有人跟你重名。"

甘甜甜没有立刻答复他，她低头观察工作人员的表情，见他闷头想笑又憋住不笑的纠结模样，登时就觉得这家伙准保在使坏。

工作人员把甘甜甜的税号单打印给她，又给她拿英语解释说："你的税卡会在一个月内，寄到你家的邮箱里。在此之前，千万不要把这张纸弄丢。"

甘甜甜向他道谢，起身的时候，弯腰凑在他面前，眯眼低声道："麻烦您告诉我Dlocinna是什么意思？"

卢卡闻言立刻站直了身体，用手推了推工作人员的肩膀，明显带了点儿威胁地说了句意大利语。

工作人员却没买卢卡的账，他哈哈大笑，用英语拆了卢卡的台，他说："他叫你小甜甜！"

甘甜甜："！"

我靠！幸好提前问了一句，这要是真傻逼到以后逢人就介绍"请叫我小甜甜"，简直就是自荐枕席的节奏啊！

她忍住想仰头瞪卢卡一眼的冲动，她把税号单放进文件夹里，装回背包中，笑着跟工作人员道谢道别，然后神色如常地推开椅子站起来走人。

"喂！"卢卡在她身后唤她，甘甜甜头也不回。

卢卡从办公桌后面转出来，跟在她身后追边问："你去哪儿？"

甘甜甜拿他的原话堵他道："你猜？"

卢卡追上她，转了个身倒着面向她，低头讪然地问："你生气了？"

甘甜甜仰头似笑非笑地斜了他一眼，也不说话，继续往前走。

卢卡一头雾水，他无辜地眨了眨迷人的茶色双眸，说："我冒犯你了？"

甘甜甜嘴角带了点儿笑意，眼神直直投在前方。

"我说，"卢卡跟着她一路倒退，有些不知所措地顿了顿，机智地转换了话题，"你想不想知道昨天，那个着火的房子的事情？"

甘甜甜不答，照旧走她的路。

卢卡正低头专注地将视线投在她脸上，正意图观察她的反应，就"咚"的一声，整个后背直接撞在了玻璃上。

原谅他后背没长眼睛，而坏心眼的甘甜甜根本就是故意的。卢卡"嘶"的一声倒抽了口凉气，他微微躬了身子，皱着眉头似乎是真心觉得疼。

登时半个办公室的人都转头向他望过来。

甘甜甜"噗"的一声笑出了声，径自笑着摇头，从他身边敞开的大门，蹦跶了出去，哈哈大笑。

卢卡偏头瞧着她出门，身影一晃就不见了，这才龇牙咧嘴地反手在后背，轻轻按了按后心的位置，小心地揉了揉。大敞的衬衣被他揉得领口歪斜，隐约露出他肩头上一道白色绷带的边缘。

甘甜甜出了办公室，又照着网上给的地址，在市中心找了一家大的邮局，拿护照领了一个装有寄居留材料的大信封。

她按网上攻略，将里面属于留学生的申请表填完，又去机器上取了号，排队在窗口上买了一年的医疗保险后，将保险单的复印件与其他证明，装在大信封里递给了窗口的工作人员。

工作人员的英语还算流利，让她缴了一百多欧的费用后，给她递出来一张纸，用手势比画着给她解释，让她十五天后，拿着这张纸按上面列出的时间去警察局提取指纹。

甘甜甜点头表示知道，道了谢后，将所谓的居留条也夹进了文件夹里。

她轻松地从邮局里出来，冲着眼前不甚宽广的街道伸了个懒腰，心想：这回总算没有再遇见卢卡。

缘分？上帝的指引？拉倒吧。

甘甜甜没着急回家，九月初的摩德纳，气候正好，不冷不热，天也黑得晚。

她从市中心溜达着回家，踩着晚饭点儿进门。

简单吃了晚饭，洗了锅碗瓢盆，甘甜甜回卧室正打算拿了钥匙出门散散步，结果手机振了振。

她把手机掏出来，屏幕上是一条短信，号码很陌生，这算是甘甜甜来到意大利，收到的除了 Tim 公司的服务短信外，唯一的一条短信。

短信是用中文编辑的，上面写着："Dlocinna，别生气嘛！"

就算是没有署名，也不妨碍甘甜甜辨认发短信人的身份。

甘甜甜乐了，她心想：卢卡一定是偷看了她税号申请表上的电话号码，然后谷歌翻译了意大利语的"别生气"，又将中文翻译复制进了短信里。

她本打算出门，结果因为一条短信，就又坐回了椅子里，她回想今天卢卡出的糗，又忍不住闷头笑了笑。

甘甜甜这一笑，被毛佳佳给发现了。毛佳佳翻个身猛地坐起来，转了转眼珠，一脸的八卦，笑得贱兮兮地说："昨天那个警察是不是想泡你？"

甘甜甜愣了愣，头也不抬地反问："你说谁？"

"就是那个没穿防火服的火警！"毛佳佳脱口而出，脸还微微有些泛红，"长得还挺帅的。"

甘甜甜"嗯"了一声，也没再多说话，手指停在屏幕上，在思考到底要不要回他条短信，毕竟让"歪果仁"误解中国人小肚鸡肠不太好。

"喂！"毛佳佳见她不答，侧趴在床上手拍了拍床板，待成功地唤回了甘甜甜的注意力，忍不住糟心地就想给她来一堂教学普及课，"你可要小心了，意大利男人都这样。全世界都知道意大利男人最花心，连骂人都像在说情话，砍价都像是调情。"

这下轮到甘甜甜糟心了，她索然无味地抬头。毛佳佳一见她表情就知道自己说中了，痛心疾首地继续数落："你说！你说他有没有对你眨眼睛？意大利男人勾人是不分美丑老少的！只要你是个女人！是个女人他们就能挤眉弄眼魅惑你！"

甘甜甜已经放弃了回复短信的念头，她打开浏览器百度了一下"意大利男人"这五个字，待她看到一长串的特质表述后，乏味地抬头瞟了眼毛佳佳，连出门散步的想法都没了。

原来意大利男人，是这么一个令人蛋疼的存在啊！

度娘说：意大利男人好色，全世界人民都知道。

翌日，甘甜甜又起了个大早，毛佳佳也跟着她一道起来去其他城市补办护照。

秘书处发给甘甜甜的邮件上说，让她周五早上去总秘书处报到，安排给她的专业面试在下午。

总秘书处位于市中心，大广场附近的一个小道里。

甘甜甜靠提前定位搜索的路线图，找到了总秘书处的所在地。

它与周边的古老建筑连成一体，一人高的半圆木门半敞，甘甜甜来来回回经过了三次，才终于注意到了它。她推门进去，门后横着一条长廊，长廊左侧的尽头，就是总秘书处的办公区。

意大利大学所谓的总秘书处，跟国内的教学办公楼差不多一个概念，里面一溜儿的办公室，各司其职的老师们穿着统一的工作制服，在电脑后兢兢业业。

甘甜甜也不知道她该进哪个，门牌上贴的全部是她不认识的意大利语。于是，她只得轻轻敲了敲第一个办公室的窗户，从窗口礼貌地探头，用英语问道："对不起请问，我是来报到的新生，该去哪个办公室？"

窗口后的年轻男人抬头冲她笑着比了比里头那间门，对她说："右边第一个。"

甘甜甜点头道了声谢，从背包掏出她的所有材料，走进了隔壁的门，将文件包双手递给靠门坐着的中年女士，说："您好，我来报到。"

女士显然是负责人，她手边放了一沓新生录取名单。

"你叫什么名字？"女士戴着一副镜片很小的眼镜，蓝色的眼珠从镜片上方瞧着她，目光和善，"你不会说意大利语？"

"甘甜甜，"甘甜甜自报家门，笑着摇头，遗憾地说，"对不起，我是英语授课，不会意大利语。"

"哦，没关系。"女士伸出手指，顺着名单第一列名字的大写字母，连翻了三页，"你是中国人对吗？"

甘甜甜回答她："是的。"

"好的，我找到了。"女士先是笑了声，紧接着就愣了，她愕然抬头，不可置信地问道，"你是法医系硕士？"

"对。"甘甜甜点头，诧异道，"请问，是出了什么问题嘛？"

女士摇头，用不可思议的语气说："小姐，你将是亚洲第一位来摩德纳研读法医的女士，哦不，或者我想我可以大胆猜测，你是第一位来意大利研读法医的女士。"

甘甜甜："……"

她猜到了！除了她，还有谁这么抽风？！会来意大利读法医？虽然，意大利的法医学相当不错。

甘甜甜保持着得体的微笑，用眼神告诉她：我学法医我自豪。

女士在她的名字前面打了个×，又在电脑键盘上敲击了几下后，旁边的打印机里吐出了两张一模一样内容的A4纸。

女士将两张纸都递给她，用手指着右下方的空白说："在这里签上你的名字。"

甘甜甜道了声谢谢，点头照做。

女士将其中一份收走存档，另一份递还给她，笑着说："你拿着这张纸页，下午去医学院指定的面试地点面试。"

甘甜甜将纸页收进文件夹，女士又将她放在桌上的文件包退还给她："你的报到材料先收好，等你通过考核，便可以带着它去学院秘书处登记入学。若是不能通过，你可以考虑转系或者转学。"

甘甜甜怔了怔，将材料全部装回背包，说："好的，谢谢您。"

"不客气。"一直端庄温柔的女士突然举着双手起立，自嗨地替甘甜甜握拳打气，"加油！亚洲第一女性！"

甘甜甜脚下一软，差点儿跪倒在她面前。

意大利人……都这么热情与精分？

甘甜甜抵达医学院的小平房门前的时候，实在不敢置信，她身边站着一位高大的黑人哥们儿，身高显然超过一米九，他脖子上挂着大耳麦，同样也是一脸的茫然。

"请问，这就是医学院？"甘甜甜仰头，手指头朝着小平房戳戳点点，用英语问他。

黑人哥们儿耸肩摊手："我想是的。"

要不要这么穷啊……甘甜甜伸手抚额，就这么一溜儿小平房，左右不过十来间教室，围着围墙的还是一排颜色各异的垃圾箱。

"你也是来参加面试的？"黑人哥们儿"嘿"的一声，冲她比出个嘻哈歌手常用的手势，热情地自我介绍，"我叫乔托！临床医学本科。美女，你叫什么？"

甘甜甜脑海中不自觉地冒出"Dolcinna"，她抿了抿唇，眼神复杂地说："甘……甜甜。"

"赶天天？"乔托茫然地俯视她，"赶天天？你是中国人？"

甘甜甜点点头，乔托五官纠结，又重复了一遍"赶天天"之后，只觉得整个舌头都不好了："你有意大利语名字吗？或者……英文名字？"

甘甜甜脑海中再次浮现出"Dolcinna"，她用意念无情地将它驱散，咬牙道："没有！你就叫我甜甜吧。中国人讲究——"

她用眼神制止企图送她个外国名字的黑人哥们儿，瞎翻译古语，说："——中国人讲究，死都不改名字！"

乔托眼神委屈地瞥了瞥她，舌头在口腔里翻滚了下，不甘不愿地说："哦，好的，天天。"

这也算是个小名儿了……甘甜甜兴味地心想，不错……

临床医学面试的人比法医系多，等教授在候考教室门外点名"法医系，赶天天"的时候，乔托正困顿得直点头的脑袋一下就停在了半空，他瞪圆着眼睛，跟受惊了的兔子一样，一蹦三尺高地跳起来，"哦哦哦哦哦"一迭声地叫唤道："你居然是法医系！"

整个教室的注意力都被乔托吸引了过来。

甘甜甜冲他自豪地一比拇指，拍了拍他肩膀，跟着老师出门，乔托在背后大声鼓掌吹口哨："加油！赶天天！"

甘甜甜脑门青筋抽了抽，嘴角一咧，却笑了。

貌似连在意大利的外籍人士，都热情得有些过头啊。

甘甜甜面试的教室，比较小，五个教授在讲桌下围成一排坐着，正中白发白须的教授指着讲台上的座位，对她用带着怪味的英语说："赶天天小姐，请坐。"

甘甜甜道了声谢，她整个人沉进座椅中，后背靠着椅背，微微闭着眼睛吐出口气，暗示自己放松放松。

片刻后，她睁开眼睛，双眸中，满是自信的神采。

面试持续了将近四十分钟，以中央的主考官为主，总共问了她六七个专业问题。

意大利的老师，似乎偏爱探讨胜于倾听。

主考官分外好奇甘甜甜四年的工作经历，他不断地让她举例说明她的观点，并激烈地与她讨论。

"Bravissima！"当甘甜甜结束她的面试的时候，主考官带头鼓掌。这是甘甜甜第二次听到这个词，她虚心地重复了一遍后，用英语询问："请问您，Bravissima 是什么意思？"

她说："对不起，我不懂意大利语。"

坐在最左边的年轻教授，用手扶了扶眼镜，笑着说："教授在夸你。"

"谢谢。"甘甜甜笑着道谢。

"可是，赶天天，"主考官皱眉，面部表情很是夸张，"来到意大利，你就应该说意大利语的。你知道，就算我英语再好，可能有些东西依然不能表达得很准确。如果，你会意大利语，我想我们可以更好地交流。"

甘甜甜认真地听他说完，偏头想了想，慎重中又带着尊重与敬仰："好的教授，我想，我会努力学习意大利语的。无关授课与交流，仅仅是因为我觉得，它是一门很优美的语言，古老而富有韵味。"

主教授闻言一下就亢奋了，他伸出两手比着拇指，上半身又扭出了韵律感，他欢呼着道："赶天天！你的审美我喜欢！"

看！马屁就要这么拍才有用！

甘甜甜笑着退场。

在意大利人面前夸他们语言优美富有韵律，就跟在中国人面前说"哎哟，你们中文太难学了"，一个效果。

甘甜甜想，她的面试，不出意外十拿九稳。

结果，等她度过了一个周末，外加黑色星期一与窘迫星期二后，周三的早上，她接到了一个令她大跌眼镜的电话："什么？！您再说一遍？"

甘甜甜目瞪口呆，不可置信地冲着手机听筒重复道："您再说一遍？"

"我说……"电话那头的女士一个单词一顿，用比慢速 VOA 还慢的速度说，"对不起，赶天天小姐。因为明年修建世博会的缘故，国家政府从摩德纳政府抽走了大笔的资金。所以今年我们的教育经费，不足以支持开放全部的专业，将暂时关闭的不招生的部分专业中，正好有您的法医系。"

"不招生了……那我怎么办？"甘甜甜欲哭无泪，"我翻山越岭、跨过太平洋、飞过半个地球，结果你们告诉我不招生了？"

"这也不是我们愿意看到的结果。"总秘书处的女士也很遗憾，借此机会反倒向甘甜甜吐槽，"我们大学，就算背后有法拉利财团大力支持，也受不了米兰政府的疯狂剥削。"

甘甜甜痛苦扼腕，能不能靠谱点儿啊？！能不能？！

"那现在我能做什么？"甘甜甜疲惫地靠着洗碗池，她伸手将正在热豆浆的煤气灶关上了，整个人沮丧到了极点。

"鉴于您的面试非常精彩，"女士话锋一转，隐约给她点燃了一根小蜡烛照亮前路，"法医系的教授联名推荐您去就读临床医学。"

"嗯？"这跨度有点儿大吧？法医跟医，终究差了一个法。一个是救人，一个是只动死人……他们敢让她学，她也不敢学啊……甘甜甜蹙眉迟疑片刻，不确定地说，"专业跨度很明显，我不知道我能不能……"

"赶天天小姐，我想您是误会了。"电话那头的女士善意地笑了笑，打断她的话头说，"我们已经核算了您本科专业的学分，如果您同意选择临床医学，那么您将必须从本科读起。因为您的相关学分，只能达到临床医学研究生要求学分的四分之一。您必须从本科开始，将您所缺的科目一一补全，才可以继续申请临床医学研究生。"

甘甜甜闻言，登时口喷鲜血倒地不起。

她以 26 岁的大龄，重新读大一……

有谁能来告诉她，这只是一个玩笑？

这对甘甜甜来说，绝对是一个相当大的打击，她不远万里不是为了来换职业,她是真心希望能用两年时间,将她的职业技能锤炼得更加专业。

所以,她不信邪地准备在网上挨个查找开办法医系的公立大学,准备广撒网勤捞鱼,邮件群发给负责法医系招生的学院秘书处。

结果事与愿违,除了少数几所大学拥有法医系外,意大利的绝大多数学校,竟然都没有这个牛叉到逆天的专业。

而类似于都灵大学法医系的教授,则遗憾地回复她说:现在不仅过了面试时间,而且,他们学校法医系教授并不具备英语授课的能力,所以,他们觉得很抱歉……

一时间,甘甜甜只觉得,除了选择摩德纳大学的临床医学,她竟然没有另外一条路可走。

于是,甘甜甜郁卒了,但是她依然没有放弃,整日蹲在电脑前,不停地查找信息刷新邮箱。

终于,在五天之后的礼拜一,她踩着新生报到的截止时间,挂着两个憔悴的黑眼圈,带着她的所有材料与证件,出现在了工程与医学院的秘书处门前,毅然选择,从大一……重新……读起……吧……

“你就是赶天天?”窗口后的年轻女孩儿,显然年龄比甘甜甜大不了多少,她惊讶地翻看着甘甜甜的资料,崇拜地说,“我知道你,传言你的面试非常精彩。”

“谢谢。”甘甜甜掩饰不住抑郁,勉强笑了笑。

“你不要这样。”甜美的意大利女孩儿抬头,察觉到她脸色并不好看,贴心地劝慰她,“等过了这该死的世博会,明年经济回暖,关闭的专业是会再开的。那个时候,你可以再申请回到法医硕士。”

可一年时间浪费了呀……

甘甜甜强颜欢笑,对她点头,言简意赅地又道了个:“谢谢。”

年轻女孩儿回了她句“不客气”,低头专心审核她的材料与证件。

片刻后,女孩儿将她的材料收进了一个蓝色的塑料夹子里,仰头对甘甜甜说:“好了,下周内,你可以过来领取你的注册证明与学生卡,还有学费的缴费单。”

甘甜甜应了声:“这就完了?”

"对。"女孩儿笑道，"如果你的家庭收入状况，符合学费减免条件与助学金补贴申请，你可以上 ER-GO 网站进行初步注册。"

甘甜甜这才忆起她还有一封假的贫困材料。

"好的，谢谢。"甘甜甜与女孩儿道别，转身出了秘书处。

甘甜甜站在马路上，低垂着视线叹了口气，或许大哥没说错，她真的是来取经的……

悟空呢？八戒呢？和尚还有白马呢？甘甜甜怒气冲冲地大踏步往工程系的学生布告栏前走，定了专业，这就又该找房子了。

甘甜甜已经对意大利语中的租房词汇有个基本的了解。她虽然不会念，但是只要出现，她大概就能做到心里有数。

她在布告栏前仔细分辨，那些或手写或机打的广告上的信息，把两三个合适房子的联系电话，存进了新联系人里。

碍于她不知房主是否懂英语，她捧着手机，小心翼翼地站在布告栏前用英语编辑了短信内容后，选择了群发："您好，打扰了。我是一名中国女留学生，我想租您的房子，但是我不懂意大利语。如果您不介意，请问什么时候方便让我看一下房子？谢谢。"

然后，她一点儿时间不耽误，也不等回信儿，扭头又往市中心走，打算再去图书馆碰碰运气。

甘甜甜走到半路，就收到了一位房主的回信，他很遗憾地告诉甘甜甜：对不起，因为他自己的英语也不好，所以如果甘甜甜不会意大利，那么他觉得他们之间会很难沟通。而他固执地认为，在他们达成房主与租客的关系前，需要对房子的正规租住合同进行一定的讨论。

甘甜甜对这位认真的房主，莫名敬佩，心想：其他没有回信的房主，恐怕也是因为这个问题。

她如法炮制地将图书馆里合适的房子，也发了信息给房主后，然后坐在大广场上，她第一天来的时候坐着等毛佳佳的那条椅子上，放松地舒展着两条腿，眯着眼睛晒太阳。

一切都还不算太糟，她安慰自己说，至少她现在还可以保持如此平和的心态。

甘甜甜在阳光下懒洋洋地打了个哈欠，她正对大广场的入口坐着，从含泪的眼缝中，模模糊糊捕捉到一道颀长的人影——那人身前横抱着一个半人高的木头匣子，从马路上一路不疾不徐地走进广场上来。

他上身穿着简单的宽松款长袖白衬衫，袖口折在手肘下方，衬衣领口下三颗扣子散开，一路敞开在胸前，下摆垂在海水蓝的牛仔裤上边，随着他两条长腿飘荡。

简单而又随性的打扮，竟然穿出一股子飘逸与贵气。

他头发打理得很有型，一绺微弯的刘海儿自然地搭在他挺立的鼻梁上。他迎着刺眼的阳光一路走来，眼皮微敛，避开太阳直射的方向，在甘甜甜身前拐个弯儿，靠在她身侧不足五米的建筑物的柱子下坐定，一腿舒展，一腿微蜷。

他似乎自始至终，都没有觉察到身旁的甘甜甜，兀自打开了那个有点儿像贝壳形状的原色木匣子，他两手小心翼翼地将里面的东西捧出来抱在胸前，那竟是一架小竖琴。

甘甜甜从注意到他开始，目光便追随着他而动，此时瞥见他怀中的东西，竟感兴趣地"咦"出声。

小竖琴又名凯尔特竖琴，它没有大竖琴的踏板，也没有那么多琴弦，在国内并不多见，但是在欧洲，却很是常见。

欧洲的竖琴师并不像国内的竖琴师那般，偏爱配备踏板的大竖琴，他们将竖琴的体积一缩再缩，简化到可以随身携带的地步，让每个想体验一把中世纪吟游诗人感受的音乐家，都有此机会。

此时，那人背靠着石柱，面前是敞开摊在地上的琴匣。他将小竖琴抱在胸前，调整好位置，两手指尖钩过琴弦，校了校音色后，随着轻抚过的微风，旁若无人地微微闭合双眼，翘着两手小指，弹奏出了一小段舒缓乐曲的前奏。

琴音清亮干净如溪水流淌，叮咚作响，每个音符都有如实质般跳跃在正午的阳光下，围绕在那人身侧旋转。

甘甜甜一介土鳖，听不出个所以然，只觉得这曲子尤其好听，她视线不由得投在那人一双拨动琴弦的手上，那人的手指笔直修长漂亮，侧看几乎瞧不到他凸起的指节。

直到多年以后，甘甜甜才知道，原来这首曲子名叫 *A Fond Wish*。

但是多年之前的今天，甘甜甜目瞪口呆地旁观他在自己身边陶醉地弹琴，路过的行人驻足欣赏拍照合影，时不时有人丢枚硬币在他琴匣之中。

我靠！甘甜甜眼珠差点儿脱出眼眶——卢卡！你到底是哪个行业的？巡警车里有你！火警车里有你！省财政办公室里也有你！现在连大广场上卖艺都有你的份儿？！

她脑子里不合时宜地爆发出一串弹幕，破坏了这唯美的场景。

卢卡，是不是明天我去猪肉摊上买个排骨，都能看见你叼着烟头举着砍刀在后面笑？

正午的大广场，分外安静，偶尔会有蹒跚学步的小孩子跟跄追赶着鸽子。

阳光笼罩下来，甘甜甜坐在大教堂的对面，离卢卡不过五米的地方，12 点的钟声清脆悦耳，与他干净空灵的琴音交相辉映，奏出了一段特别的曲调。她偏头，目光望向钟楼顶端的古钟，卢卡偏头瞧着她的侧颜，手指钩弦，嘴角微翘。

一幅美好静谧的景色，仿佛连时间都一并停滞。

卢卡身前停着几名游客，有一名青年摸索着下巴，笑得一脸暧昧，他蹑手蹑脚地往远走了几步，找了个角度，按下了拍立得相机的快门。

"咔嚓"一声响后，相机前方缓缓吐出一张巴掌大的相纸。青年将它抽出来，对着阳光甩了几甩，满意地自我欣赏了一番后，他走上前去，将相纸放入了琴匣之中，似笑非笑地抬眼冲卢卡挤眉弄眼，优哉游哉地离开。

卢卡将一曲弹奏完，弯腰取出琴匣中的相纸，青年游客用复古的色调，将他们两人送回了千年之前。

照片上的卢卡，像是一个深情的吟游诗人，他用琴音奏出施展法术的咒语，追踪着游离在时空罅隙之间的异国姑娘。

卢卡手指轻点照片侧边，茶色瞳孔中笑意缱绻，他将照片小心翼翼地收进钱夹之中。

琴声一停，甘甜甜便疑惑地将视线转了过来。

卢卡偏头冲她微笑，投向她的视线中温柔满溢。甘甜甜却不合时宜地想起百度上总结的意大利男人的特质，瞬间意兴阑珊地舔了舔唇，什么感想都没了。

卢卡将琴匣中的硬币，全部倒出来塞进牛仔裤口袋里，他将小竖琴仔细地摆进去，合上了木盖。

再抬头，甘甜甜已经一声不响地走远了。

"喂！"卢卡匆忙将琴匣横抱，起身拉开长腿追上她，"Dolcinna！等等我！"

甘甜甜听到那个名字的瞬间，似乎有一道电流从她后脊梁往上迅速攀爬，她抑制不住地抖了抖，脚下速度更快了。

"你等等我！"卢卡人高腿长，两步追上她，一手将琴匣背在身后，一手扣住她肩头，"跑那么快做什么？我在喊你。"

"啊？"甘甜甜顿住脚步，仰头看着他装傻，偏身撤步，巧妙地将肩膀从他手下解救出来，"对不起，我没听见。"

她装得太自然，卢卡只当她说的是实话："你吃过午饭了吗？"

甘甜甜愣了愣，心想意大利也流行见面打招呼，问人吃没吃饭吗？

"还没……"甘甜甜茫然答道。

"那我请客。"卢卡笑着推着她肩膀，往另一个方向走。

"啊喂！"甘甜甜让他推得一个趔趄，莫名其妙地想：难道在意大利，回答"我没有吃饭"的下一刻，问话的人就会请客吃饭？

甘甜甜被卢卡一路带出了大广场，在市中心的小路中穿行，不管绕过多少个街角，甘甜甜始终可以看到大广场上钟楼尖尖的塔顶。

"我们去哪儿？"甘甜甜疑惑地伸出另一只手，指着塔尖示意卢卡，"我们一直在原地转圈。"

"带你去一家老店，上个世纪初就存在的，与大教堂一般的古老。"卢卡手掌一直没有离开她肩膀，生怕她跑了，回头笑着对她说，"位置比较隐蔽，不好找。"

甘甜甜怔了怔，心道那还真是名副其实的老店，这种上个世纪的餐馆，在中国恐怕熬不过拆迁办的第一任负责人。

他们又左转右转，经过三个十字路口后，卢卡才终于拿开了他的手，示意她注意面前那扇古旧的枣红色木门。

木门下端的木头已经有些腐朽，门外竖着一架写字板，上面罗列着每日特别供应的菜谱，旁边是几盆不知名的花草，木门上挂着的门匾，似乎是用刻刀雕出来的，上面缠绕着一圈节日用的装饰小灯。

若是晚上来，彩灯一闪一闪，又是别样的景色，有种不服岁月不服老的童真。

"进去吧。"卢卡伸手推开木门，绅士地向甘甜甜探手。

甘甜甜客气地道了声谢，抬脚走了进去。

门外是一个世界，门内又是另外一个世界。

餐厅的走廊很长很窄，只够一个人通行。走过灯光昏暗的长廊，便是一片摆放着桌椅的敞亮大厅。

说是敞亮，也不过就是比走廊宽了那么四五倍。

大厅的尽头是一个开放式的厨房，三个年轻帅哥组成了一条流水线：揉面擀皮——涂抹酱料撒奶酪——送饼进火炉。

他们穿着整套的厨师服，戴着高耸的蛋糕帽，站在旧式土砖搭成的壁炉前，专注地忙碌。

卢卡见甘甜甜视线一直黏在帅哥厨师的手上，便带着她坐在了离开放式厨房最近的一桌。

餐厅的老板是个身材严重走形的胖大叔，老板明显与卢卡相识，他腆着啤酒肚从收银台前走过来，连菜单也没拿，哥俩好地举着大胖手热情地拍打着卢卡的肩膀，说了一串快速的意大利语。

卢卡眉头迅速皱了一下又展开，将背上的琴匣放在旁边的椅子上起身跟老板热情拥抱。

老板的视线往他琴匣跟甘甜甜身上溜了一圈，笑得脸颊都在抖，张嘴就又是噼里啪啦一串，明显带着揶揄味儿的意大利语。

卢卡又是点头又是摇头，笑着答了他几句之后，老板眯着眼睛不住点头，然后转身伸手递到甘甜甜面前，咬着别扭的英语，竟是在自我介绍："嘿，美女，我叫罗伯托。"

甘甜甜赶紧起身跟他握手，说："我叫甘甜甜。"

老板哈哈大笑，握着她的手晃了晃，结结巴巴地说："嗯……别……别紧张……"

甘甜甜窘然地抽了抽嘴角。

罗伯托又转头跟卢卡说了两句话，腆着肚子又走了。

卢卡坐下，将碗碟下垫着的餐巾取出，展开铺在腿上，对甘甜甜说："罗伯托是我老朋友，每次来都是他定菜单。"

哎哟，这还是私房菜馆的待遇。甘甜甜心里激动，面上神色如常地应了声，思忖了片刻，还是忍不住开口问他："你为什么要请我吃饭？"

卢卡坐在她对面，投向她的视线中蕴满笑意，他伸手拍拍邻座上的琴匣，真诚地笑道："因为我卖艺赚钱了啊，很高兴。如果喜悦能够与朋友一起分享，会更开心。若是能请朋友吃一顿饭，那会更加开心。"

"我们交个朋友吧。"卢卡伸手，兀自握住她放在桌面上的手，摇摇晃晃，十足的马后炮。

甘甜甜也不说话，似笑非笑地瞥了他一眼。卢卡收回手顺带帮她将餐巾展开递给她。

甘甜甜接过餐巾，学他铺在腿上："你到底是做什么的？为什么又在卖艺？我听说，在欧洲卖艺也是必须有证书的？"

卢卡只是笑，也不答，摆弄着摆在桌上的餐具后，在甘甜甜求知欲十足的目光中自动切换话题："你想不想知道，那栋着火的老房子到底怎么回事？"

他不说，甘甜甜差点儿又把这茬儿给忘了。她终于得了机会解惑，痛快点头："想。"

卢卡闷声低笑，修长十指交错放在桌面上，说："那个房子的原主人，是一对年迈的夫妻，他们有一个当兵的儿子，很年轻。有一次出任务，年轻人碰到了意外，不幸逝世。政府给了老夫妻一笔赔偿金，他们也不想在摩德纳住下去，便搬去了其他城市。"

甘甜甜"唔"了一声，抿着唇低声说："很遗憾。"

世间最痛苦，不过白发人送黑发人，想必搁在哪个国家都一样。

"对。"卢卡的手指微微动了动，继续道，"在意大利，房主是拥有房产的永久居住权的。那对老夫妻之前是将老楼整栋买了下来，所以那栋楼都属于他们，但是他们走了以后——"

卢卡抬眸瞅了瞅甘甜甜，似乎是在纠结措辞。

"你继续。"甘甜甜觉察出他的犹豫，摆手道，"我知道，故事的结局，是我的同胞占用了它。"

卢卡叹了口气，眼神复杂："对，但起因却是因为一个失业酗酒而又好赌的酒鬼，走投无路急需用钱，他无意中得知了这件事，待老夫妻走后，将老楼的门锁更换了，并声称这栋房产是老夫妻以合法手段转让于他的。"

"然后？"

"然后，"卢卡继续道，"那位酒鬼居然把这栋房子分租给了中国留学生。因为房子太过老旧，所以目前只有前日那位小姐以及她前一位室友愿意租住。"

还有我……甘甜甜默默在心里补了一句，汗颜了片刻，继续问道："那起火的原因呢？"

卢卡摊手，嘴唇往下一撇，长眼睫眨啊眨，见怪不怪道："房屋内线路太过老旧，那位小姐的充电设备并不正规，于是引起了火灾。"

终于扒完了故事真相的甘甜甜，又将注意力转向了其他地方："卢卡。"

"嗯？"

甘甜甜趴在桌面上仰头，目光如炬地盯着他："连附近邻居都没有发觉，是一个酒鬼非法占有了老夫妻的房子，你又是怎么知道的？而且——"她怀疑地眯了眯眼，"你还非常确定？"

"那位死亡的青年是我的朋友，而我也知道他的父母就算搬走，也很舍不得出售那栋老楼。"卢卡眨了眨眼，轻描淡写地一句带过，双手分开，十指在桌面有规律地敲敲点点，瞬间再次转换话题，"罗伯托的比萨怎么还没有好？"

话题转换得太生硬了好吗？甘甜甜有吐槽的心，没有吐槽出口的情绪，因为她突然想起来一件也同样并不光彩的事。

她若有所思地瞧着罗伯托亲自将他们的比萨端上来，心想：她那封可以用来最多骗取五千两百欧元的助学金材料，也是一个不该存在的东西。好在，她还没有利用它，去牟取一份不属于她的利益。

摩德纳位于意大利北部，并不靠海，海鲜价钱不低。

但是罗伯托说，他今天意外地抢购到了一筐海鲜，所以，就没有挑选摩德纳的特色菜。而是亲自下厨给他们两个做了道龙虾面，以及用罗勒叶烹调的很是特别的海鲜沙拉。

甘甜甜垂涎帅哥厨师酥底薄皮儿厚料的比萨，卢卡却偷偷告诉她：面与比萨都是主食，如果她再点比萨，罗伯托会高兴她的赏脸，但是她的肚子会抱怨她不顾它的感受。

"暴饮暴食不是个好习惯，"卢卡打趣儿道，"下次我再带你来。"

甘甜甜耸耸肩，无奈妥协。

结账的时候，卢卡坦然地伸手入兜，掏出一大把硬币放进罗伯托的托盘里，"叮叮当当"清脆的声响，莫名让甘甜甜忆起他在大广场上弹奏的曲子。

"就知道你又去广场卖艺了。"罗伯托哈哈大笑，也不数，他打眼儿一扫便清楚，卢卡付了他差不多两倍的钱，小费给得很是丰厚。

罗伯托知道甘甜甜不会意大利语，特别换了蹩脚的英语大声道："卢卡，你玩心太重啦。"

卢卡起身与他道别，潇洒地挥手，反驳道："先生，这不是玩心，是别样生活。"

卢卡带着甘甜甜七拐八拐之后，又将她送回了大广场："接下来打算做什么？"

"回家睡午觉。"甘甜甜诚实地告诉他，"我有睡午觉的习惯。"

卢卡缓缓点了点头："那我就送你到这里了，你知道怎么回家，对不对？"

甘甜甜点头，她有些诧异卢卡居然没有提出要送她回家。

她思忖道：或许是她想多了，像是罗伯托所说，卢卡只不过是喜欢游戏人间，想交一个外国朋友而已，并没有其他的心思。毕竟意大利人的思维逻辑，她并不熟悉。

甘甜甜这样想着的时候，觉得自己更加轻松，她笑着说："对，我知道回家的路。那么就此告别，多谢你今天的款待。"

卢卡摆了个绅士的姿势，他做了一个伸手摘帽子的动作，手停在胸前，说："不甚荣幸。"

他甚至没有要求与她贴面礼，便背着他的琴匣，挥手与她告别。

甘甜甜走出广场的时候不由得转头回望，却失望地发现卢卡的身影，已经消失在了另一个方向。

卢卡快步走出广场脚下一转，往侧旁街道走进去两步，拉开弗兰科停在路边的巡逻车后座，就自觉坐了进去。

前排正把帽子扣在脸上补觉的弗兰科，警觉地抬头。卢卡从后视镜里向他打了个招呼后，示意他继续睡他的觉。

弗兰科耸耸肩，重新将帽子扣在脸上。

"吟游诗人背着他的琴匣，与他追寻的，远在时间罅隙中的异族女孩儿，竟是以这样的方式，分道扬镳。"

卢卡从钱夹中取出照片，掏出他裤子口袋中别着的钢笔，旋开笔帽，在照片背面洋洋洒洒，写下了这样一段意大利语。

卢卡写完，甩着照片想让字迹快速风干，他偏头甩了两下后，又将照片反扣在膝盖上，在右下角用小一号的字又补了句：没办法，中国人天生含蓄内敛，以及……谨慎……不可以太热情，要控制，慢慢来……

中国人叫这个方式——他用钢笔歪歪扭扭地写了半天，"画"下了四个诡异的汉字——"徐徐图之"。

第三章

卢卡的美食哲理：心情不好的时候就吃吃吃

甘甜甜继续在找房子，可是一直没有房东愿意接纳她。

一晃一周过去，她去秘书处领了一个写有她名字的信封，与一个手掌大小的蓝色硬质封皮的考试成绩记录册。

她在秘书处门口忍不住好奇，将信封拆开来看，却发现里面是她的学生证、注册证明，还有一张纸上印有她的学号跟学生账户与密码。

学生证与考试成绩记录册底色相同，上面有她的照片跟基本信息，以及学校繁复霸气的校徽。

甘甜甜拿着同时领到的全额学费缴费单，就近去了学院附近的一家叫作 unicredit 的银行，刷卡将学费缴了。

这下，她总算正式成了一名留学生。

甘甜甜回家，上网找到了学校官网，下载了临床医学 2014-2015 学年第一学期的课，她掰着手指期待地算：四天后，就是她第一堂课。

于是甘甜甜抱着这样激动的心情，在四天后的周一早晨八点半，踏进了医学院的教室中。

她需要补修的第一门课，正是开学第一天就有的《生物学与遗传学》，课表是意大利语的，她专门用谷歌翻译，将课的名称全部译成了中文。

她打定注意，既然她至少要在临床医学待足一年，那么不学也是过一年，学也是过一年，她何不认真学习。就算有些知识可能今后她并不一定用得上，长长见识总是没有错。

"嘿！赶天天！怎么是你？"

甘甜甜闻声抬头，笑着跟乔托打招呼："恭喜你成功考入临床医学。"

"你报考的不是法医硕士？"乔托绕过第一排的座椅，坐到她身边，诧异地道，"你是走错教室了吗？"

甘甜甜顿了顿，得了机会，开始向乔托大倒苦水。

"所以，"乔托两道浓眉皱成了一团，惋惜地说，"你就降级成了一名临床医学本科的学生？"

"对，"甘甜甜沉痛点头，"咱们现在是同学了。"

乔托耸肩摊手，见怪不怪道："你要习惯，这就是意大利人。"

"啊？"甘甜甜不太明白他的意思，追问，"什么？"

"我说，"乔托嘴唇一张一合，露出一口大白牙，"你要习惯意大利人的不可靠，他们总是这样。"

甘甜甜跟乔托一直聊到了九点，学生零零散散地坐了二十来个，她疑惑地按亮 iPad 屏幕看了看时间："乔托，我们难道不是八点半上课？"

乔托闻言，以一种怜悯的眼神回视她，说："赶天天，你要习惯啊，这就是意大利人！"

甘甜甜一脸茫然："……"

"意大利人迟到半个小时很正常，除了米兰都灵那边的区域！"乔托恨铁不成钢地拍打她的肩膀，给她科普，"就算他们一声不吭地翘掉约会……就算老师没有提前通知，就翘掉今天的课程，对他们来说，也是正常的事情！"

"不能吧。"甘甜甜不信任地皱眉，"这有点儿夸张……"

乔托两手托着下巴，真诚地眨巴着眼睛看着她，说："相信我。"

甘甜甜登时觉得，对于习惯早到二三十分钟的中国人来说，她貌似，来错了国家。

满教室的学生百无聊赖地等了四十五分钟后，秃顶啤酒肚的教授终于推着一架人骨标本，姗姗来迟。

甘甜甜诧异，遗传学需要用人骨标本？她茫然地又查了查 iPad 上的课表——没错啊……

教授打开电脑，放映 PPT 将本门课的大致授课方向，与配套实践内容、考试要求一一介绍完毕后，举着细长的金属教杆站到了人骨标本的旁边。

教授一直用意大利语在滔滔不绝，甘甜甜一句也听不懂，她一头雾水地心想：不该是英语授课吗？是老师忘记了，还是……

她转头扫了眼乔托，见他正在笔记本上飞速做笔记，终于后知后觉地发现事情貌似有些不对劲。

"乔托……"甘甜甜咬紧牙根，悄声唤他。乔托专注地奋笔疾书，她纠结地在本子上用英语写了"遗传学"，然后在上面打了个大大的问号后，推到了乔托面前，试图引起他的注意。

乔托抬头确认骨骼位置的同时，给她写下了两个单词"换课""解剖"。

甘甜甜："！"居然一声不响，就换了她最为擅长的科目？！

她不敢置信地仰头，用一种他乡遇故知的激动眼神，深情款款地注视讲台上的教授。三分钟后，她被教授的意大利语虐成了傻 ✕。

满教室的学生都在唰唰记着笔记，唯有甘甜甜拿着笔的手顿在半空，她茫然地跟标本脸上那对空洞的眼睛对视，心里默默淌了一地的泪。

人体全身 206 块骨骼，甘甜甜闭着眼睛都能认出来，可是换了意大利语，她却连一个名字都叫不上来。人生最虐的事情莫过于此。

甘甜甜痛苦地挨过了一节一个多小时的课，她无助地趴倒在桌面上，任乔托拿笔戳她，她也一动不动。

如果她的猜测被证实，那么今天，不过是她生不如死的开始。

"哪位是赶天天？"教授坐回讲桌后休息，他拧开了一瓶矿泉水，视线在教室中巡视，用意大利语问道，"哪位是赶天天？"

甘甜甜正在痛不欲生，听觉明显下降了不止一个灵敏度。教授重复了三遍后，还是乔托用英语喊醒了她："赶天天！教授在叫你！"

甘甜甜一抖站起来，颤颤巍巍地举手，用英语与老师解释："我是甘甜甜，可是教授，我不会意大利语。"

"啊……我忘记了。"教授仰脖喝了一口水，换了扭曲发音的英语，"你本来申请的是英语授课，对不对？"

甘甜甜点头，半死不活道："是的。"

"哦，我就是来告诉你一声，"教授目光悲悯，"本科临床医学没有英语授课，孩子，你要准备学习意大利语了。"

甘甜甜的猜测瞬间被证实，她脚下一软，差点儿给教授跪下了。

下课的时候，教授好心地叮嘱她一定要继续跟《解剖学》的课，因为课程后期会跟进许多解剖实例，学校将会提供以欧洲人种与非洲人种为主的解剖研究个体，这些在国内是她不可能接触到的。

甘甜甜含泪点头，教授与她泪目对视三秒钟，低头又在便笺上唰唰给她写了个地址，让她去政府专门为外籍人士开办的意大利语培训学校，报名学习。

但是碍于这个班每周只有四个小时的课程，授课速度与内容只适用于缓解生活困难的人群，对于甘甜甜本科学习的帮助远远不够。所以教授推荐她，去本科的语言系蹭课。

甘甜甜一个头两个大，她蹲在医学系门口，简直想一头撞死。

乔托怜悯地俯视她，默默为她祈祷道："愿上帝保佑你。"

"让上帝保佑我穿越回半个月前吧！"甘甜甜痛苦地捂着脸，"我绝对宁愿选择，在国内一天相八个男人，也不要来意大利了呀！"

甘甜甜出了医学院的门，就搭车去了火车站附近的政府语言学校。

九月中正好要开新一期的语言培训，这会儿排队报名的人，已经挤满了整个走廊大厅。

甘甜甜排了将近一个小时的队，才在零基础班次报上了名。

火车站离大广场很近，甘甜甜顺路又去了趟图书馆看房，结果依然没有合适的房源。她身心疲惫地又回了市中心广场，摩德纳统共就这么大一点儿，除了大广场，似乎就什么都没有了。

她重新坐回那条长椅上，整个人沉进椅子里，后脑勺儿枕着椅背，仰头看天，萎靡不振。

郁卒地叹了口长气，她似乎自打来了意大利，就没遇见过顺心的事儿。

她似乎真的不应该跑出来，就该留在国内相个男人，嫁人生子，一辈子就这么无风无浪地过了，平平静静的。可是她又不甘心，她的爱情还没开始，她不想为了嫁人而嫁人，她自始至终打从心底还是相信爱情的。

她也想轰轰烈烈爱过了，然后风光大嫁，有个甜蜜人生。而不是所谓的相一个合适的人，开始一段平淡的后半生。

她到底也是个姑娘。

只不过，开弓没有回头箭，打她破釜沉舟毅然选择出国这条路时，她就已经没有了说"不"的资格。

后悔也没用了。她拍拍自己脸颊，自我打气：要振作！甘甜甜！

甘甜甜站起来，就近又推门进了图书馆。

她的当务之急，就只有一个——找房子！

甘甜甜把条件放宽，将七八个近期出租的房子的联系电话，全部加进了通讯录里，短信群发。信息刚发出去，还没等她走出图书馆，手机就在裤兜里振了振。她喜出望外，期待地掏出手机，却发现短信是卢卡发来的：你是在找房子？很可惜，我多么想有一套房子，出租给你。

甘甜甜愣了愣，这才发现，她忙乱之中，居然将卢卡的名字加入了群发的联系人之中，将求租短信也发给了他。

她窘然地赶紧回了他一条："对不起，我发错人了。"

短信发出去没两秒钟，手机又振了，卢卡竟然打电话过来了。

甘甜甜一头雾水地将电话接通："你好。"

"你好，"卢卡语气很轻快，"这是你第一次给我发短信，结果却是因为发错了。"

"嗯。"甘甜甜有些尴尬，用鼻子发出了一个无意义的音节。

"你在找房子？是因为房子被烧掉了，没有地方住？"

"还有另外的原因，"甘甜甜又叹了口气，没精打采地道，"一言难尽。"

"你在哪儿？离大广场远吗？"卢卡顿了顿，换了个话题。

"我就在大广场。"

"那就待在原地不要动。"卢卡那边立刻传来"呼呼"的风声，他闷笑道，"稍等，我就来。"

甘甜甜捧着电话有点儿状况外，视线余光却敏锐地捕捉到了一道挺拔俊逸的人影，保持一手拿手机放在耳边的姿势，从她面前的广场入口冲了进来。那人今天穿了一件仿海军制式的夏款短袖衬衣，下身是天空蓝的修身长裤，高至膝盖的黑色军靴，包裹出他修长的小腿线条。

他这次没再将衬衣纽扣解开三颗，而是一路将它们规规矩矩地扣在脖子下，服帖的面料随着他跑动的姿势被风压在他前胸上，他精瘦结实的胸肌轮廓隐约可见。

直到他停在了她面前，甘甜甜才愕然发现，他肩上居然还有肩章，貌似——还是有军衔的？只是那有星有花有叶子的，像是绕出了一个不明显的 logo。

"你这是……你是海军啊？"甘甜甜脱口而出，诧异地将他从上扫到下，"你不是警察吗？意大利军警，不分的？"

卢卡这才挂断电话，将手机揣回裤兜里，爽朗大笑："我只是穿了套仿海军的时装。这版制服是为了纪念一位出色的军人，被一位知名的设计师重新设计，并将肩章也做了修饰处理，并不是真正的军装制服。"

"哦……"甘甜甜眨眨眼睛，由衷赞了句，"你这么穿，挺好看。"

"哦？看来你也喜欢制服啊。"卢卡挑了挑眉毛，笑得有些耐人寻味，"谢谢。"

"那你到底是做什么的？"甘甜甜再次遏制不住好奇心，旧事重提。

卢卡继续顾左右而言他，他侧身指着对街的冰激凌店，道："想不想吃冰激凌？"

"喂！"甘甜甜抗议，"不要转换话题，你的身份是间谍吗？"

"巧克力口味还是提拉米苏口味？"

"提拉米苏……"茶色的双眸近距离停在她面前，四目相对，甘甜甜下意思地回答了他，反应过来又懊恼道，"这不是口味的问题！"

卢卡哈哈大笑，爽朗愉悦的笑声还回荡在她耳边，人却已经跑远了。

甘甜甜气闷地停留在原地，她想：或许这也是文化差异的一部分？难道在意大利，连职业也是个人隐私？还是，卢卡认为他的职业是隐私？

甘甜甜心里有点儿不是滋味，可再掐指一算，他们认识也不过一礼拜的工夫。

她等了五分钟，便见那道英姿飒爽的人影，举着两个蛋筒走了回来。

"提拉米苏跟开心果口味。"卢卡笑着将其中一个递给她，"来意大利一定要尝尝开心果口味，这是意大利特色。"

一个蛋筒上有两种口味，甘甜甜这个却是深棕与豆绿的搭配，看起来有点儿丑。希望吃起来不错吧……她快快中又带着点儿索然无味。

甘甜甜抬手接过，心情复杂："谢谢。"

"我们去那边坐着吧。"卢卡抬着下巴示意她方向。

甘甜甜点头，跟他过去，坐到她刚起来没多久的那条长椅上。

她垂着头，表情纠结地观察了一会儿那坨绿得让人很没有食欲的开心果口味，然后表情微窘地张嘴啃了一口，待奶油融化在口腔里，却发现味道原来真的很不错。

果仁的清香与奶油滑腻口感完美地融合在一起，对味蕾来说的确是种享受。

"喜欢？"卢卡偏头问她。

"嗯，很好吃。"甘甜甜点点头，换了个方向将提拉米苏口味的咬了一口，味道也很好，咖啡奶油跟酒的经典搭配，是甜点史上无法超越的杰作。

甘甜甜左咬一口右咬一口，抿抿唇又皱着眉头，觉得舌尖卜味儿有点儿怪。卢卡拿余光瞥她，嘴唇贴在冰激凌上闷笑，肩膀微微打战。

甘甜甜眯着眼睛偏头，眸光中杀气四溢。卢卡笑得奶渍糊了上唇边，像个淘气的孩子。

甘甜甜没再理他，继续品她的冰激凌，卢卡也收了笑，他们两个人安安静静地正对着大教堂，各自啃完了手中的冰激凌后，他递了张湿巾给甘甜甜。

甘甜甜擦完了嘴唇上的奶渍，又仔细地擦拭手指。

卢卡向上展臂伸了个懒腰，手肘架在椅背上，侧身对着她，瞧见她专注的模样，闷声笑了笑，这才用性感磁性的嗓音说："心情好点儿了吗？"

"嗯？"甘甜甜诧异地抬头。

"你的心情不好。"卢卡微微低头，茶瞳与长睫毛停在她眼前，他微笑着问，"现在呢？吃了冰激凌，心情是不是会好了很多？"

"嗯。"甘甜甜笑着点头。

卢卡伸手拨了拨垂在鼻梁上的刘海儿，视线往她身后的甜品店探了过去，他用一种微微敬仰的语气说："食物也是一种艺术。如果你能从中感受到美与爱，那么自己也就会得到这些。对不对？"

这是甘甜甜第一次听说这样的观点，她错愕之余，只觉得将这句话在心中回味一回味，它们似乎就沾染上了开心果与提拉米苏的味道。

"对，"她笑着应和他，"你说得很对。"

"那么现在，你可以告诉我，你的忧愁从何而来。"卢卡又将视线转回了她脸上，笑得有几分暖心，话说得富有诗意，"你说，我听着。"

甘甜甜直视着他，嘴唇动了动，在开始缓缓下沉的夕阳下，说了她倒霉催的专业被换了：研究生降本科，英授转意授，听不懂的课，不会的语言……

卢卡一直保持着微笑，耐心地听她抱怨。

"就是这些了……"甘甜甜摊手。

"所以，你很不开心？"卢卡笑着明知故问，颊边酒窝若隐若现。

甘甜甜沉重地点头。

"不是很严重啊，房子我可以找朋友帮你问问，或者是中介。"卢卡眼睫缓缓眨了眨，手掌托着下巴，"至于语言，我可以教你。"

甘甜甜："！"

"不过，"卢卡皱了皱鼻子，微微有些为难，"我下个礼拜要去复工，时间上并不是很宽裕，目前也并不确定什么时候有空。"

甘甜甜识相地没有再问他工作的问题，她踟蹰着道："房子，我觉得我可以自己找……只是语言……会不会太麻烦你？"

"不会，"卢卡修长手指撑着半张脸，指尖在眼下点了点，拖长着音说，

"作为我教你意大利语的报答，你可以……"

甘甜甜瞪着眼睛等他的下半句：敢说以身相许小爷揍你！

"你可以教我中文啊！"卢卡拍着椅背笑道，"怎么样？"

甘甜甜："……"你死定了！她眯着眼睛，胸有成竹地从眼缝里往外渗精光：你绝对会直接死在中文的入门门槛前——四个声调上！

卢卡跟甘甜甜只聊了一会儿便跟她告别，说还有事需要离开。

甘甜甜一个人坐在大广场上看日落，百无聊赖地等天黑，天黑之后就会迎来朝阳——一个新的开始。

她等夕阳橙黄色的暖光笼罩了半个天空，便起身沿着广场一边的商业街慢慢溜达，停在她感兴趣的橱窗前取景拍照，心情似乎已经平和了不少。

晚上十点，甘甜甜回到了家，毛佳佳却还没有回来。龙城酒家打烊一向很晚，甘甜甜也没多想，早早洗漱上了床。

等她一觉醒来，这才发现毛佳佳竟然一夜没回来。

隔壁的其他员工还没起床，甘甜甜拨了毛佳佳的电话，那头的手机一直处于关机状态，她只好给毛佳佳发了条短信，然后匆匆忙忙去了学校。

等她到教室的时候，乔托已经在了，他今天穿了一件白底杂花的衬衫，大耳麦一刻不离身地挂在脖子上，黝黑的皮肤在灯光下隐隐发光。

他见到甘甜甜进来，故意卖萌地吐着舌头，抬手向她比了个嘻哈歌手常用的手势。

甘甜甜忍不住就笑了。

乔托用英语跟甘甜甜低声交谈，告诉她：如果需要，他们可以找个空闲的时候，他用英语将老师讲课的内容翻译一遍给她听。

甘甜甜顿时感激涕零地表示，改天亲自下厨做中国菜给他吃。然后乔托就疯魔了，他两手托着下巴，絮絮叨叨了二十分钟各种被翻译得很诡异的中国菜名。甘甜甜一头黑线，直想回家取了平底锅也给他一下。

今天早上正好是《神经学》，这方面的知识甘甜甜以前其实很少涉猎，她掏出手机按了录音键之后，将手机话筒冲着老师的方向平放在桌子上。

她打算将以后的课程全部录音，等她意大利语有了基础之后再慢慢回放，自学吸收。

甘甜甜中午刚下课，就接到了个电话，手机屏幕上的号码颇为陌生，她疑惑地接起，只听那头的女声约莫四十岁，带着浓重的中国南方口音，她说："你好，是甘甜甜吧？"

甘甜甜道："对，我是，请问您是哪位？"

"我是佳佳的老板娘啊，佳佳是在家还没起哇？今天怎么没来上班，身体不舒服吗？"那头的女人道，"我打她手机也不通，她之前给我留有你的电话，所以我打扰你啦，想问问她的情况啊。"

甘甜甜闻言一愣，忙道："毛佳佳昨天晚上没回来，我打了她电话，也一直是关机状态。"

"这……"电话那头的老板娘着了急，"这是怎么回事哇？她昨天跟我请假说去佛罗伦萨的大使馆补办护照，怎么就联系不上了呢？"

"老板娘，要不我们再等等？若是她到下午再联系不上，我们就去警局吧。"甘甜甜斟酌道，"或许她是直到现在还没起床也有可能，只不过到了下午，怎么也是该睡醒了的。"

就算是在国内，成人 24 小时后联系不到，也是可以报案了的。

"哎，好好。"老板娘应声挂断了电话。

甘甜甜回到家在床头坐了一会儿，期间继续给毛佳佳打了几个电话也不见接通，她跟毛佳佳相识不过几天，却念着住过一个屋子，遇过一场火灾，交情虽见不得有多深厚，但同是身在异乡为异客，老乡间的牵挂难免会不一样一些。

直到下午四点，老板娘担忧地又打来了电话，说毛佳佳依然没有音讯，可若是让她以一个智力正常的成年人 24 小时无法联系这一理由去报案，又未免觉得小题大做。

甘甜甜也理解，她挂了电话，手指头在床边无意识地敲击，半晌后她动作一顿，蹙眉纠结了片刻，毅然掏出了手机，在她干净得可怜的通讯录中，选择了一个号码，拨了出去。

很多人以为法医见惯了死亡，就应该是已经对生命持有冷漠无视态度了的，其实不然，他们见惯了世事无常的死亡，反而对生命存在敬畏。

甘甜甜将手机放在耳边，数着里面"嘟嘟嘟"的提示音，连心跳也一并加速。

电话接通的一瞬，甘甜甜神经一下绷紧，她忐忑地脱口而出："卢卡！"

电话那头的卢卡笑着应了一声，说："赶天天，怎么了？我觉得，你似乎有些着急，出了什么事情？"

甘甜甜抿着唇，鼓了鼓腮帮，叹气说："我室友不见了……"

电话那头没了声音，一片安静，不知道是在无奈她的大惊小怪，还是依然在耐心倾听。

甘甜甜硬着头皮只能继续说："她已经失踪24小时了，联系不到，她的老板跟我都挺担心的，她一个女孩儿独身……你明白的……我打电话的目的是想问你，这种情况在意大利可以报案吗？"

甘甜甜忐忑地继续道："你知道，我不太懂意大利的法律。"

"赶天天，"卢卡听她说完，语气居然很正常，他四平八稳地答非所问，"你现在，去大广场上等我吧。"说完，就挂断了电话。

甘甜甜："？！"

十五分钟后，甘甜甜在大广场对面到了站，脚下不停地直奔进广场内。

卢卡果然已经到了，他今天穿着件宽松的棉质 T 恤衫，下身是条运动裤，身上隐隐散发出一股淡淡的消毒水的味道。

甘甜甜站在他面前喘了喘气，抬手跟他打个招呼。卢卡的神色有些疲惫苍白，他垂眼看她，笑着说："所以，你找我什么事？"

不是你找我的吗？你让我在大广场等你的啊？甘甜甜闻言连气都忘了喘，错愕地词穷了半晌，只能把电话中没说完的话说完，她道："我就想问你，这种情况能报案吗？还是，有其他的处理方法……"

"很急吗？"卢卡漫不经心地挑了挑眉眼，意味深长地道，"如果你很急，那自然就会有另外的处理方法。"

"……"甘甜甜道，"急！"

卢卡闷声笑了："你室友叫什么名字？"

"Máo Jiā Jiā！"甘甜甜迅速答道，"Máo——Jiā——Jiā。"

卢卡又垂眸瞅了她一眼，取出手机偏头打电话，也不避她。

意大利人日常说话语速很快，甘甜甜除了能捕捉到卢卡语句中发音生硬的"毛佳佳"，与一再强调的"Cinese"外，便什么都听不懂了，她一头雾水地等待卢卡挂电话，眼神期待地凝视着他。

卢卡这通电话持续的时间很长，他耐心地说说停停，电话那头似乎是在不断给他转接到其他人手上。

约莫过了半个小时，卢卡的表情终是在不断变换中，停在了一个眼神明显透出股遗憾的表情上。他叹了口气转头，俯视着甘甜甜摇了摇头，换回了英语："你的室友，昨天下午 18 点 27 分时在佛罗伦萨的火车站附近遇到了意外事故，因为她身上并无有效证件并且连手机也已经损坏，所以警方无法通知她的亲朋，而且现在，虽然经过紧急抢救，但她也并未完全脱离生命危险，我很抱歉……"

甘甜甜的心情瞬间变得很复杂，她动了动嘴唇，拧紧了眉头，满目担忧，兀自盯着脚下的长方形地砖。

卢卡垂头看着她，静静地陪她发了一会儿呆后，语气徒转温柔："如果你担心……"甘甜甜期待地仰头，却听卢卡继续说道，"或许，我们可以请上帝保佑她。"

甘甜甜压下差点儿脱口而出的"我不信教"，只觉手腕一紧，人已经被卢卡拽着往大教堂方向飘出两米。

摩德纳的大教堂很是有名，只不过外观一直在修缮，脚手架与大幅的围布从来没有摘下来过，所以甘甜甜理所当然地以为，连它内部，也应该是不允开放的。

却不料，卢卡熟门熟路地拖着她，径直推开了大教堂的偏门。

大教堂内部与外观一般的宏伟壮阔，穹顶高悬，四周石壁上全是大幅色彩已有些暗淡的画作，石柱已有些斑驳脱落，长长的大厅里整齐地摆满了长椅，正前方正对耶稣圣像。

卢卡貌似清楚，中国人并不信教。所以，甫一进入教堂的门，他就放开了甘甜甜的手腕。

卢卡虔诚地在正对中央十字架的位置单膝虚虚跪下，微垂着头默默祈祷，右手在胸前画十。

甘甜甜下巴微抬，静静站在他身旁，视线一一走过教堂内的壁画，表情肃穆安恬，目光中透出敬仰与尊重。

卢卡在默默念叨着她听不懂的词句，长翘浓密的睫毛微微颤抖。

上帝说：我们身边的人，都是我们的兄弟姐妹。

卢卡向上帝替毛佳佳祈祷完平安，起身向甘甜甜示意。

甘甜甜点头与他出了教堂，回到大广场上，卢卡说他已经找人通知了院方，如果毛佳佳情况稳定可以探视，院方会告诉他，届时，他定会转告甘甜甜。

卢卡送她到公交车站。甘甜甜站在他身边，目光向他身上瞟了几瞟后，终于忍不住问道："卢卡，你受伤了？你身上有消毒水的味道。"

卢卡怔了怔，眼角堆起几道清浅的纹路，笑着打趣儿用英语说了个感叹句："好灵敏的嗅觉！"

甘甜甜猛然间居然有点儿不好意思，她微窘地唾弃自己：哎哟，你为啥不好意思？人家又不是在夸你鼻子长得好看，真是的……

"之前工作的时候受了伤，所以现在才有这么长的一段假期。"卢卡耸耸肩，轻松笑道，"今天早上去复诊，伤已经快好了。"

"你是怎么受的伤？你的工作很危险？"甘甜甜仰头，情真意切地道，"下次要小心。"

卢卡若有所思地点头，却明确地回避了她的问题，用下巴示意她说："你的车来了。"

没等到卢卡对她亲自解释他的职业，甘甜甜有些失落地上了车，向他扯出笑容道谢道别。车门关上的那一刻，她想，或许这就是外国人需要的私人空间与距离吧。

她终归，是个隔着半个地球的外国人。

甘甜甜回到龙城酒店，老板娘跟其他人都在大厅坐着休息。她叹了一口气，拉着把椅子坐在他们旁边，简单地说明了毛佳佳的情况。

一语惊四座，四座皆唏嘘。

"唉，现在只能听天由命啦。"老板娘长吁短叹，"怎么就能在意大利遇到了意外事故呢？真是……唉！"

甘甜甜眉宇间全是倦色，抬手揉了揉眉心。

"你是不是很累啊？"老板娘见她如此动作，体贴地说，"下午要是没课，就早点儿回去休息吧？反正现在我们也什么事儿都做不了了。"

甘甜甜清了清嗓子，道："行，那我这就回去了。"

她推开椅子站起身，正要背着包出门，却听老板娘又好奇又试探地问了句："甘甜甜，你怎么知道毛佳佳出事儿住院了的？"

对啊！甘甜甜的动作闻声顿住，她这才后知后觉地发现了事情不对劲的地方。半晌后，她故作轻松地一语带过，微微扯了扯嘴角说："找了一位当警察的朋友问的，他可能登录了内部系统查询的吧。"

她在众人怀疑的目光中，将功劳全部推给了弗兰科："就是经常在大广场附近巡逻的巡警——弗兰科。"

"哦哦，"老板娘应了声，突然转了意味深长的笑容道，"好姑娘！干得好！"

甘甜甜："？！"

"你别看意大利男人虽然花，没事儿就喜欢放电勾三搭四的，"老板娘拉着她的手，拍了拍她手背，话题转得又快又莫名其妙，"但是结婚后，很有担当的！"

甘甜甜："！"

甘甜甜回屋，房间里毛佳佳的东西都还摆放在原位，她面对着另外一张空床心情复杂。除却还没脱险的毛佳佳，不知身份的卢卡目前更是时不时挑战着她的逻辑思维，她忍不住想知道卢卡的真实身份。

甘甜甜烦躁地将头顶揉成一团被马踏过的凄惨模样，去厨房将之前剩下的一包芦笋从冰箱里翻出来，洗洗切切，将上半部鲜嫩的部分，在油锅里滚了滚，原汁原味地吃了些后，刷了锅碗，回屋内补觉。

她昨天一夜没睡，待这一觉醒来再睁眼，外面天都黑了。

甘甜甜打开台灯，掏出手机，这才发现，原来几天之前就收到了业务开通的短信，这几天忙忙碌碌，她居然一直没有察觉。

甘甜甜坐在床边，捧着睡得晕晕乎乎的脑袋想了想，没事儿找事儿地记起她下周三貌似要去离家不远的警察局按手印，她下床把所需要的注册证明跟照片，连同护照一起提前装进了文件夹里准备好。

然后，她拿着脏衣服去厕所，将它们塞进了洗衣机里洗了。

甘甜甜将洗衣机启动，靠着厕所洗手池，视线探向窗外，意大利的空气很好，污染小，晚上夜空星光闪闪，很是漂亮。

她就那么直直望着，只觉她出国不过十来天，竟然像过了半年之久。

甘甜甜顿觉心累，她忽然就想念起了以前的日子——单调枯燥，却简单轻松。她不禁思忖：出国，对于她来说，到底是一个正确的选择，还是，只是她一时负气莽撞抉择之后，所必须付出的代价。

毛佳佳的突然事故，导致老板娘急缺人手，她一方面在华人街的网站上张贴了招工信息，一方面请求甘甜甜帮她顶几天班，跑上两天的堂。

跑堂对于甘甜甜来说，倒是个难得的体验，她兴致勃勃地干了两天之后，只觉得腿都要跑细了。

她白天上课，晚上去餐馆打工。几天之后，简单的意大利语日常生活句式，已经熟悉了七七八八，张嘴就能来两句，虽然她并不知道这些单词怎么写。

而毛佳佳，她同住没两天的室友，却在那个礼拜的尾巴里，带着未能完成的留学梦，永远地离开了。

9月18日周三，甘甜甜来意大利的第十七天早上，天刚大亮，她就爬起来收拾洗漱，她预约按手印的时间是8:30。

甘甜甜赶在八点一刻到了警察局，将预约单跟邮寄居留包裹的缴费单一起交给负责的警察，一直等到十点，才有人叫她的名字。

她起身走进办公间，被安排在一个年轻男警的办公桌对面，男警看年龄不过二十五六岁，碧眸犹如一汪湖水。

警察抬头瞧了她一眼，莫名其妙地就笑意盎然地冲她挤了挤眼。

甘甜甜："……"

其实经历了一周跑堂，她差不多已经习惯了意大利男人的挤眉弄眼，就像是之前毛佳佳所说的那样，意大利男人调情的对象不分年龄美丑，只要是个女人，他们就能控制不住地"卖弄风情"。

警察开口跟她用意大利语打了招呼后，拆开了她从邮寄寄走的居留包裹，抽出里面的申请表，开始跟她一条一条核对信息。

审核无误后，这才用桌上的指纹扫描器提取了她十根手指的指纹。

警察告诉甘甜甜，她将会在二十天后收到领取一年有效期居留卡的通知。届时，她才真正算是一名拥有合法停留在意大利资格的外籍人员，并且她可以同时享有自由出入欧洲联盟 26 个申根国的权利。

出了警察局，甘甜甜又跑了一趟去语言学校，今天正好可以查看分班信息。

她在学校狭小的大厅里，从前来查看分班的学生人群中钻进钻出，在贴满了整整一堵墙的十二张分班表格中，按姓氏第一个大写字母的顺序找到了她的名字，她在零基础的第二个班，上课时间是从九月最后一个礼拜开始，每周二周五的早上十点到十二点。

甘甜甜仰头趴在墙壁上，眼前是密密麻麻的人名，心里却在想：卢卡答应教她意大利语，到底是一句随口的戏言，还是……他们自从毛佳佳那事了结后便再没联系。

甘甜甜不是一个万事喜欢依赖别人的人，她只纠结了三五分钟，便打起精神从人群中挤了出来，她今天是下午的课。

她一路回屋将冰箱里剩下的饺子全煮了，吃完后带着一身的芹菜味儿了学校。

经过一下午依旧是鸡同鸭讲的摧残，下课后乔托边走边用英语给她解释方才教授讲述的内容，迎面过来一个高挑丰满的女孩儿，手上拿着几张纸页，从他们旁边擦身而过。

乔托眼神登时就直了，身子跟着扭转，追着那女孩儿的背影肆无忌惮地盯着猛瞧。

甘甜甜颇窘地斜了他一眼。

"赶天天，"乔托欣赏美色的同时，还不忘分心，拿手肘碰碰甘甜甜的肩膀，不太确定地问道，"你是不是在找房子？"

甘甜甜心不在焉地应了一声："怎么了？"

乔托眼珠还黏在美女的翘臀上，结结巴巴地说："好像那个美女……嗯……她正在公告栏里贴广告，不知道是不是……出租房子的信息……"

甘甜甜闻言果断转头往回走，待她上前两步离得近了，正好美女也回过了头。

"Ciao（你好）！"美女怔了怔后，点头跟她打了个招呼。

"Ciao！"甘甜甜模仿她的发音后，换了英语指着她的广告纸，惊喜地说，"你是房东吗？在出租房子？"

"对。"美女眨着蔚蓝的眼睛，笑出了颊边两个小梨窝，用英语问她，"你想要租房子？"

甘甜甜点头，激动地偏头扫了一眼广告纸，见上面写的是"单间，240欧，学校附近"，顿时又欣喜又忐忑地问她说："我是医学院的学生，可是我不会说意大利语，你愿意将房子租给我吗？"

"当然，我的意大利语说得也不好。"美女笑着表示谅解，"我是西班牙人。"

甘甜甜笑着松了一口气。美女指着窗户，示意甘甜甜从她指的方向望出去，说："我的房子就在那儿，你现在想去看看它吗？"

老天……可真是相当……近啊！甘甜甜直着眼睛盯着仅与医学院隔了一条马路的四层小楼，深深觉得，她得给乔托爱看美女这个习惯点赞！

美女名叫艾米丽，中文谐音"爱美丽"，甘甜甜解释给她听，美女爽朗地大笑，说这个名字挺合她意，她的确很爱美。

乔托跟在她们身后死活不肯走，打着甘甜甜朋友的名号，死皮赖脸地非要跟着她们去看房，名正言顺地赏美人。

乔托蹭到艾米丽的身旁，不住以"我也是西班牙人"来拉近关系，时不时吐出一句西班牙语，企图博得美人的青睐。

谁知等他们一行三人到了楼下的时候，美人轻飘飘地甩了一句："哦对，我的男朋友偶尔会来过夜，赶天天，你不介意吧？"

甘甜甜自觉这话不是对她说的，她同情地用余光安慰乔托。果然乔托一颗少男心登时碎了满地，他伤心地抽了抽鼻子，果断地顿足，冲甘甜甜告别："赶天天，我走了，我室友叫我回家吃饭。"

甘甜甜憋笑，挥手让他赶紧滚蛋，自己跟着艾米丽上楼。

"我×叫我回家吃饭"这个句式，是甘甜甜教给他的。她说：在中国，我们遇见很想逃离，不想再继续下去的事情或者话题时，就可以这么用，×可替换成任何人名。

当时乔托还一副似懂非懂的模样，今天倒是用得顺溜。

艾米丽不懂内情，只觉得这人言语古怪，瞥了他一眼后，就将楼门关上了。

艾米丽是摩德纳材料系的在读博士，她也是这个月才来意大利的新生，她租了一套三室一厅的房子，自己住了一间，租给了一名意大利同学一间，还剩下一间正在招租。

艾米丽开门邀请甘甜甜进屋，她的意大利同学去跟男友约会了，家里没人，只余下一对诡异的可以和睦相处的猫狗在家。

狗是纯种拉布拉多，猫是纯种暹罗。它们两个用一样的姿势蹲在门口，正对着走廊，安安静静地仰脸与甘甜甜大眼瞪小眼。

"狗叫Mango，感觉有点儿傻，名字在意大利语中是芒果的意思。"艾米丽抬腿从Mango身上跨过去，解释道，"狗的主人是另外一个室友，她叫茱莉亚。"

"猫是我的，叫Kiwi，意思是猕猴桃。"Kiwi小步跟在艾米丽身后，脖子上的铃铛"叮叮"作响，艾米丽回头嫌弃地斜了它一眼说，"日后你就知道，它有嗯——那么点儿不像猫。"

它的确不像猫……甘甜甜盯着拉布拉多耳朵上几块秃了的地方，脑补了一出最终结果是以猫获胜的猫狗大战。

纵使家里养着一猫一狗，这套三室一厅却一点儿难闻的气味也没有，看来艾米丽跟茱莉亚是很讲究卫生的女孩儿。

　　艾米丽打开了出租房间的门，让甘甜甜进去看了看家具装潢，又带着她将整个房子都转了一圈，也不催她下决定，只问她会不会介意家里有动物。

　　甘甜甜挺喜欢这两只小动物，也喜欢艾米丽的直爽。

　　房子很大很敞亮，看得出来在出租之前，房东将房子全部翻新过，连家具都是新的。厨房干净整洁，厨具灶台闪着金属的光泽，厕所没有异味儿，显然猫砂也是在勤换的。

　　卧室朝阳，家具齐整。

　　甘甜甜想，她没有理由不租下这间房子，她直言道："我也喜欢小动物，而且很喜欢这间房子，也觉得自己会跟你们合得来。我打算租下它，你的意思呢？"

　　艾米丽笑着说："我也是，但是你要明白，我还有一位室友没有回来。等她回来，我需要跟她商量之后再给你答复。"

　　艾米丽偏头想了想，又补充了一句："今晚就给你答复。"

　　甘甜甜点头说好，起身跟她告别。艾米丽送甘甜甜到门口，说："希望我们可以再见。"

　　甘甜甜笑着跟她握手："我也是。"

　　晚上九点，甘甜甜正在看书时接到了艾米丽打来的电话。艾米丽显然是已经得到了室友的允许。

　　艾米丽约了甘甜甜第二天在她们家楼下详谈，甘甜甜回了句好。

　　翌日下午，甘甜甜在艾米丽楼下见到了另一位室友茱莉亚，那是个拥有跟卢卡一样发色的可爱姑娘，身材丰腴，面相和善。

　　艾米丽邀请她上楼，她们在客厅给她用英语，详细解释了意大利租房合同的相关内容，并愿意让她提前搬进来，正式租住合同从下个月，等她拿到了正式居留之后，再去警察局签署。

　　甘甜甜感激地向她们道谢，这一刻她终于觉得，似乎一切，都在慢慢变好。

趁着周末，甘甜甜正好搬家，她的东西左右不过两个包跟一床被子，她跟同屋的员工以及老板娘告了别，正式乔迁新居。

本是打算来帮她的艾米丽惊讶地发现，她居然没有行李箱，连衣裳都只有那么两套，爱美的姑娘完全不能忍受地拽她去逛街。

艾米丽带着甘甜甜绕着大广场的商业街一路扫荡，艾米丽抱怨说坠入爱河的茉莉亚时时刻刻都跟男友腻在一起，从来不跟她逛街，好在现在有了甘甜甜陪她。

甘甜甜来摩德纳将近一个月，这是第一次如此细致地将商业街区走了一遍。艾米丽只比她早来一个多礼拜，却已经能将城市街道熟悉到如此地步，甘甜甜只有佩服的份儿。

艾米丽带她从小街小道穿过，走进了一个小的广场，广场上停着两辆大巴，大巴后是一座古老的建筑。

建筑造型不及大教堂宏伟壮阔，却比之大教堂多了一份庄严肃穆，古朴的纯色青石砖外墙，在正午的阳光下居然泛出丝丝冷意。

建筑顶上没有竖教堂标志的十字架，也没有市政府的标识，门口也没有大幅的宣传广告，甘甜甜挺好奇。

"这是……"艾米丽正要绕过建筑围墙去对面街道，冷不丁被甘甜甜唤住，甘甜甜站在墙角，指着建筑问她，"这个是景点吗？"

艾米丽转头，诧异地顺着她的视线瞥了一眼，摇头正要给她解释，却突然跟打了鸡血一样，两眼放光，激动地眨着眼睛说："哦，我的上帝！是帅哥们！"

甘甜甜莫名其妙，下巴被艾米丽伸手扭成朝向小广场的方向。

建筑物前的广场上，那两辆大巴旁又停了一辆车，那辆大巴车门已经打开，一众穿着军装的少年正排队下车。

少年们不过二十左右的年纪，身高个个突破180，颜值爆表，身姿挺拔，长腿蹬着过膝的军靴，的确当得起一个"帅"字。

有美人兮不看浪费。甘甜甜坦然地跟艾米丽一起欣赏帅哥正开心，却不料最后一个下车的人却是——卢卡？！

甘甜甜诧异地瞪大了双眼。

她在他脑袋露出车门的那一刻便认出了他，因为在那一众人里，只有他没有穿军装，他那一身休闲西装的打扮，与前面的少年格格不入。

他走在队伍的末尾，个头比其他人都要高，走得都要稳。

建筑的大门从里面被人打开，一队人迅速消失在了甘甜甜的视线里，除却队尾的卢卡。卢卡目送少年们进去，大铁门从里面被锁上后，转身从建筑另一侧离开，背影正对着甘甜甜的方向。

背影挺括，步履稳健，阳光跳跃在他头顶发梢，金灿灿地闪着光点。

"最后那个人好奇怪，没有穿制服，但是也很帅。"艾米丽疑惑地猜测，"他是教官还是大巴司机？"

甘甜甜没有回答她，心中五味陈杂，她跟卢卡已经一周没有联系了。

"哦，天天！你刚问我什么来着？是问，这是哪儿吗？"艾米丽缓过了兴奋劲儿，晃动手中购物袋唤回甘甜甜的注意力，兀自给她解释，"这是一所大学，很有名的大学——摩德纳军校！"

"军校？"甘甜甜惊讶抬头。

"对！"艾米丽笑着说，"而且这座军校很不一般，它对学生的挑选近乎严苛，从身高到相貌，甚至是身世也有严格的选择标准。据说这座军校中的学生，全部来自欧洲富足而又有权势的家族，甚至大多数人是意大利古老贵族的后裔。"

这么牛？！逼格瞬间拔高啊有没有！甘甜甜不由得感叹的同时，却有个疑问不住盘绕心头——卢卡，难道不是警察，是军人？

算了，不管他是做什么的，他都不愿让她知道。甘甜甜低眉敛目，抑制住内心不住翻滚的情绪，尾随艾米丽去军校背后的那家餐具店挑选茶杯。

意大利的瓷器也很是有名，瓷器花纹清雅，造型富有创意，瓷质细腻光洁釉彩鲜艳漂亮，只远观便觉赏心悦目。

甘甜甜陪着艾米丽绕了瓷器店走了两圈后，便兴致缺缺地靠着门框等她，她视线落在面前的一对白瓷的咖啡杯上。那套咖啡杯造型简单又大方，像是有一条弯曲的柳叶，从杯口一路延伸下来环成杯柄，线条流畅。

她注意了那套杯子很久，久到艾米丽挑选好了自己中意的餐具结了账，站在她身边问她说："你喜欢那套咖啡杯？"

甘甜甜回神，收回视线，却笑着摇头否认，她只不过单纯觉得，那道像是倒扣的柳叶状的杯柄，有点儿像某人的刘海儿。

甘甜甜推门出去的刹那，心头不由得划过这个名字：

Luca Di Maggio……

第四章

我想你的时候，你就出现了

十月的摩德纳，已经进入了雨季，连绵阴雨不绝。灰扑扑的天空，湿漉漉的空气，让人无端心生厌恶，情绪低沉。

甘甜甜倚着背后的墙壁，在安安静静的实验室里，套着身白大褂，目光涣散地盯着身前实验台上的培养基，心不在焉地听着窗外淅淅沥沥的雨声。

她一到雨天就犯困，这会儿眼皮已经渐渐往一块儿黏，头一点一点，像是只在啄米的小鸡。

乔托受她感染，不由得张嘴也滑出个哈欠，口齿不清地说："你回去睡觉吧，剩下的我来。"

甘甜甜点点头，困乏得整个人都快软成了一团棉花。她软着胳膊，将无菌实验服脱下来递给乔托，迷迷瞪瞪地绕过长条实验桌，连连打着哈欠出了门，两个眼眶里全是眼泪。

甘甜甜回家用了不过半个小时，就扑倒在自己房间的床上睡了个昏天黑地，起来已经到了中午。香味儿透过门缝飘了进来，她躺在床上吸了吸鼻子，分辨出是她室友在煎鱼排。

她踩着拖鞋开门去厨房，茱莉亚又跟男友去约会了，艾米丽正围着围裙站在灶台前，脚下窝着不住喵喵叫的Kiwi。

"今天吃什么？"甘甜甜拉开一张椅子坐进去，Kiwi自觉地跳上她的膝头，探着爪子收了指甲，软绵绵地给了她胸口一下。甘甜甜淡定自若地把它的爪子拢着抱住。

甘甜甜刚搬进来那两天，一直怀疑这猫是不是穿越的。艾米丽之前告诉她，Kiwi特别喜欢跟女人玩，尤其喜欢偷袭人家的胸跟大腿，跟个好色的男人似的。甘甜甜一直以为是在开玩笑，结果等她被Kiwi逮着机会占尽了便宜的时候，终于明白了猫大爷真的是天赋异禀。

"蔬菜杂汤跟煎鱼排，主食是意大利面。"艾米丽将煎好的鱼排盛进盘子里递给她，笑着说，"有你的份。"

"谢谢。"甘甜甜也不客气，探手接过。她这几天忙得生物钟颠倒，热情的艾米丽便连带着将她的午餐一起包了，西班牙人热情起来，便是连意大利人都比不上。

外国人不懂得客套那一说，甘甜甜便连客套也免了，晚上时不时炒几个菜，招呼艾米丽跟茱莉亚一起吃，一屋人倒也和睦。

甘甜甜已经开始尝试适应意大利人的口味，她在艾米丽递给她的意大利面上撒了厚厚一层奶酪粉，边吃边用简单的意大利语磕磕绊绊地跟艾米丽交谈，比手画脚地，艾米丽不停地给她纠正错误。

这门语言难啊，甘甜甜自觉说话简直就是狗屁不通，没坚持将意大利面吃完，她就自动切换了英语，艾米丽哈哈大笑。

艾米丽将碗盘泡进水池里，甘甜甜正好煮好咖啡。

甘甜甜刚将两个咖啡杯放到餐桌上，手机就在卧房里响了。甘甜甜对艾米丽说了声抱歉，跑进房间里接电话。

电话是老板娘打来的，让她晚上六点去龙城酒家吃饭。

甘甜甜自打搬了新家，学业忙得分身乏术，一直没再给老板娘联系。老板娘说今天是她儿子生日，也打算几个人聚聚凑个热闹，甘甜甜揉着肚子答应了。

于是，甘甜甜午饭还没消化完，又跑到了下一家准备吃晚饭。

甘甜甜到的时候，一众人都在后面帮厨，她左右都帮不上忙，便把在路上随手买的礼物给了老板娘的儿子之后，坐在他对面逗他说话。

老板娘的儿子是个挺粉嫩的小正太，乖巧可爱，就是有点儿胆怯，见着甘甜甜，讷讷地叫了声"姐姐"，接了礼物之后又说了声"谢谢"后，便缩在自己的座位里不再说话。

小正太早慧，就是太过内向，甘甜甜逗着让他给她教意大利语。甘甜甜手托着腮看他，听他噼里啪啦一串一串地往外吐意大利语，小孩子说话总带着点儿含混，舌尖蜷在口腔里，语调软软糯糯的，让她不由得想起那人字里行间温柔缱绻的味道。

那人叫卢卡，甘甜甜坦然地想，Luca Di Maggio。

她又突然间想起他来，这不是个好兆头。毕竟，他们已经将近一个月没有联系，卢卡承诺要教她意大利语，如今也成了一张空头支票。

上个月兵荒马乱，甘甜甜每天在学校实验室跟语言学校之间来回跑，晚上回了家还要复习功课，忙得一个头两个大，连卢卡是谁都能给忙忘了，现在得了闲，倒是随便一个情况下都能想到他。

想起来又能怎么样呢？她在脑海里冲他拜了三拜，思忖着谢谢人家之前的帮忙就行了。

"姐姐，"小正太自言自语说了半天，不见她应答，又讷讷地小声唤她，掀着眼皮小心翼翼地瞅着她，"姐姐，你不开心了？"

"没有。"甘甜甜回神，笑着伸了个懒腰，半真半假地抱怨，"意大利语对我来说太难啦。"

小正太这才又嘟着嘴笑了，学得像个小大人，语重心长地教育她："你要交很多的意大利朋友，多说话，才能学好意大利语。"

甘甜甜微笑着一拳把在脑海中隐隐又想冒头的某人的脸击飞，强硬地换上了茱莉亚跟艾米丽的脸。

等热热闹闹吃完饭已经晚上九点，通往郊区的公交车线路已基本停运，所有人便全部挤上了老板娘的菲亚特。甘甜甜抱着小正太坐在副驾驶，其他人挤在后排。

小正太窝在甘甜甜怀里打瞌睡，老板娘将车开过没十分钟，就将其他员工送到了家。

甘甜甜隔着车窗跟下车的小琪他们挥手告别。

路灯昏黄，甘甜甜隐约瞧见，小琪转身与一道颇为熟悉的身影擦身而过。

那人身材颀长，他从夜色中走来，停在甘甜甜的车窗前，微微弓着腰，与她隔着一层车窗对视。

窗外那张脸，五官精致深邃，一天之内被她在脑海中拍飞两次，现在真真实实地贴在她的窗口外，她又忍不住想多看两眼。

甘甜甜怔忡半晌，也没个反应，老板娘偏头疑惑地瞧了他俩几眼，一脸暧昧的神色，推了推甘甜甜的后背，这才把她唤醒。

"怎么了？"甘甜甜回头，眨着眼睛，反应还有点儿慢。

"我能怎么？"老板娘揶揄地冲她挤眉弄眼，示意她窗外有人在等，"你快把小林放下出去吧，我看今晚我也不用送你回去了。这就是那个……弗兰科？"

甘甜甜尴尬地笑了笑，没承认也没否认，她低头瞧了瞧怀里的小正太，又转头瞥了眼窗外耐心等待的卢卡，叹了口气，伸手开了门锁。

老板娘脚踩在油门上，在车启动前还压低脖子给她做了个"加油"的口型。

甘甜甜窘迫地立在道路旁，直到眼瞅着老板娘的车灯消失在了拐弯处，这才转身仰头看向身后的人。

"晚上好啊。"甘甜甜故作轻松，用意大利语慢慢笑着说，"好久不见，你还好吗？"

卢卡低头瞧着她，惊讶了一瞬后，神情遗憾："看来我错过了一段很美好的时光，我以为我会是你的第一任意大利语老师。"

甘甜甜短促地笑了声，又换回了英语跟他交流："开个玩笑，我就只会说这么几句意大利语而已。"

卢卡眼神复杂地点点头，欲言又止。

甘甜甜等了他片刻，见他眉头纠结，觉得气氛甚是尴尬，甚至是有些生疏，夜色浓重，路上又没有行人，只他们两人在路灯下站成两根笔直的电线杆，也颇为不自主。

甘甜甜没话找话："你来找我？"

卢卡点点头，他往前迈了一步，他个子高甘甜甜将近一个头，垂首弯腰，鼻子都快擦着甘甜甜的脑门了。

甘甜甜盯着他近在咫尺的，在夜色中越显深邃的双眸，不动声色地往后退了一步。

卢卡瞬间就直起了腰，叹了口气。

"有话就说，"甘甜甜啧声道，"你叹什么气？"

卢卡怔了怔，眨眨眼睫，似乎表情中有种被冒犯了的惊讶。

甘甜甜察言观色，思忖是不是对意大利人不能这么说话？于是，她又特地情真意切地凝视着他双眼，补了句："Comevuoi（你随意）。"

这话貌似用的语境又出了错，卢卡哭笑不得。甘甜甜耸了耸肩，气氛倒是突然就缓和了不少。

"我，"卢卡说，"我想你应该搬了家，但是又不知道你搬去了哪里。本来想今天来问问你的朋友，很好运，我直接遇到了你。"

"你找我不会打电话？"甘甜甜问道，"电话你总有吧？"

"我的电话……"卢卡简单地解释道，"工作原因，停用了，并且，我被限制呼叫任何人，除了个别的工作伙伴。"

"嗯。"甘甜甜漫不经心应道，"那你找我做什么？"

"教你意大利语啊。"卢卡理所当然地说，说完顿了顿又问她，"是你忘了，还是觉得我之前在开玩笑？"

两者皆有，甘甜甜撇嘴鼓了鼓腮帮，理亏，没回答。

"我们意大利人很重视承诺的！"卢卡坚定地说，"你要相信我。"

狗屁！甘甜甜暗自翻了个白眼，心道你们意大利人什么德行，刚来一天我不懂，这都一个月了你还当我不知道吗？

"虽然我觉得，"卢卡情绪莫名低沉，"你应该有了一位很负责的意大利语老师。"

昏黄路灯下，安静的马路旁，卢卡像是在卖黯然销魂饭的周大爷般神伤，眼神却透着股违和的灼然，像是在不停地催促她"快否认啊快否认"。

甘甜甜摸着耳垂，叹了口气，她揪住了卢卡的袖口，拖着他往前走："我家搬到医学院对面的楼上了，离得远，现在不通车了，你送我回家吧，我陪你聊天！"

　　"好！"卢卡眼里蕴满了笑，"现在开始，我们说意大利语？"

　　甘甜甜脚步顿了顿，将他袖口甩下："谢谢，我还是自己回去吧。"

　　大晚上的咱能不能不找虐？

　　卢卡在她身后哈哈大笑。

　　甘甜甜在前面走，卢卡在后面笑眯眯地跟着，时不时吐出一个意大利语简单问句，诱哄甘甜甜回答了，他再给她纠正语病跟发音。

　　意大利夜晚的路灯并不是很亮，外加店铺打烊时间早，他们一路走来，路线越来越偏，途经一片市民花园时，基本就跟摸黑没两样了。

　　卢卡故意在甘甜甜身后放轻脚步，甘甜甜在前面走了两步觉得不对，回头却被他近在咫尺的脸吓了一跳："我靠！"

　　甘甜甜直接条件反射用中文骂道："你不知道自己脸白得吓人啊！"

　　大半夜的，黑种人隐身了，白种人能吓死人，还是黄种人给人的视觉效果缓和些。

　　"你说什么？"卢卡摸了摸下巴，眼神探究，用英语问她，"我觉得你在骂我。"

　　"Luca Di Maggio！"甘甜甜也用英语，仰头道，"你猜对了！"

　　深秋的夜风凉意中带着潮湿，吹动满院树叶簌簌作响。

　　"你叫我的名字了。"卢卡笑眯着眼睛，举着右手拇指示意，"第一次。"

　　夜太黑，分辨表情太累，甘甜甜眼神变了变，转身边走边说："等到第十一次，我看你怎么把脚拇指从鞋里伸出来。"

　　卢卡立在原地爽朗大笑。

　　甘甜甜走出没几步又顿住，她不是发现卢卡没有跟上，而是惊觉身后风声不对！

　　她还来不及回头，紧接着便听到两声肉体碰撞在一起的闷响。

她猛地转身，只见她身后几步远处，一道相对身材娇小的身影，正攻击着卢卡，招招狠辣！

攻击卢卡的是个身材瘦削的女人，她一身束身黑衣裹出过于纤细的腰身跟腿，头发盘在脑后，手上戴着黑色的露指手套，老辣利落得像是一个训练有素的暗杀者。

那女人迅捷诡谲，出人意料的是卢卡竟也不逊色，他防守中又带着强攻，反应极快，动作带出簌簌风声，躲避得恰到好处。

卢卡用的是西方的搏击，出手干净利落，又不失敏捷，蕴满了阳刚的力量，大开大合的招式，像是一位功力深厚的书法家笔下的毛笔字，一撇一捺全都舒展到了它该在的地方。

卢卡似乎是有所保留，不欲伤人，仗着身高胳膊腿长，将那女人一次次推远到她近身难以触及的位置后，再长腿飞踢封住她欲上前攻击的招式。

身手不错啊，脑子也挺好使，甘甜甜视线在两人身上转来转去，思忖卢卡的职业恐怕不是军就是警，没有悬念地与这两者脱不开干系了。

这场交手突如其来得让她莫名其妙，甘甜甜不知道她应不应该出手帮人，目前看来卢卡也算是游刃有余，她便安安心心地在一旁观战。

甘甜甜在原地观察了半晌，终于眯着眼睛笃定了这位杀手姐姐，是一位国人同胞，瞧这具有代表性的我国本土招式，四两拨千斤都有啊！啧啧，就是运用得还不够纯熟。

甘甜甜冷眼旁观，不由得热血沸腾心痒难耐。

片刻后，那人也貌似摸清了卢卡的心思，越加将近身的贴缠黏打发挥到了极致，在黑夜中迅疾腾挪，身影犹如鬼魅。

卢卡的回防越来越受限，而他的攻击却总是能被准确识破，他似乎急于脱身，却苦于那女人的近身缠斗脱不开身。

看来是要小爷出场了，甘甜甜自我打趣儿道：不然等卢卡万一在这小花园里遇难了，她可就没意大利语老师了。

甘甜甜暗自活动了下手脚，瞅准那女人抬腿下劈卢卡失败后，扭身侧踢下落，进步上前贴身，外加手上变招三指做虎钳状时，连招不够流畅停滞出的那细微的时间偏差之中，迅速蹿上前去插入战局。

甘甜甜本欲从侧后方拦截她的进攻，一脚飞踢截住她手去势，再趁其不备从侧方视线盲点处出招，结果谁知那人竟像是背后长了眼睛，先是恰到好处地斜身避开甘甜甜的飞踢，再膝下一曲，矮身避过甘甜甜的肘击。

甘甜甜一拳一脚皆落了空，站在攻击圈外顿时眼冒精光：这都行？！

甘甜甜绕到正面，瞄准时机将卢卡一把推了出去，自己正面迎敌。打穴敲关节，甘家人也擅长，甘甜甜跟那人身材相仿，招式相似，电光石火间已交上了手。

两人一来一往地出招拆招，两双手臂时不时缠在一起又分开，脚下步伐交错，在黑暗中让人难以捕捉。

卢卡站在外围，一手捂住胸口喘着粗气，一手狠狠抹了一把额头上的汗，又从裤子口袋中摸出了一个塑料小袋儿，从里面倒了两颗药片出来凑在唇边，喉头一动硬生生干咽了下去。

他将药瓶塞回裤兜，矮身下蹲，手摸进宽松的休闲裤角里，缓缓抽出了一把匕首，始终不离开甘甜甜的眼眸中，眸光闪烁，手握着刀柄皱眉踟蹰。

甘甜甜与那人过了几招，这才明白卢卡行动受限的原因。夜色太暗，今天又是阴雨天气，无月无光的，视力受阻，他们回防除了靠看以外，基本都是靠听觉与直觉本能。

甘甜甜从小习武，这些技能也已算是基本点到半满，却不料这横空出世的女人竟像是野兽般，洞察力准到惊人，甘甜甜的攻击她丝毫不漏地全部拦截，她的攻击甘甜甜却不能全部挡住。

甘甜甜敲在她手肘的手腕被她擒住下压，甘甜甜就势近身，另一手直取她肩头，她俩一个照面间，待甘甜甜看清对方的脸，却不由得愣了愣，脱口而出："叶纯？！"

甘甜甜脚下一个犹豫距离没有收近，被对方扣着手腕推出，抢先一脚将她当胸踹了个正着。

甘甜甜闷哼一声后退两步，被卢卡接住，"叶纯"冷着眉眼看她，在夜色中尤显目光凶狠冷冽，眸中没有温度。

"你认识她？"卢卡右手臂虚虚将她环抱住，在寂静得只闻风声与树叶瑟瑟声中，用英语压着嗓子问她，嗓音沙哑疲惫。

"不，是我认错人了。"甘甜甜右手在左手腕上揉按了几下，紧盯着对面那女人，皱了皱眉。

那女人居然十分年轻，不过二十一二的年纪，眉目疏朗英气，长相与她嫂子叶纯像了八分。不过叶纯气质冷归冷，却没有这女人双眸中的绝望与阴狠，她像是一匹走投无路的狼，徘徊在原地蓄势待发，只想一爪子扑上来挠碎他们俩。

叶纯虽然不是大众脸，可也不该是个人都跟她长得像啊。甘甜甜诧异地心道，除了那位传说中的穆可可，这怎么漂洋过海都能再遇上一位？还是说，打架凶残的都得标配这张脸？

卢卡按在甘甜甜手臂上的手突然收紧，他猛地喘息了两声，贴在甘甜甜后背上的胸膛剧烈起伏。她跟着心中一紧：他难道也受伤了？

夜里尤其安静，与他们相距不远的女孩儿闻声嘴角一撇，无声笑了笑又快速收敛，嘴角向下一压，猛然便蹿了过来。

甘甜甜正摆出架势迎敌，却不料被卢卡一把拽到了一边，她也没防备，直接脚下一绊摔在地。

甘甜甜："……"

她哭笑不得地坐在地上仰头，从她的角度正好瞧见卢卡手腕一动，一柄匕首无声滑出被他握在手心，迎上那女孩儿手臂，他由下向上斜撩，刀尖"刺啦"一声划破布料，那女孩儿表情倏然错愕惊怒。

那女孩儿收手抬腿侧踢，卢卡脚下一转，手中匕首再次迎上她小腿，她腿在半空被迫抬高避开卢卡刀尖，卢卡却仗着手长的优势一个展臂，一刀撩上她小腹。

功夫再好，一砖拍倒……甘甜甜观战，不合时宜地想起来这么一句，果然，高手也架不住对方手上有神器。

那女孩儿硬生生忍住没吱声，捂着侧腹差点儿没站稳，她怒目瞪了卢卡一眼，却听卢卡威慑力十足地闷声用英语大言不惭地说道："你本来，就赢不了我。"

那女孩儿不甘不愿地眯了眯眼，隐在暗夜中迅速撤退。

她一走，卢卡哼了一声，跪倒在地，手上力气一松，匕首"咣当"掉到了甘甜甜脚边。

"你受伤了？"甘甜甜这才站起来，拍拍裤腿，两步过来蹲下，想扶他又不知道他伤到了哪里，着急地用英语问道，"伤到哪儿了？"

卢卡喘了几口气，这才沙哑着嗓子缓缓说："之前肺受伤了，还没好。"

该！甘甜甜想骂他，你拽我个屁呀拽！你不拽，小爷跟你还挡不住她？要你一个人逞英雄啊！她心里这样想，嘴上却努了努，没说话。

"我刚才赢得不公平。"卢卡侧头看着她，神情有些忐忑地说，"她空手，我却用了匕首。"

"嗯，是有点儿，而且我们还是二对一。"甘甜甜点点头，实话说话，"可是她偷袭，不怀好意。"

"这是我与她之间的战斗，本来与你无关。"卢卡闻言笑了笑，"不用刀，我今天打不过她。"

"为什么？"甘甜甜默认了对方不想让她参与的想法，又隐约觉得那女孩儿的确有几分古怪，"她的身手并不算好。"

"对，可是她这里，"卢卡用手指了指自己的耳朵，解释道，"她的听觉很强，不是正常人。"

"听声辨位吗？有这么厉害！"甘甜甜"啧"了一声莫名激动，转而又叹了口气，担忧地问他，"你做了什么，招来这么一个仇人啊？下定决心想杀你？"

卢卡缓过了劲儿，气息平稳了不少："她不是坏人，也不一定是想杀我，不然不会不带利器。"

"那她大晚上的，找你运动呢？"甘甜甜想说"切磋"，结果碍于语言不精，她在脑海中搜刮了半晌，也没想起来英语中有没有能表达这个含义的词。

"是我之前工作的时候出了差错，害了她。"卢卡解释道，"她恨我。"

得，还不想说自己是做什么的呢。甘甜甜翻了个白眼，伸手托着他腋下将他架起来，忍不住呵呵两声说了句："对，你是外星球来的超人，拯救地球这项工作太危险不适合你，敌人又多，你赶紧回你火星吧。"

卢卡比她高得太多，甘甜甜架着他，身子侧弯成虾米状。卢卡跟跄着跟她往前走，出了市民花园，不远就是川流不息的主街道，卢卡一路琢磨，还是没懂她这明显带着中国特色玩笑话中的意思，他茫然低头看着她："为什么我来自火星？超人是火星人？"

甘甜甜明显憋了一口气，她把卢卡直接扔在了路边貌似可以呼叫出租车的黄牌下。

意大利打车没有国内方便，基本不存在"招手停"这种方式。甘甜甜研究了半天那个亮着黄灯的牌子，探手按了按上面的按钮，头也不转冷淡地说："文化差异，你不懂。"

"中国也有超人？是因为中国的超人来自火星？"卢卡扯着个跟风箱一样的肺，"呼哧呼哧"身残志坚地跟她探讨，"中国的超人穿什么衣服？唐装？"

甘甜甜百无聊赖地站着不想理他，夜里风凉，卢卡见她明显一张"别跟我说话"的脸，裹着风衣蹲在地上也闭了嘴。

等了十来分钟也不见车来，甘甜甜忍不住低头问他，手指点着那个像是广告牌的东西说："喂，怎么没有出租车来？这个……怎么用？"

卢卡仰头，笑着说："你叫我名字，我就告诉你。"

"威胁我啊，我就是不叫。"她"扑哧"一声也笑了，蹲在地上，扬了扬眉毛说，"你自己叫车吧，我走了。"

卢卡伸手打算拽她衣角，甘甜甜反应极快，侧跳出一臂宽的距离，起身俯视着他，拍了拍衣摆，居高临下地冲他哼笑了一声，转身走人。

"喂！"卢卡在她后面喊道，"Dolcinna！"

甘甜甜背对着他挥了挥手，头也不回，走得异常潇洒，两步一转间，进了一条小路。

"Do——"卢卡蹲在地上干着急，喘了口气，正又想再喊，"刺啦"一声，一辆蓝色的巡逻车停在了他面前。驾驶席上的弗兰科放下车窗探出头来，疑惑道："卢卡，你蹲在这里做什么？"

"来散步，"卢卡耷拉着脑袋，叹了口气，萎靡不振地起身拉开后车厢的门，兀自坐了进去，"送我一程，谢谢。"

弗兰科不疑有他，他从后视镜中扫了卢卡一眼："你都伤成那样了，还能跑出来这么远？好兴致。"

甘甜甜走到半路，站在路口踟蹰。她家住在医学院附近，医学院在医院附近，如果按照正常路线绕过医院的话，明显远了三倍的路程，她打算抄小路从医院里穿过去。

她在寂静的黑暗中走得坦荡荡，从两座楼间穿过，还特地抬头分辨了一下楼的编号，他们后面的解剖实验要借医院的地方，貌似是她眼前这栋楼吧？

她饶有兴致地走走瞧瞧，冷不丁发现脚下一溜儿黑漆漆的东西零零落落地向前蜿蜒，直到对面楼前侧面的楼梯下。

甘甜甜谨慎地拿鞋底蹭了蹭地上的圆形斑块，黑色的液体还没干透，被她登时蹭成了一片。

甘甜甜了悟，嘴角一挑笑了，用中文扬声说道："出来！"

秋风萧瑟，甘甜甜耐心地站在风中，连喊了三声。

"你再不出来，"她也不急，百无聊赖地道，"血再这么流啊流的，明儿你就能直接进你身后那栋楼的停尸间了。"

还是没有动静。

甘甜甜贱兮兮地拖着长音，在寂静中长叹一声："客死异乡，多凄凉啊。"回应她的是一阵阵哗啦啦的树叶鸣响，跟她回荡在楼群间的回声"多凄凉……凄凉……凉……"。

还真这么倔强？甘甜甜"啧"了一声，心说再这么犯倔，我可真心不管你了。

她腿还没迈开，就听不远处"咚"的一声闷响传来，她忍不住哭笑不得地跑过去。果然，那女孩儿失血过多，半晕不晕地跪坐在楼道口，扶着墙抖着手，脸色苍白如纸。

"还逞强不？叫你还不出来。"甘甜甜好整以暇地俯视着她，对着这么一张酷似叶纯的脸,她禁不住就想叨叨上两句,"腿软了吧?站不稳了吧?"

"要你管!"那女孩儿一头虚汗,连抬头都困难,愣是偏头翻了翻白眼,不耐烦道,"滚滚滚!"

于是,楼道口就不停滚动回放"滚滚滚"。

甘甜甜也不恼,那女孩儿长着一张英气的脸,嗓音却出奇的温柔,外加她虚弱中气不足,那三个"滚滚滚"愣是让她吼出了外强中干的既视感。

甘甜甜憋着笑,脱下外面套的休闲款绵衬衫,不由分说给她围在腹部伤口上,托着她腋下将人架起来。

那女孩儿胳膊腿乱动不住想挣脱,被甘甜甜贴着耳朵大声道:"你怎么比叶纯还烦人?"

女孩儿被吼得不由得抖了抖,眼冒金星地如法炮制,侧头贴着甘甜甜耳朵吼回去:"叶纯是谁?"

"跟你一样,油盐不进的硬骨头!"甘甜甜喊完尤不过瘾还想继续,转念又心道,她跟一半死不活的人计较什么呀?她手扶着女孩儿的地方,黏黏糊糊全是血。

于是甘甜甜便叹了口气,好声好气地劝她说:"行啦,别折腾了,您老消停消停吧,我家就在前面。您再折腾,死我家门口我还嫌晦气。"

那女孩儿想发作,空有那心思却没那力气,只能嘴巴动了动:"装什么好人啊!你男人根本就不是什么好东西!你又能好到哪儿去?"

甘甜甜闻言脚下一滑,差点儿把她扔出去。

甘甜甜老脸在夜色掩映中烧红成 片,窘迫地在心里骂道:你妹夫的!你哪只眼睛看到他是我男人了?

甘甜甜把女孩儿一路架进她屋里,幸好她两位室友都没在。一个两个有男朋友的都一个德行,时不时大晚上约个小会喝个小酒蹦个小迪,不到十一点不回家。

人不在,宠物在。Mango 跟 Kiwi 蹲在门口,一模一样的坐姿,仰着脑袋四颗亮晶晶的眼珠子，一错不错地盯着她俩进门。

见着陌生人进来，Mango"汪汪"两声，叫完夹着尾巴掉头就跑，闪身躲进茉莉亚的房间里，只伸出个脑袋。

Kiwi倒是镇定，它慢慢悠悠舔了舔前爪，噌地跳起来伸爪子，无声无息就给那女孩儿大腿一下。

"嘶！"那女孩儿挨了两刀，憋了一晚上都没喊疼，倒是差点儿跪给了一只猫。她抖着大腿，抖得跟触电似的，也没能把爪子扣进布料里拔不出来的Kiwi甩下去，"疼疼疼疼！"

Kiwi本来也是打算给一爪子就撤退的，结果没想到爪子卡在了布料里，它在半空被甩来甩去"喵喵"叫了两声后，就势另外三只爪子也扒上了那女孩儿的大腿。

"我靠！"那女孩儿搭在甘甜甜脖子上的手猛地收紧，惨叫道，"快把你家猫弄走！"

甘甜甜目瞪口呆地瞧着他俩闹腾，想弯腰把Kiwi抱起来时，脖子却又被女孩儿死死勒住，她们仨一时间在家门口乱成了一团。

"你看看你猫嫌狗不爱的模样！"甘甜甜喘着气，瞅着空隙还张嘴嘲讽，"这是我们家Kiwi爱的抚摸，看得起你才挠你！"

"谁在乎啊！"女孩儿"温温柔柔"地哀号着骂了句，"擦它大爷！我伤口又裂了！"

甘甜甜："……"Kiwi！你比卢卡君的匕首还牛逼！

折腾到最后，安抚了猫大爷，女孩儿也差不多快咽气了。甘甜甜连西洋参都翻了出来，给她嘴里塞了一片，然后顺着卢卡的刀口，撕开她衣服，拿云南白药给她伤口止血。

"你在医院里面打转，不会是想进去偷药吧？"甘甜甜拿绷带给她把两处伤口缠上，又扔了一件宽松浴袍让她换上，低声问道，"我叫甘甜甜，你叫什么啊？"

"你家住河边啊？管我叫什么？"女孩儿坐在床边，语气不善。

"你没名字就给个代号，我总不想叫你'那个被猫挠的'。"甘甜甜好整以暇地低头，给她把绷带绕在肚脐前，打了个小蝴蝶结，拍拍手仰脸说，"要不就叫你小黑？"

"黑你大爷！"女孩儿一脸的不耐烦，皱眉顿了顿，小声说道，"我叫安珂。"

"啊？"甘甜甜没听清，"啥珂？"

"你才傻珂！"安珂吼道，"是安——珂！"

安珂吼完，眸光一闪，静静地垂着头，神色中带着哀伤，她哑声道："很久没人，叫我这个名字了。"

甘甜甜："……"

安珂反应这么强烈，甘甜甜嘴张了张，倒是怎么也叫不出口了。她踟蹰了下，还是叹了口气问："能告诉我，你为什么会大半夜跑去刺杀——姑且就算是偷袭吧，你为什么要去偷袭卢卡？"

"卢卡？"安珂闻言抬头，"他叫卢卡？"

"对啊。"甘甜甜理所当然说，"Luca Di Maggio。"

"呵呵，"安珂眉稍一挑，用没受伤的那只手托着下巴，笑得不怀好意，"原来他叫卢卡。"

"你都不知道他是谁！"甘甜甜想拽着绷带把安珂给勒死，"那你跟他有什么深仇大恨啊？"

这下轮到安珂沉默了，她向下迅速一滑，仰躺在甘甜甜的床上，自然而然地拉过被子蒙住头，说："去睡吧，天晚了。"

甘甜甜："……"

甘甜甜一把掀了她的被子，冷淡地看着她："要么说，要么就去睡客厅，客厅里有 Kiwi 的猫窝。"

安珂眯缝着眼睛，咬牙切齿："我不想大晚上骂人，你倒是不肯放过我。"

甘甜甜抱着双臂，靠进椅背里，手指向她勾了勾，吐了一个意大利语单词："dai（相当于英语的 Come on）！"

有八卦兮不听浪费，甘甜甜用眼神示意安珂。

难得有神秘卢卡君的八卦，而且说不定，这一下，卢卡君的马甲也能被扒下来，想想都激动哇！

安珂虚弱地仰躺在床上，瞪着她半晌说了句："我要说国仇家恨你信吗？"

"不信，"甘甜甜嗤笑一声道，"都国仇家恨了，你还不在超市买把菜刀再来砍他？还能赤手空拳让他把你劈了？"

安珂："……"

"怎么，还想策反我呢？"甘甜甜意味深长地道。

安珂的小心思被看破，翻了翻白眼，也不尴尬，"哦"了一声说："你男人工作失误连累我被驱逐出境了，不靠谱的意大利人。"

"你男人！"甘甜甜"啧"了声，不自在地反驳道，"就是朋友，还没越界呢。"

"拉倒吧，"安珂呵呵冷笑，"我跟着你俩一路，你们跟小情侣打情骂俏闹别扭似的，说不是一对儿，你当我瞎呢？"

甘甜甜老脸禁不住烧红，她跟卢卡相处的方式，貌似总是徘徊在一个模糊的界限上。

他俩刚认识的时候，她就隐约自恋地觉得，卢卡应该对她有意思吧。

结果到现在，他俩的相处模式还停留在一个月前。

诡异得有种自然而又坦荡荡的感觉。

按照欧美人士的热情奔放，不是该见面就约炮？在床上培养感情吗？

是她太自恋，还是说，卢卡君是个纯情而又含蓄的好青年？看面相也不像啊。

安珂不屑地嗤笑两声，懒得戳穿甘甜甜的幻想，手再一伸，拽过被子就往头上蒙。

甘甜甜在床边坐了半晌，拿手背碰了碰脸，默默起身抱着房东给每个屋子多配的一床被子枕头，关灯锁门出去了。

她在沙发上将被子铺好，甫一躺下，Kiwi就跳了上来，拖着肥胖的身躯轻盈地跳上了她胸前，准确无误地窝在她被安珂踹了一脚的地方。

甘甜甜疼得龇牙咧嘴，伸手抱住猫大爷翻了个身，侧躺着把它搂在怀里，喃喃自语道："你说，卢卡……"

她开了个头，顿了顿就自己把话掐断了："睡吧睡吧。"

甘甜甜给猫大爷顺了顺毛，闭着眼睛兀自说给自己听："我其实困了。"

甘甜甜在晨光中睁眼，猫大爷跟 Mango 蹲坐在她头旁边，两张脸近距离地放大在她眼前。她一抖，差点儿伸手把它俩推下沙发。

真是够了，甘甜甜起身去厕所洗漱，艾米丽跟茉莉亚还没醒，她路过自己卧房，发现门开了一个缝。她凑过去推开门，安珂已经醒了，坐在床边自己换药。

"我来帮你吧。"甘甜甜靠在门框上打了个哈欠，"你等我刷个牙。"

"不用了，"安珂低头，嘴里叼着绷带的一头，含糊地说，"我饿了，你有吃的没？随便弄点儿就行，我不挑。"

"有的，大爷。"甘甜甜转头又带上门出去了。

甘甜甜在厕所里刷完牙洗完脸，又翻了一套洗漱用品给安珂后，这才进了厨房，对着那么一张熟悉的脸，她实在做不出扔她自生自灭的行为。

甘甜甜拿微波炉热了两杯豆浆，洗了两个苹果，煎了两个荷包蛋，切了半个黄瓜跟西红柿，又取了两片火腿跟奶酪片，简单做成了两个三明治分别摆在了两个碟子里，放在餐桌上。

甘甜甜吃到一半，安珂洗漱完晃晃悠悠地进了厨房，她脸色还是惨白惨白的，有气无力地瘫在椅子上，死死盯着三明治足足盯了十分钟，梗着脖子抬头看着甘甜甜，艰难地说："你会做红烧牛肉面吗？"

甘甜甜直视着她，将嘴里的三明治咽下去："谁说自己不挑食的？"

"啊？谁？"安珂故作茫然，又动了动眉梢，两手撑在桌面上，诱惑地说，"我给你讲讲卢卡，你给我下碗面条，怎么样？"

甘甜甜慢条斯理地把剩下的二明治放进餐碟里，起身去拿水和面粉："成交！"

"这么痛快？"安珂哼笑着犀利地道，"我倒是开始怀疑，不会是你想泡那个意大利汉子吧？"

甘甜甜举着一包面粉转身，面无表情："还想吃面吗？"

安珂咽了咽口水，立马生硬地改口："我相信，你对他绝对没兴趣。"

甘甜甜："……"

甘甜甜简直佩服她，好像昨天晚上那个挨刀也不吱声的人不是她一样。甘甜甜瞅了眼她那没三两肉的小身板，从果盘里捡个苹果扬手抛给她。

安珂"咔嚓咔嚓"啃着苹果，眼睛里已经没了昨天晚上那种凶狠绝望的劲儿，她现在穿着甘甜甜奶白色浴袍，倒是显出几分沉静与内敛的气质来。

这才对嘛，甘甜甜不时瞥她几眼，长着叶纯脸的气质就应该是这样才符合画风啊。

"开始说吧，"甘甜甜见她把苹果核准确地一个弧线抛入垃圾桶中，"说得好了，面里给你加调料，说得不好了，你就干吃白面条吧。"

安珂："……"

"说啊，赶紧的。"甘甜甜催她，"我待会儿还要去实验室找同学一起写报告。"

甘甜甜说完，示意她向墙上看，透明玻璃柜里放着之前她正好在火车站附近的中国人超市买的红烧牛肉面的酱料包，道："或者，你自己干咽调料包也行。"

"！"安珂为了一碗面料双全的红烧牛肉面，只能认输开口："就是你男人吧——"

"你男人！"甘甜甜插嘴纠正她，"卢卡！"

"啊行，卢卡，"安珂摆手妥协，"卢卡他三个字就能概括了——不！靠！谱！"

"意大利人不都这样吗，你能不能说点儿有用的？"甘甜甜不耐烦地打断她，"说说他的职业背景。"

"你不知道他是干吗的？"安珂惊诧地瞪了瞪眼。

"猜得到大概吧。"甘甜甜用脚钩过椅子，在她身边坐下和面，"不是军就是警，职位不普通，权限还挺高。"

"何止，"安珂嗤笑道，"他之前的确职位高，不过现在降级了。"

"为什么？"

"因为他急于求成，一意孤行，判断出错，引起了重大失误！"

安珂掷地有声地说完，却发现甘甜甜神色如常地和着面，连手下频率都没乱，她诧异道："你没什么想法吗？"

"什么想法？"甘甜甜抬头看她，莫名其妙地反问，"谁在青葱岁月里没傻逼过那么一两次？"

安珂："……"

"不是，"安珂道，"可他不是单纯傻逼不傻逼的问题，他工作失误了！重大失误了！"

"多大点儿事儿。"甘甜甜随意道，"老李当年对尸体的时候，还把 A 的胳膊非要说是 B 的胳膊呢。"

安珂："……"

安珂不可置信："姐，是你心太大，还是我心眼儿小？"

甘甜甜把面和好，给上面拍了点儿水，找了块布盖在盆口醒面："我觉得两者皆有，你认为呢？"

安珂："……"

"我算是知道，为什么你们两个人能看对眼儿了，简直……"安珂喃喃道，她话说到一半，突然收了声。甘甜甜在洗碗池前正洗着手，还没开口问她，就听她哼笑了声，慢悠悠地道，"看来我今天吃不到你的红烧牛肉面了。"

"怎么了？"甘甜甜转头问道，手在毛巾上擦了擦。

安珂将盘子里的三明治拿起来狠狠咬了两口，边咀嚼边戏谑地说："你家卢卡来了。"

甘甜甜茫然地从窗口探头往下望，楼下空荡荡的什么都没有。

"他上楼来了，"安珂快速将三明治咽下去，起身说，"刚才有人出楼的时候，他正好进来，所以就没有按门铃。"

甘甜甜瞠目结舌地转头，不可置信道："你听力真有这么好？"

"不然呢？"安珂一把拉开浴袍外面的带子，露出她一身黑的衣服，"果然提早做好跑路准备是明智的选择。"

安珂把浴袍扔还给甘甜甜，从她身边擦身而过，趴在窗台上向下打量。

"我说……"甘甜甜刚张嘴，门铃就响了，她抱着浴袍的胳膊僵了僵，紧张地抬眼看着安珂的背影。

安珂斜斜靠在窗前，偏头看着她，笑着说："还没跟你道谢。"

"不用。"在门铃停顿的间隙，甘甜甜飞快地追问，"卢卡到底是干吗的你还没说啊！"

安珂手撑着窗台一脚已经踩了上去，闻言转回头，嘴角一抹戏谑的笑意："他就是个犯了错，被降级去军校当教官了的意大利军人，身份应该不妨碍你谈恋爱，前提是——你不是中国军人的话。"

甘甜甜："……"我靠！这马甲扒了跟没扒一样！

甘甜甜突然就想当作她什么都不知道一样，她纠结了那么久的答案，原来就是这么简单的几个字。

"那你又是什么身份？"甘甜甜问道，"如果他只是这样的身份，又怎么能害得了你？"

"我？"安珂眼中笑意一闪而过，"要你管。"

安珂说完身子转了个方向，向窗外一跃，只剩了不知道什么时候又戴上了手套的手扣在窗棂上。

甘甜甜忍住想扑上去看爬墙实况的心思，脚下一转出去开门，再让卢卡这么按下去，茉莉亚跟艾米丽就都要被按醒了。

甘甜甜临开门，还机智地把浴袍挂在了玄关的衣帽架上，拿脚拨了拨一听见门铃响动就双双蹲在门口的 Kiwi 跟 Mango，又低头瞧了瞧她自己的着装，这才把门锁解了，将门开了个缝，装得像是不知道门外是谁一样小心谨慎。

"是你？"甘甜甜故意凑在门缝处，做惊讶状。

卢卡站在门外穿着衬衫西裤，神情忐忑地小声问她："我提前发短信给你，说要拜访你了，打扰到你了吗？"

"对不起，我没看短信，你什么时候发的？"甘甜甜摇摇头，将门完全打开，侧身请他进来，补了句，"我室友还在睡觉。"

"嗯，大概五分钟前。"卢卡不自然地回答她，把一个包装精致的木盒双手递给她，"给你的礼物，用小草莓酿制的甜酒。"

甘甜甜："……"

甘甜甜心想：你五分钟之前是站在楼下发的吧？这是提前预约的意

思吗？你这就是个单纯通知吧！

甘甜甜接过长条木盒，道了声谢，卢卡这才迈步进门。

他站在玄关里眼珠随意转了转，视线停留在衣帽架上的浴袍时，眉头不由得皱了皱。

"到这边吧。"甘甜甜将客厅的门打开，Kiwi跟Mango抢先一步蹿了进来，跳上沙发蹲坐在上面，爪子下面还踩着甘甜甜没来得及收走的毛毯。

毛毯一副被人随意推开的模样，凌乱地堆在一起。

甘甜甜："……"

她心道不好，转头探查卢卡的视线，就那么正好跟他探究的目光对上。

甘甜甜顿时心虚，改口道："要不我们还是去厨房吧，我正打算做中国的面条，如果你感兴趣，可以尝尝。"

卢卡什么也没问，沉默着又跟她进了厨房。

结果，厨房的餐桌上，摆放着两个碟子，里面的三明治没有吃完，被啃得死相凄凉惨烈。

甘甜甜："……"

她只想一把掐死自己，这大早上的是智商下线了吗？！

卢卡目光复杂地看着她把手中的酒盒放在餐桌上，脸色不是很好看："她走了？"

他用的是阴性代词"lei［意大利语］"，指明了性别。

甘甜甜也不想再撒谎，便点了点头。她的两个室友都没有起床，结果客厅沙发上有张毛毯，厨房里有两个早饭餐碟，就算她想撒谎，卢卡也不是傻子。

"你知道她是什么人？"卢卡拉开安珂坐过的椅子，缓缓坐了下去，动作莫名有种沉重的感觉。

这话问得真好。甘甜甜摇头，也在他面前坐下："不知道，她没说。"

"你不认识她？"卢卡蹙眉又问，"那你为什么会将她接到家中？"

"她长得像我认识的一个人。"甘甜甜道，"所以我昨天晚上在家附近看到她，就将她带回来休息了一晚。异国他乡遇到同胞，总是开心的事情。"

甘甜甜坦然地面对他解释，结果卢卡的眼神却仍是深邃，充满不确定与探究。

甘甜甜被他看得眼皮抽了抽，莫名烦躁，眉间一挑便问道："有问题？你自己说她不是坏人的。"

卢卡薄唇紧抿成一条线，沉默地注视着她，气氛诡异得凝重又尴尬。

卢卡在甘甜甜眼里，一直都是一个有风度的暖男形象，会说话也会接话，没话也会找话，这种故意将气氛往无话可说上带的卢卡，她没见过。

或许还是不了解，毕竟他们没认识多久。

"如果可以，还请你最好不要再见她，"卢卡沉声说，"她虽然不是坏人，却也不是好人，她的身份很尴尬。"

你的身份倒是不尴尬，像宝贝一样藏着掖着。甘甜甜腹诽，她突然就想起来，安珂的伤还没好，从楼上爬下去，确定不会使伤口再崩一次？

她这样想的时候，就这样说出了口："那么你呢？你的身份尴尬吗？"

"她是什么身份我不知道，不过——"甘甜甜抬眼看着卢卡，抱着胳膊靠进椅背，懒洋洋地说了句，"她告诉了我，你是什么身份。"

卢卡闻言，不出她所料，坐姿一瞬间变得僵硬："她说什么了？"

甘甜甜眨着眼睛，笑了笑，两手交叉搁在桌面上，一副诱哄的语气："不该说的该说的，差不多都说完了吧，你想知道什么？"

卢卡怔了怔，用一副小心翼翼的表情说着机灵的话："我可不可以做个选择题，你告诉我都有什么，然后由我选择想要详细知道的那一个？"

甘甜甜立马沉了脸色："我能拒绝吗？"

"我能选择不行吗？"卢卡可怜巴巴地说，"赶天天，你刚才挖掘了我不为人知的隐私。"

不就扒你个职业？又不是扒了你衣服？甘甜甜简直百思不得其解，只能实话实说："卢卡，她就告诉我你是意大利军人，请问，这很隐私吗？"

"没有再说别的了？"卢卡紧张地追问，"比如说我现在被降级成教官了？"

"说了。"甘甜甜反问，"这很让你难以启齿吗？"

"对啊！"卢卡理所当然地说，"这简直是我职业生涯中最大的败笔，让你知道多难为情啊！"

甘甜甜："……"

"你是这么优秀！"卢卡激动地说。

甘甜甜交握的双手已经扶在了额头上，挡住了她小半张脸。

我靠！甘甜甜心说，亏我琢磨了这么多天，你为什么不告诉我你的职业，原来重点是这个……

"还有……"卢卡又补充道，"我不想让你误会。"

"误会什么？"甘甜甜从相当蛋碎的情绪中回过神来，视线从手指缝中探出来，虚弱地问他，"还有什么一次性都给我交代清楚了。"

"我害怕你误会我之前……"卢卡谨慎措辞，望向甘甜甜的眼神中柔情满溢，他嗓音猛然低沉醇厚，缓缓含着笑说，"误会我跟你的偶遇，都是借着职业的便利条件获得的情报，而不是上帝的指示……"

"……"甘甜甜的脸登时就红了，这真的不是告白吗？！

不对！她迅速从类似甜言蜜语中清醒过来，理智地拆穿卢卡的小九九："不要突然转变画风！你刚才还在紧张我跟她的关系！话题也转得太快了！"

"你怀疑我！"卢卡不满地眉头遽然收紧，老外的感情总是外放很多，心情都体现在了表情上，五官一皱，整个人都不好了，"她是特工！如果你跟她有关系，我还怎么追求你！没有人会允许的！"

甘甜甜一脸震惊。

卢卡闷闷地坐着喘着粗气，生气的美男了也别样帅气，他痛心疾首地控诉："赶大犬，就算中国人再含蓄，我之前那么追你你都没感觉……可是一个月没见，我很想你，回来的第一天晚上就来见你，第二天早上又来找你……所以……"

他一双眼睛直直凝视着甘甜甜，一眨不眨，茶色的双眸温润柔和，徒添一份多情："所以，你可不可以现在回答我，你能不能，答应我的追求？"

卢卡说完，甘甜甜已经不知道该怎么接了。

她上次被表白的时候，高中还没毕业。一晃多年，初恋早就被时光晃荡成了一朵蔫败的花。

她在卢卡的深情表白中哭笑不得，手扶在额头上始终没有拿下来：意大利男人是不是都这么能说会道？明明是神龙见首不见尾的行踪诡异，到头来非要掰成上帝的指引；明明是把职业当隐私，藏着掖着始终不能坦诚相见，到头来非要掰成哎哟年少无知的丢人过错我不想让你知道嘛……

就算她读书再少，也是会谷歌百度的，意大利男人天生标配花花公子的俊朗外表跟风流肚肠，制服穿在身上也压不下偶觉气场，调情手段高超媚眼24小时电力充沛，勾勾手指全世界女人都为之倾倒，前两天微信推送号还有个链接名字就叫作——意大利男人世界最帅！

甘甜甜其实也明白，自己也有点儿动心，任谁对着一个多功能美男也不可能心如止水。

如果这段恋情的开端真如卢卡所说，那么的确浪漫，他们在偶然中不停相遇，从人生过客到人生伴侣，就像是上帝给开的绿灯。

"赶天天……"卢卡探身催促她道，"快回答。"

甘甜甜没理他。

"Dolcinna！"卢卡换了称呼，带着笑意继续道，"快回答。"

甘甜甜故意没理他，她就是单纯想知道卢卡下面还会换什么词叫她。

结果，卢卡舌尖一卷，卷出了一个温柔缱绻的名词。

他非常不要脸地自说自话："Amore（亲爱的），你再不回答，我就当作你是太含蓄说不出口，默认了？"

甘甜甜老脸迅速烧红，想骂他：含蓄你大爷！但是她思来想去，都不知道这句中国特色明显的话，怎么翻译成意大利语或者英语——我含蓄得像你大爷？你大爷才会含蓄？

于是，这次是她说不出来话，哑口无言了。

甘甜甜自暴自弃地把手从额头上扯下来，正想张嘴反驳他，厨房门就开了，他俩"互诉衷肠"太投入，连厨房外的响动也没察觉。

艾米丽一头棕色微卷的长发让她睡成了爆米花烫发的模样，她睁着一双迷蒙的眼推开了厨房的门。

第五章

你可以继续喜欢我，一天天，一点点，很多天之后，就很多了

艾米丽："……"

甘甜甜："……"

卢卡："早上好！"

"早上好！"艾米丽眼睛猛地瞪大，视线从卢卡脸上往下飘移，上上下下一番打量后，饶有兴趣地停留在甘甜甜脸上，别有深意地笑着看她，用了个挺随意的说法，"这是你的 ragazzo？"

茱莉亚曾经给甘甜甜普及过意大利语中两个表示"男朋友"的词，并解释了 ragazzo 跟 fidanzato 的区别，她说前者较为随意，意思就是正在交往的对象，后者较为正式，有点儿确定了关系的意思，中文翻译为未婚夫。

甘甜甜想纠正说这就是我的朋友，又觉得刻意这么一解释挺矫情，笑了笑也没反驳。艾米丽眯着眼睛就又笑了："天天，你的脸，红得真漂亮。"

甘甜甜嘴角一抽，笑僵了。

"我也这么认为。"卢卡起身跟艾米丽握手，英雄所见略同地吹了个口哨，"天天这个时候最漂亮。"

甘甜甜顿时手痒，想抄着装三明治的碟子砸死他。

"不过，"艾米丽跟卢卡见完礼，疑惑地又问她一句，"你们中国人，是喜欢早上起来约会谈恋爱的吗？"

"还是……"她暧昧地冲甘甜甜挤眉弄眼暗示道，"这位帅哥昨天晚上，留宿了？"

甘甜甜："……"她心里补了句，他倒是想，不过昨天床被别人占了。

为了不引起不必要的误会，甘甜甜继续闭嘴不语。

倒是卢卡冲艾米丽说了一句意大利语，语速太快，甘甜甜没听清楚，艾米丽理解地耸了耸肩，对他回了一句："加油。"

甘甜甜无奈地看着他们俩，艾米丽后知后觉地在她目光中"哦"了一声，说："我是不是打扰你们了？"

甘甜甜已经不想再说话了，艾米丽举着双手边往门外退边说："我去洗漱，你们继续。"

卢卡还绅士地向她道了声谢谢。

艾米丽人退出了厨房，体贴地帮他们把厨房门关上。她出去没两秒又推开了门，探进来半个身体，话是问的甘甜甜，视线却直直戳在卢卡的脸上，她说："天天，我怎么觉得你男朋友看着这么眼熟？"

甘甜甜气不打一处来地就想埋汰卢卡是大众脸，想想又觉得不现实，如实告诉她说："他就是那个摩德纳军校门口，你以为他是大巴司机的那个。"然后她又担心卢卡那颗羞涩的玻璃心会碎裂，只好继续开了个玩笑，"因为他帅，天下帅哥你都眼熟。好了快去洗漱，等下我做中国的面条给你们吃。"

艾米丽哈哈大笑关门走了。

"因为我帅？"卢卡笑得只见睫毛不见眼，摸着下巴说，"你真这么觉得？"

"这叫客套。"甘甜甜起身去拿擀面杖跟案板，准备擀面条，"中国人的礼节之一。"

卢卡也不跟她辩驳，笑着跟在她后面，识情识趣地没再让她做选择题。

厨房本来就不大，空间都被餐桌占去了，卢卡简直就是贴在甘甜甜的身上，甘甜甜每次擀面，胳膊肘都能打到他，来来回回几次之后，她忍无可忍地举着擀面杖回头："你可不可以坐在椅子上？"

"可是，我也想帮你做些什么。"卢卡把衬衣袖口的扣子解开，利落地将袖口折了一折在小臂上，长翘的睫毛一眨一眨，低着头讨好地笑着说，"你想吃什么意大利菜吗？我也会。"

甘甜甜哭笑不得地强调："我们是准备吃早饭，不是午饭，吃什么意大利菜。"

卢卡垂头丧气地叹了口气。甘甜甜腹诽果然天下男人都是一个样，追人的时候恨不得亮出自己十八般武艺去讨好。

"你，"甘甜甜要笑不笑地斜了他一眼，"去冰箱里把第二层上的那棵包菜取出来，洗干净切成丝。"

给面里加点维生素好了，甘甜甜眼瞅着卢卡低头冲她笑得一派春意盎然，无奈心道：反正面和的其实不够四个人吃，多加点儿菜吧……

甘甜甜把擀好的面片切成长条，扯成宽面往已经开了锅的水里下，卢卡把切好的包菜丝装在一个钢化玻璃的大碗里，递到她面前邀功请赏："是不是每一根的宽度都很均匀？"

甘甜甜似笑非笑地瞥了他一眼，抓起一把包菜丝就扔进了另外一锅沸水里，无视他一张求表扬的脸。

"哎！"卢卡笑着抗议，"你无视我刀工的艺术。"

甘甜甜回头忍不住就笑了，她想起来是谁说过那么一句话来着？说：男人对待爱情，就像是讨要糖的小孩子，你在对的时候给他一颗糖让他尝到了甜头，他就会死心塌地跟你走。

"卢卡大师，"甘甜甜调侃地说，"快将你的艺术品放进锅里去，面条都要熟了。"

卢卡哈哈大笑，将碗举在锅上方，抓着一把菜丝扔了进去。

等甘甜甜将面跟菜分盛进四个碗里，又拿酱料包挤了进去，拿筷子熟练地将面跟酱搅拌均匀，卢卡已经在餐桌上摆放好四份刀叉跟餐纸了。

甘甜甜将碗挨个摆放在餐桌的附近，开门去叫艾米丽跟茱莉亚。

茱莉亚本来没起床，结果被艾米丽激动地冲进门去叫醒了，说是有帅哥跟美食，茱莉亚无奈只好起床。

茱莉亚是个和善腼腆的女孩儿，她跟卢卡打了招呼之后，坐在甘甜甜对面，安安静静地吃她的面条，除了偶尔赞叹一声，其余时间一直是在认真听他们聊天，间或插一句嘴。

艾米丽性子爽朗，是典型的西班牙姑娘，她嘴一刻不停地跟卢卡聊天。甘甜甜好笑地看着他俩，心说这要是放在中国，简直就是闺密要当小三的节奏。

艾米丽跟卢卡聊够了，又转头不停地打趣甘甜甜，一会儿意大利语一会儿英语，想学甘甜甜拿筷子又学不会，甘甜甜耐心地递给她一双干净的竹筷，给她演示怎么样只用三跟手指控制它们。

"这也太难了。"艾米丽抱怨地揉了揉手指，"天天，我的手都抽筋了。"

"慢慢来，"甘甜甜笑着安慰她，"很多中国人，也用不好筷子。"

"我也试试。"卢卡饶有兴致地旁观了半晌，吃完了他碗里的面，拿餐纸优雅地擦了擦嘴，笑着伸手接过艾米丽递过来的筷子，僵着五个手指头，比画了半天示意甘甜甜，"是这样吗？"

甘甜甜将她右手展开，慢慢将五指收拢成标准姿势，左手将筷子架在右手的指头上，用右手中指跟食指将筷子分开一个角度，耐心说："像我这样，只用两根手指让它们转动。"

卢卡模仿良久，终于放弃："我明白了，可是手指好像动不了。"

甘甜甜笑了笑，说："那麻烦了。"

"怎么了？"卢卡紧张地转头，"怎么了？"

"我敢保证，如果你不会用筷子，像中国菜里的鱼香肉丝啊京酱肉丝啊，什么丝什么丝的，你用刀叉一定会吃得很费力。"

"所以？"卢卡茫然地两眼转了一会儿圈，笑着了悟，"你以后，会做其他的菜给我吃？"

甘甜甜同样笑着回答他，高深莫测地回了一个词："也许。"

"你要说话算数！"卢卡笑道，"要讲信誉。"

"我说什么了吗？"鱼饵抛下，人就跑，甘甜甜耸肩摊手，"我什么也没说啊。"

卢卡："……"

茱莉亚笑着摇头，艾米丽同情地拍拍卢卡的肩膀。

吃完饭，卢卡主动要去洗碗，甘甜甜哭笑不得，心想这就开始表现了？或者，他是已经将自己默认成了半个主人？

甘甜甜没有问也没有戳穿他，想洗碗就让他去洗了，又不是多大个事儿。卢卡跟奉旨洗碗似的，边洗还边哼歌。

甘甜甜煮了咖啡给他放在餐桌上，自己坐在椅子上看着他。艾米丽跟茱莉亚换了衣服去上课，她今天只有下午要去实验室，跟小组成员一起完成实验报告。

这都十点了，他们才吃完早饭，甘甜甜有点儿微微尴尬地心想，卢卡不会还要继续留在她这儿吃午饭吧？对于这段恋爱的开始，她还没有完全确定或是准备好。

她跟卢卡，分属地球两端的国度，卢卡是意大利军人，她只是个留学生，她没有打算留下来，她想卢卡也不会跟她回中国，这样一段注定会无疾而终的爱情，她还有必要开始吗？

谈一段结局是分手的恋情，就等于物理学中所说的无用功，耗时耗力，徒添心伤。所以，就算卢卡一再催促，她也不想仓促回答——好或者不好，都是需要负责的。

不好，那么她将无权再享受这样一个人给她带来的关怀与乐趣。好，那么她能付出什么，去尽可能地留住她的爱情？

她今年26岁，明年初27，她跟大多数这个年龄段的女人一样，不是只想谈一段恋爱，而是想要一个可以携手进婚姻殿堂的爱人。她们的青春，再耗不起分分合合。于是，她们对开始一段恋情万分谨慎，因为她们也付不起心伤过后疗伤的时间与精力，不论对象是本国人，还是外国人。

甘甜甜这样想着的时候，卢卡已经洗完了碗，他将碗架在碗架上，刀叉全部擦干之后摆进抽屉里，这才转身拉开她旁边的椅子坐下来，温柔地看着她，说："你在想什么？"

甘甜甜回神，示意他喝咖啡，也不瞒他，缓缓说道："我再想要不要跟你谈恋爱。"

"答案呢？"卢卡笑着说，"你知道我想听到什么答案的。"

"可是我却不能一味讨好你。"甘甜甜回视他，语气中莫名有些郑重其事的味道，"卢卡，我还需要时间想想，我承认我有些喜欢你，但是却又没有那么喜欢。"

"你可以继续喜欢我，一天天，一点点，"卢卡听到甘甜甜说喜欢他，就已经笑得很开心，他用手指比着距离给她看，"很多天之后，就很多了。"

"可是中国人讲究责任、婚姻与家庭，我知道在意大利，你们——"甘甜甜摇头，解释给卢卡听，"你们意大利人很多情侣都是先同居，有了孩子，等孩子成年了，情侣才去正式登记结婚。可这在我们中国，并不被允许，情侣必须先结婚，才能有孩子，不然孩子是不能有户籍的……"

她说没说完，卢卡就不解地皱眉问道："你已经想那么远了吗？我们还没开始谈恋爱，你就已经开始考虑以后孩子的户籍了？"

意大利人崇上自由与爱情，似乎什么都不能阻止或者改变他们的观念，他们开始一段爱情，就像是去买一块比萨一样简单，对味儿了就吃下去，不对味儿了就扔掉换下一家。

意大利人不用考虑年龄带来的困惑，他们整个人生都处在合适恋爱的阶段，甘甜甜突然就觉得，她跟一个年轻帅气风华正茂的意大利男人谈婚姻与家庭，简直可笑。

甘甜甜晒笑，改了口说："不，我没想那么多，我只是在给你普及中国人的观念，与意大利人之间存在的文化差异。"

你看，这就是一条鸿沟，卢卡可以不考虑，可是她不能不考虑，所以他可以简简单单就说追求，她却不能痛痛快快就答应。

她不是一个想要尝鲜的孩子。

"那就不要想那么多了，"卢卡拉着她起身说，"我们出去逛逛，等会儿我送你去学校。"

甘甜甜被他拽起来，本能地就想拒绝，事实上，她也这么做了。

"你生气了？"卢卡皱了皱眉，小心翼翼地问她，"因为那些观念？"

"不是，"甘甜甜摇头浅笑，"我还没答应你的追求。"

"那没关系，"卢卡闷声笑，"我继续追，你继续想，两个不冲突。

等有一天，你实在嫌我烦了，告诉我，我会自己走开。"

甘甜甜仰头，正对上含着一汪笑意的双眸，眸中蕴着柔软与深情，她无奈地点头妥协："那好吧。"

摩德纳总共就那么大，三四个小时的约会时间也不可能走太远，卢卡拉着甘甜甜就在大广场附近转悠，在不同的店铺里进进出出。

卢卡一路拉着她进了钢笔店，挑了一支漂亮的七星瓢虫花纹、身子巨胖无比的钢笔。

他拉着她进了手工艺品店，买了一套造型独特，像是被雷劈歪了的，可怜兮兮的小树模样的玻璃调料罐。

他又拉着她进了东南亚人开的杂货铺，然后出门的时候捧着一个抱着根被啃得七七八八的胡萝卜的兔子床头灯。

他还拉着她进了糖果店，专门找那些奇形怪状还不知道味道的糖果，给她打包了一口袋。

……

卢卡连情趣内衣店都打算带甘甜甜进去转转，她简直对他快磨没了脾气。

她抱着一堆东西，却没花多少钱。她深深觉得卢卡不管被扔到哪个国家，应该都是能被一群女人抢疯了的——爱逛街还能逛街，逛街还能逛出这么些花样，搜罗到这么些不值钱却又能让女人爱不释手的东西。

"我……"甘甜甜啼笑皆非地用眼神冲他示意，手上各种印花独特的包装袋，"我要先回家把这些东西放下，然后去上课了。"

人愉快的时候，时间总是过得很快，卢卡意犹未尽地点点头，其实甘甜甜也有点儿不尽兴，她总觉得如果给他们足够多的时间，卢卡可以将整个世界的不同都翻捡出来给她看。

"我送你回去，"卢卡也提着两手东西，理所当然地说，"你一个人拿不了。"

甘甜甜"嗯"了一声，跟他找车站。

等车的时候，甘甜甜问他："你今天不用回军校了吗？"

卢卡摇头，莫名开心，说："我又受伤了啊，休病假。"

熊汉子，甘甜甜仰头瞪了他一眼，心道拿伤换来的假，你开心个屁啊。

卢卡被瞪得一头雾水，正想问她，公交车到了。

卢卡绅士地让甘甜甜先上，甘甜甜上车就自觉站到了售票机的前面，将右手的东西全部腾到左手上，然后伸手旋开挎包的磁扣，探手进零钱内袋里摸硬币，结果摸来摸去只找到几个 1 分 2 分跟 5 分的。

等卢卡走到她身旁的时候，司机正好将车启动，卢卡拿出张磁卡在旁边打票机中间的感应处打了票，偏头问甘甜甜："怎么了？"

甘甜甜说："没事，刚才买东西把硬币都用光了，钱不够买票。"

她把手掌摊开，掌心捏着不到 40 欧分的零钱，卢卡见状把购物袋放在售票机后面的空座位上，摸出自己的钱夹，说："我找找。"

结果，卢卡打开钱夹里的零钱包，登时笑得很耐人寻味。

甘甜甜瞥见他的眼神，心里就默默念了句不是吧。她探头扫了一眼他的零钱袋，哭笑不得地仰头问他："怎么办？我不想逃票。"

卢卡的零钱袋里拼拼凑凑，根本不够付剩下的 80 欧分，尤其是 1 分跟 2 分，机器是不吃的。

"这条线路是直通市中心的，所以——"卢卡眼睫眨了眨，"经常会被查票……如果逃票，80% 会被抓到，罚款……"

甘甜甜大窘："那现在怎么办？司机卖票吗？还是，跟乘客可以换些零钱？"

意大利的公交车站间距一向不是特别长，卢卡还没跟她确定可行性策略的时候，车已经靠站停了下来，卢卡张到一半的口型在视线触及到车外时，无可奈何地换了换，他语气中都透出股无力来："来不及了……查票的工作人员……已经来了……"

他话音未落，车门打开，从前中后三个门上分别上来了一个身穿深蓝色制服、手拿查票机的中年男人，然后车门又关上了。

司机再次将车启动，所有人都被关在了车里面。

甘甜甜："……"要不要这么衰！她仰头啼笑皆非地看着卢卡。卢卡低头俯视着她，两人的眼神中盛满了窘迫。

这世上最蛋疼的事情莫过于，你丢脸的时候没有人陪你一起丢脸，于是，你被全部群众围观如何丢脸……

甘甜甜视死如归地眼瞅着工作人员，他们用手上跟 POSE 机一般大小的长条状查票机，挨个检查乘客车票的有效时间，或刷票或用磁感应，越来越靠近他们俩……

工作人站在他们面前，客气地说："您好，我需要查看您的车票。"

卢卡将他的磁卡掏出来递给他，工作人员检查没有问题之后，递还给卢卡并说了声："谢谢。"

然后，那人笑着转头对甘甜甜说："小姐，您的票。"

甘甜甜刚来意大利的时候，就听毛佳佳说过，如果查票被抓到千万不要跟查票员硬碰硬或者撒谎狡辩，因为意大利查票员开罚单简直就是看心情，他心情好了罚你很少，他心情要是不好，会加倍罚款。

而且，也千万不要用"我没有带钱"来当借口试图逃过一劫，因为查票员会要求你出示证件，而这种负值的信誉度会在不知不觉间就累计在你的个人信誉账户上，如果信誉度被透支超过一定数值，那么很有可能某一天早上，你就会接到被遣返的通知，并且终身不能踏入欧盟的版图。

而最严重的则是——千万不要说我没有带证件！那么，你将会有机会被不知道大事化小的意大利人带到警察局！

甘甜甜抬头看了眼卢卡，然后叹了口气，觉得身边乘客的视线都聚集到了她身上，她一个异国人，实在不想给意大利人留下中国人喜欢逃票的印象。她把手上的一把硬币徒劳地握了握后又松开，用发音不甚标准的意大利语说："对不起，我——"

"我们只顾着谈恋爱，在市中心买了很多小礼物，把硬币用完了都不知道。"卢卡突然接话，态度诚恳，"所以我女朋友跟我，都忘记没有足够的零钱买票了。我有公交卡，可是她没有。"卢卡语速不快，甘甜甜零零散散可以听懂几个词，等他说完，再歉意地又补了句，"对不起。"

查票员仰头瞅了瞅卢卡又低头看了看甘甜甜，可能是没有遇见认错态度这么良好的逃票者，外加上躺在甘甜甜手心上一掌的硬币特别有说服力，查票的大叔挺着啤酒肚，笑得简直就是在说"我理解我理解，谁还没个谈恋爱谈得忘天忘地的时候"。他笑着复又仰头对着卢卡教育："你这样不对哦，怎么能只让女朋友一个人逃票呢？受处罚当然要两个人嘛。"

甘甜甜心道千万不要啊，两个人可得罚多少呀，她尴尬地赶紧摆手连连说"No"。

查票的大叔也不理她，别有深意地瞥了她一眼后，抬头又对卢卡说："就罚两张公交车票吧，一共 2.4 欧。"

甘甜甜："！"

卢卡笑着将手上的钱夹递给他，说："零钱没有，您就拿张五欧吧。"

查票大叔哈哈大笑，从钱夹里抽了张五欧出来，调皮得还非要又找了 2.6 欧的零钱递给甘甜甜，临走之前还冲甘甜甜挤了挤眼睛，挥手说道："留着下次买票哦，恋爱快乐！"

甘甜甜："……"这就是恋爱民族不同寻常的脑回路吧？她哭笑不得地捏着一手硬币仰头，卢卡耸肩。

"话说，"甘甜甜意味深长地慢慢悠悠地用英语说，"我还没有答应你啊，Luca Di Maggio。"

"哦，"卢卡无所谓地抱着一堆东西按了停车铃，重新拎起一堆袋子，"或早或晚而已。"

甘甜甜在心里翻了个白眼，心想：嘿，您还真自信。

她这么心想的时候，却忍不住笑了。

第六章

想要大声说爱你……你到底，明不明白啊

甘甜甜进实验室的时候，其他组员还都没到，只有乔托独自坐在试验台前，一脸忧伤地盯着空荡荡的桌面，见她进来连招呼都没打，可怜巴巴地仰头瞧了她一眼，复又把头低了回去，像是被谁家遗弃了的大型犬类。

"乔托，你怎么了？"甘甜甜在他对面坐下，"又失恋了？"

甘甜甜下意识就觉得，能让他郁闷至此的只会有这么一个原因，果然——

乔托眼神幽怨地直视他，泫然欲泣："伊萨拒绝了我的告白。"

甘甜甜："……"

她下意思就想说你俩一黑一白，一个一米九几，一个一米五几，站一起都能演美女与野兽了，视觉效果本来就不太合适。

不过这话她总归只能自己想想，因为外国人对这些方面并不在意，若真这么说出口，无疑等同冒犯。

"那现在怎么办？"甘甜甜试探道，"待会儿写完报告，我陪你去散散心？"

"不用了……"乔托怏怏地一口回绝，"我等下就要去寻找新目标了，带着你不方便。"

甘甜甜："……"她默然地打开他们的实验记录，一点儿都不想理他了。

一直等到他们都将实验记录写完，乔托还是一副半死不活的模样。

"嘿，乔托，"维奥拉临走时突然问他，"伊萨是不是拒绝了你的告白？"

乔托刚站起来，差点儿就又坐了回去，他板着一张弃妇脸，连话都不想说。

甘甜甜伸手拉他，却见维奥拉一撩卷曲的金栗色长发，吹了声口哨说："那正好，今天我失恋，请你喝酒，晚上放松一下吧。"

乔托顿时两眼发光："好啊！现在就走吧，走走走！"

甘甜甜拉他的手顿时就松了，无奈地眼睁睁着他撒着欢就跟维奥拉跑出了门。

甘甜甜还没走到家，卢卡电话就到了，她啼笑皆非，攥着手机想直接挂断——哥！这才几个小时啊！简直跟之前诡异的行踪成反比。

她纠结了一会儿按了接通键，卢卡笑着问道："Dolcinna，你明天下午有空吗？"

甘甜甜想了想，如实说："没有。"

她已经从语言中心零基础的班升到了 A1 的班，上课时间也从每周二周四上午变成周一周四上午，明天正好周四，早上上完意大利语，下午还要去学校。

"要上课？"

"对。"甘甜甜揉了揉眉心，"我明天一整天都要上课。"

"那后天呢，周五卜午？"卢卡又问道，"有没有课？"

"没有。"甘甜甜回答，基本每逢周五意大利人就撒欢跑了，早上都不一定有人来上课，所以下午一般也不排课。

"那我们就定在周五下午。"卢卡貌似是在一个空旷的地方，说话都有回音，他说这句话的时候声音像是离开了话筒对着别人在说的，而且语速很快。

"你是在跟其他人说话？"甘甜甜听到话筒那头有人低声应了一声，

卢卡又道了声谢，她便没有再说话。

几秒钟后，卢卡又回到了听筒前，他笑着说："Dolcinna，我觉得你是个与众不同的女孩儿，所以，你或许是喜欢车的？"

"什么意思？"甘甜甜用意大利语慢慢地表达，"你是问我喜不喜欢看车的——款式？还是开车？"

"两者都有。"卢卡低声笑道，"你有没有驾照？"

"有，中国的，可以吗？"甘甜甜茫然地想，周五约她自驾游？

"可以，"卢卡说，"Dolcinna，周五下午两点，我在你家楼下等你。"

周四晚上，甘甜甜在艰难地看原文教程，隔两个词就要翻翻字典，一段话看不完，整个人都要暴躁了。她心累地抱着手机侧躺在床上，盯着屏幕盯了半晌，不知不觉就睡了过去。

一觉到半夜，她还莫名其妙地醒来一次，按亮手机看了看，发现待机画面上有条未读短信，点开来，发现只是一句简短的"Dolcinna，晚安"。

她抿唇盯了良久，将手机终于关机，翻了翻身，再睡醒时，天已经大亮。

甘甜甜早上去上了节《解剖学》，教授通知实践课将在下个月开始，分组名单如果无异议，还是按照之前细菌实验的来。

乔托瞬间笑得一脸谄媚，转头瞅着她，满脸都写着"抱大腿"三个字。

下课的时候，乔托神神秘秘地贴着她，居然有些羞涩地说："赶天天，我觉得我好像又要恋爱了，维奥拉对我似乎有着奇怪的暗示。"

甘甜甜："……"

她没有理乔托，乔托生活似乎就只有三个阶段：幻想恋爱——正在恋爱——结束恋爱，她脚下加快步伐。乔托跟着她毫无压力地迈开大长腿，边走边向她形容维奥拉抛给他的眼神有多火辣。

"嘿！"乔托冲着甘甜甜先他一步已经跑过了马路的背影，举着拳头笑着说，"你也快去谈恋爱啦！我们就快没有共同话题了！"

已经准备掏钥匙开楼门的甘甜甜，对着玻璃楼门，忍不住就笑了。

甘甜甜吃完午饭休息了一会儿，卢卡的电话掐着两点就进来，他的嗓音微微沙哑磁性十足，卢卡冲话筒闷声笑道："起床了？"

甘甜甜翻身下床，说："对。"

卢卡道："那就下来吧，我已经到了。"

"我们去哪儿，远吗？"甘甜甜拉开衣柜，心说明天后天都放假，卢卡要是真打算去自驾游，今天晚上肯定是回不来的吧？也不知道去的地方天气怎么样，而且晚上天气凉，要不要换件稍微厚些的外套？

"不远。"卢卡笑道，"具体地址暂时保密。"

甘甜甜："……"

卢卡带着甘甜甜跟散步一样地闲逛，也不急，跟她有一搭没一搭地说意大利语，见到什么就指着什么问她用意大利语怎么说，甘甜甜简直对他的尽职尽责没脾气。

中国人普遍头疼大舌音，不太容易做到意大利人那种舌尖虚抵上颚，一口气就能将舌尖吹得乱颤的境界。

卢卡怎么给她做示范，她都发不出来 R 跟 RR，吹气吹得腮帮子疼，口干舌燥，还被冷风倒灌了一肚子凉气。

卢卡被甘甜甜"哀怨"地瞪了一眼后，闷头笑了笑，终于老实了。

卢卡带她走的方向是背离市中心的，甘甜甜平时没有往这边来过，远远瞧着满眼都是新式建筑。卢卡拉着她走上前面一座桥，站在桥中央最高点上示意她往下看。

桥下是贯穿过去的一条铁路线，铁道旁是一大片空地跟厂房。

"我应该看什么？"甘甜甜茫然地眺望了片刻，抬头问他。

卢卡笑着给她指着厂房上一个红色 logo 图标："那个！"

甘甜甜看了两眼，不确定地偏头说道："像是三叉戟？"

卢卡点头。

"海神的三叉戟？"

卢卡眨了眨眼睛，点头点得有点儿慢，可能他已经意识到甘甜甜的思维已经跑偏了。

"海——"甘甜甜见他一副气定神闲的模样，只是笑着示意她往下说，她抿了抿唇，艰难地"呃"了一声，硬着头皮往下联想，"——海鲜！

水族馆？"

卢卡怔了两秒，朗声大笑。

在他俩身后，是川流不息的车辆，头顶是阴沉的天空，眼前是空旷的铁路，偶尔有列车通过，风很大，吹得他们头皮都是凉的，可是卢卡偏偏笑起来没完没了。甘甜甜渐渐觉得周围一切的声音似乎都隐没了，只剩下卢卡的笑声，爽朗开怀。

"赶天天，"卢卡笑够了，喘着气说，"去水族馆需要驾照吗？我们是去骑海豚还是骑海马？"

要不是他提醒，甘甜甜就把驾照这回事儿给忘了："那是、那是一种车的品牌标志？"

卢卡这才痛快点了头，微微带了些遗憾："原来你不认识它？"

甘甜甜摇头，出国前她就是一土鳖，见过最高档的外国车是英国莲花跟宝马。

"你知不知道摩德纳最有名的是什么？"卢卡靠在桥的围栏上，笑着凝视着她，眼神中有着隐隐的自豪。

"……"甘甜甜蹙眉想了想，慢慢拿意大利单词一个一个地回他，"葡萄醋，帕瓦罗蒂跟……车……"

甘甜甜明白了，卢卡示意她继续，甘甜甜摇头笑道："是玛莎拉蒂？"

卢卡冲她扬眉，闷笑着点头。

摩德纳是欧洲著名的引擎之都，是法拉利、玛莎拉蒂、兰博基尼的故乡，法拉利跟兰博基尼的 logo 都是动物系的，她还不至于土鳖到这种地步。

"知道了就好，"卢卡拉着她又往桥下走，"我们去近距离欣赏它吧。"

"……"甘甜甜拖住他的手，莫名其妙地换了英语，"既然我们要去桥下，那为什么还要上来？"

卢卡转头俯视她，无奈控诉道："Dolcinna，你很没有情调。"

这是个狗屁情调！甘甜甜怒道，这就是在做无用功好不好！

卢卡完全凭借刷脸就拖着甘甜甜进了厂房区，大门前执勤的工作人员笑着跟他们打了招呼之后，痛快放行，看来是提前打过招呼的。

与你相遇

厂房区域内很是空旷，到处都是大片大片的空地，卢卡带她绕过厂房，走到一片空地上，跟一位拿记录板穿工作服的年轻男人热情拥抱后，交谈了两句，那人跟甘甜甜点头打了个招呼，笑着走开。

卢卡低头向甘甜甜解释道："我们稍等一下，那位先生会将我们可以试驾的那辆车开出来。"

"最新款？"甘甜甜打趣道。

"对，最新款。"卢卡戏谑回她，"看来，你很喜欢新的东西。"

"科技进步很快，我喜欢检验最新的技术发展状况。"

"很好啊，"卢卡意味深长地说，"我也是。"

甘甜甜正想回他一句："你那是玩心重，喜欢体验别样生活！"她刚张口，就捕捉到了一阵引擎轰鸣的声响，那声音浑厚中透出股磅礴的生命力，像是一位在战场上引颈嘶吼的青年首领。

"GTSPORT家族的新成员，"卢卡眯着眼睛给她解释道，眼瞅着一辆宝石蓝的敞篷跑车稳稳停在他身侧，显然很是满意，"最高时速可达298km/h，百公里加速4.7s。"

车身华丽中透出霸气，曲线流畅大气，色泽神秘而骚包，莫名戳中甘甜甜的审美。

车里的男人推门出来，靠在车门上对卢卡笑着说："你的了。"

卢卡向他道了声谢，那人识情识趣地挥手走开，卢卡示意甘甜甜去坐驾驶席，甘甜甜倒是做出了十足的惊讶状："我？"

"对，"卢卡率先坐进副驾驶席，探头出去对她喊，"Dolcinna，带我兜风！"

甘甜甜："……"

原来不是自驾游，是体验一日做土豪啊……

这车怎么也得……两三百万人民币……吧！

甘甜甜瞬间亢奋地跳进驾驶席里系上安全带，幸好意大利跟国内一样是左驾驶。

"我能将它开到哪儿？"甘甜甜手握在方向盘上，转头问卢卡，"只能在这儿绕几个圈是吗？"试驾应该就是只能在人家地盘里开开吧……

卢卡的回答将甘甜甜的兴奋值瞬间推至顶点，他笑得温柔纵然，随意道："当然不，在它没油之前，能将它送回来就行。你可以，把它开到罗马去。"

意思就是说，任她开喽？甘甜甜脚踩油门，手转方向盘，出发出发！这种马力的车，必须上高速啊！

甘甜甜对跑车不甚熟悉，也不敢开得太肆意张狂，她将车开出了蜗牛爬的速度在慢慢磨合，生怕万一车速快了出状况，手忙脚乱起来不好应对。

卢卡事不关己地将双手枕在脑后，好整以暇地看着路，似乎就是来纯蹭车兜风的模样。

"怎么走？"甘甜甜略略偏头问他，视线不离前方，谨慎道，"我可以从市中心的那条路穿过，然后直接上到高速吗？"

市中心全部是古建筑，连街道也是砖路，她不清楚是否限速。

"可以，"卢卡悠闲地说，打趣她，"以你目前的速度，想去哪里都行，除了高速路。"

甘甜甜也不理会他的调侃，她一路开出小路，上了主街道，迎面看见的就是她第一天来摩德纳时抓到贼的地方。

街心雕像喷泉喷着一人高的水柱，来往车辆川流不息，公交车停靠在路边站牌下等人上车，一切都没有变化。

甘甜甜不由得转头瞄了卢卡一眼，结果卢卡也在侧头凝视着她，一个多月的时间，似乎发生改变的，只有他们两个人。

甘甜甜将视线转回正前方，轻声咳嗽了一下，片刻的寂静后，她跟卢卡不约而同都笑了。

"你那个时候在想什么？"甘甜甜手下控制着方向盘，继续慢慢悠悠地磨蹭，道路两旁的人群向他们报以不解的目光。

在摩德纳，街上跑出来个把豪车不足以引起注意，但是能把跑车开成婴儿车速度的，就比较不同凡响了。

甘甜甜觉得引擎的声音都像是要急哭了似的。

"我当时在想，"卢卡眼睫一眨不眨地盯着她，茶色的瞳孔显得又深情又迷人，他压着嗓音缓缓地说，"这个女孩儿，简直就是我梦中情人的模样，傲然与从容中奇异地糅合了禁欲与火辣的性感，矛盾又和谐。"

"你说的那是茱莉亚·罗伯茨！"甘甜甜顿时哭笑不得地道，"别以为说点儿好听的，我就能妥协！"

她嘴上这么说着，老脸还是禁不住地火烧火燎，满车厢内缭绕粉红泡泡，暧昧度直线上升。

她竭力稳着四肢才没一脚油门就将车飙出去，她就说这人绝对能说会道！

这描述的是她吗？啊？！

她哥说起她来就是贱痞三观不正，她爸说她就是神经病晚期不可救药，叶纯总结她就两个字——有病，老李形容她是：呵呵人挺好，就是性子不太能嫁得出去……

这一箩筐的特质跟缺点，到了卢卡这儿全成优点了！还傲然从容中奇异地糅合禁欲……

禁欲他大爷哟！

甘甜甜如愿在高速上飙了一把车后，恋恋不舍地又载着卢卡把车还给了玛莎拉蒂的厂家。

风驰电掣的快感，就像是让人上瘾的鸦片，甘甜甜总算明白为什么有钱人家的少爷或者大多数男人都会对车与速度着迷。

还完车，卢卡带甘甜甜去附近一家店面又小又隐蔽的比萨店吃比萨，意大利的任何一家比萨店，似乎都能将比萨做出不同凡响的花样。

这家店的店主是一对年轻的小夫妻，他们的比萨也跟传统方式不同，用细碎的水果颗粒跟腊肉丁铺撒在薄而脆的面饼上，风味儿独特。

吃完之后，卢卡带着她溜溜达达消食，然后将她送到她家楼下，规规矩矩地告别。

甘甜甜开门上楼，边上楼边转着手上的钥匙圈，她不禁感慨卢卡的约会花样当真是层出不穷，又不让人讨厌，别出心裁得简直让每次分别时都会不由得期待下一次的见面。

　　估计真心要逃不掉了，她这样想着的时候，站在家门口拿钥匙开了门。她推门进屋正好遇上茱莉亚跟艾米丽一人拎着一个小包准备出门。

　　"你们……"甘甜甜诧异问道，"一起出去吃饭？"

　　茱莉亚哈哈笑着纠正她："是分别去男朋友家过节啊！"

　　甘甜甜这才恍然大悟，不过……她又有些蛋碎地心想：卢卡没有邀她一起过节啊？！

　　不过也正常，她耸了耸肩膀自我开导，他俩还没开始正式恋爱呢，这种节日一起过……是不太合适的说……

　　茱莉亚跟艾米丽一走，整个房子里就剩下甘甜甜跟一猫一狗了。

　　甘甜甜去超市买了一些食材存进了冰箱里，坐在客厅沙发上抱着又想袭胸的Kiwi，Mango卧在她脚面上，她突然就觉得，似乎……有点儿……冷清了的感觉？

　　往常周末，家里还算热闹，茱莉亚会跟男友去约会，可是艾米丽的男友会来家里，艾米丽的男友性子比艾米丽还活泼，像是一个长不大的孩子，嘴巴一刻不得闲，能噼里啪啦不停地说话，活像是个永动机，也不觉得累。

　　甘甜甜周末基本就在跟他俩胡天海地的聊天中度过，所以不过一个多月时间，就算她的口语因为语法限制长进不是很大，但听力已经是非常逆天了。

　　周六早上，卢卡照例发了一条短信给甘甜甜，问候她早安，之后便又没了音讯。

　　甘甜甜起床吃了早饭，收拾妥当就回到了床上，打开台灯靠着床头看书。

　　外面阴沉沉的，有种天还没大亮的错觉，不知什么时候开始大雨瓢泼，也没雷没闪电，从安安静静开始到淅淅沥沥，到突然"哗啦"一下，跟天被捅漏了一样，窗外雨幕像是一道从天而降的瀑布，白茫茫的，连视线都遮挡住了。

甘甜甜像是没充电一样，反常地在房间里游荡来游荡去，也不知道自己到底想做什么。等到下午四点多的时候雨终于停了，她叹了口气，穿了身稍微厚实些的外套，踩着双皮鞋出去散步。

甫一出门，呼吸了口夹杂着浓重水汽与泥土气息的空气，甘甜甜觉得自己总算是清醒了不少。

她一路漫无目地地瞎走，摩德纳虽然老，但是城市排水系统做得还是相当不错的，大雨过后地面上积水并不是太多，她沿着空旷的道路一直走到了市中心。

她原地站了一会儿，回头四顾，又盯着那条熟悉的湿漉漉的长椅发了会儿呆，掉头又继续走。

然后，她就走到了当初跟毛佳佳住过一晚的那栋老楼前。

那栋楼被雨水一番冲刷，显得更加老旧，像是刚刚哭过的老妇人，斑驳的墙面就像一道道横亘在脸上的皱纹。

甘甜甜站在离那栋楼大概十几米外的空地上，怔怔地瞧着楼前正仰头、视线牢牢钉在那栋老楼上的一道背影身上。

那是个身材颀长的男子，发色在阴天看来像是失去了光泽被剥去外壳的板栗，他穿着身黑色的长款大衣，两手插在外衣口袋里，整个人透出股悲凉的味道。

那人专注地凝视着眼前的老楼，甘甜甜愣愣地看着他，良久后，"噼啪"一道闪电照亮了半个老楼，一半亮，一半暗，就像是科幻动画片中经常演的那种，闪电过后，"哗啦"一声，豆大的雨点砸得甘甜甜的脸生疼。

那人任由雨水在脸上肆虐，依旧维持着仰头的姿势一动不动。

片刻后终于转身，他眯着　双让雨水刺激得半眯的眼，待看清了身后人影的时候，脚下顿了顿，紧接着快步上前拉着甘甜甜的手就跑。

"你怎么也没带把伞？不知道现在是雨季？"那人拉着甘甜甜跑到前面一家服装店前停下，两个人挤在狭小的屋檐下，他不得不将甘甜甜虚虚抱在怀里，却还有半个肩膀露在外面。

"你呢？"甘甜甜用手背抹了抹脸上的雨水，抬头语调平平地反问他，"你又是为什么不带伞就出来淋雨呢？卢卡？"

卢卡身上，那种深切的哀伤一时半会儿还没散干净，他用一种让甘甜甜觉得心头酸涩的表情低头俯视着她，说："我今天，去墓地拜祭了我的父亲，后天是万圣节，你知道的。"

甘甜甜点点头，卢卡一身黑色风衣潮气很重，连平时总是打理得很有型的头发，也被雨水打湿趴伏在脑袋上，显得他脸形更加小。

这不是刚刚那些雨量就能造成的，恐怕他之前就淋过雨。

卢卡一双茶色的瞳孔中蕴满了悲伤，像是一对时刻都会涌出水流的泉眼。

"还记不记得我告诉过你，关于那栋房子的事情？"

甘甜甜点点头。

卢卡视线往雨幕中望过去，说："那栋房子，名义上现在是我的。"

甘甜甜："！"这什么节奏？一秒就便包租公？

"很惊讶？"卢卡转回视线看着她，轻笑了一声。

甘甜甜点头："你说是一对老夫妻的。"

雨更加大了，又疾又密，密集的雨线交织在一起像是一张大网笼罩在他们身外。

"可是那老夫妻离开了，"卢卡说，"离开之前，这栋房子就是我的了。"

"这是什么逻辑？"甘甜甜撇了撇嘴，斜了他一眼，"你要是不想说，就像你之前的职业一样，不说就是了。"这种含含糊糊的说法，让人更加迷糊。

"你果然在意之前我隐瞒职业。"卢卡又笑道，"没有什么不能说的了，我在追你，理应要将一切能讨好到你的东西都给你。"

感伤的话题突然又转了画风，甘甜甜抿了抿唇，干巴巴地说了句："谢谢你啊。"

"不用谢。"卢卡显然不懂甘甜甜这句话的意思，他柔声解释，耸肩叹了口气，整个人像是忽然轻松了不少，从适才的情绪中走了出来，他俯视着甘甜甜说，"不过就是个小故事，我父亲早逝，爷爷奶奶伤心搬去了外地。"

你母亲呢？甘甜甜心里这么问，却没有说出口，她想：在现在这个时代，谁又会对谁深情不渝到守寡不嫁呢？

不过她没说出口，卢卡却瞧出了她的疑问，一派轻松地说："有空带你去看看我的奶奶爷爷，不过妈妈就算了，她嫁去了奥地利，有点儿远。"

"哦。"甘甜甜点头，也不知道该摆出什么表情。

"好了，既然这些事情说完了，那么——"来了来了！甘甜甜一听卢卡这么说，就下意识觉得他又要神转折了，果然卢卡爽朗地笑道，"明天后天都放假，我们继续去约会，怎么样？"

甘甜甜："……"她惊悚地瞪着他，心说你刚才悼念完你的父亲，画风能不能不转得这么急？

"你可不可以——不这么惊讶？"卢卡顿了顿，可能是在揣摩措辞，他哭笑不得地瞧着甘甜甜因他一语而转变的脸色，无奈道，"我父亲都去世二十多年了，就算按照你们中国古老的习俗，守孝三年，我现在也可以娶妻了吧？"

甘甜甜："！"

我靠啊！甘甜甜忍不住就想喷，你这谈恋爱的前期准备工作做得真好。

"去不去？"卢卡笑着拿手臂碰了碰她肩膀，催促道，"快回答！"

甘甜甜不想理他。

"喂！快说！"卢卡哈哈大笑，"你不说我就当你默认了！"

你又来这招？甘甜甜刚一张嘴，卢卡环在她肩膀上的手臂迅速探过来捂住她的嘴，他手上带着冰冰凉凉的雨水猛地捂在甘甜甜嘴上，吓得她合齿就咬了他一口，"发什么疯？"

"嘶！"卢卡甩着手，倒也不恼，依旧笑眯眯地说，"选择时间已失效，明天我们约会吧，赶天天。"

甘甜甜伸手把卢卡推出了屋檐下，似笑非笑地说道："我还没有答应你啊，Luca Di Maggio。"

结果第二天，甘甜甜还是跟卢卡走了，似乎卢卡就有这种奇怪的魔力，他像是一个年轻版的圣诞老人，你永远不知道他藏在袋子里，下一刻准备给你的是什么惊喜。

比如现在——

甘甜甜正在准备午饭的食材，她本来打算炖个汤补补，材料还没泡上水，就被卢卡几个电话催出门赶去火车站。

卢卡站在中央火车站的大门前，背上背着一个鼓囊囊的黑色旅行背包，他扬着手里的一张长方形的车票说："快点儿，我们今天要坐火车去一个小城市。"

甘甜甜抬腕看了看手表，诧异道："这都快十一点了，我们去其他城市做什么？吃午饭？"

卢卡哈哈大笑，伸手拉着她就推门往火车站里走，他现在似乎拉她手腕拉得很顺畅，大手一探，总是能准确捞住她手腕："我们去看动漫节，全城 cosplay ！"

"哈？你今年到底几岁啊？"甘甜甜发出一声疑问的音节，用英语问他，"这么有童心的城市，在哪儿？"

卢卡将她一路拖到相应的站台前，这才偏头对她笑着说："那座城市跟我的名字很像，发音都叫——卢卡。至于它在哪儿，你肯定听说过，因为离它最近的那座城市里有一个很有名的建筑。"

卢卡故意大喘气，笑意缓缓聚集在眼底，显得他一双眼睛很漂亮："那建筑的名字叫——比萨斜塔！"

"那我们会去比萨吗？"甘甜甜期待地问。

"如果你想，"卢卡低声笑道，"我们就去。"

这是甘甜甜第一次坐意大利的火车，还是所谓最老旧的绿皮车，也就是慢车。

在意大利不管坐火车还是地铁，都没有像国内那样烦琐的安全检查，尤其是坐火车，简单得就像做公交车一样。只要事先去自动机器或者是人工柜台上买好票，再在电子屏幕或者墙上悬挂的时间表上，找到对应车次的站台，在自动检票机上打了票，直接到站台上等候上车就可以了。

卢卡显然将上车前的一系列工作已经做完，他见甘甜甜好奇地一直盯着火车票看，便把票递给了她，并且给她挨个解释上面意大利语对应的意思。

等到甘甜甜坐在了二等车厢里靠车窗的位置上，还是觉得一切都这么新鲜，卢卡坐在她身旁的座位上，偏头给她解释说："这辆车不能直达，我们需要在博洛尼亚转一次车，然后再在比萨转一次车。"

"那我们为什么不先去比萨？"甘甜甜问道。

"因为卢卡城今天晚上据说有演唱会，我们可以等听完演唱会后再去比萨。"卢卡笑着说，"不用急，我们今天晚上在比萨住一晚，明天可以游完比萨之后直接回来。"

甘甜甜不淡定了："我们今天晚上不回来啊？"

"对啊。"卢卡理所当然地说，"不回来，明天晚上再回来，酒店我已经订好了。"

"那你不告诉我啊！"甘甜甜怒道，"我总得带睡衣吧？！"

"啊？我没告诉你吗？"卢卡视线从她脸上转回来，平视着前方的座椅，演技自然，"哦，那是我忘了吧。"

甘甜甜："……"

"没有关系的啊，"卢卡又把脑袋转回来，神色淡然地示意甘甜甜看向对面座位上的半人高的旅行背包，"你可以穿我的，嗯，因为我害怕出意外，多带了一套。"

甘甜甜："！"

你这是早有预谋的好吗？！

甘甜甜哼笑了一声，从口袋里掏出钱夹晃了晃，皮笑肉不笑地对他扬了扬嘴角："不用了，到了卢卡城我买一套，我——有——钱！"

卢卡"扑哧"一声就笑了，也不尴尬，指尖蹭了蹭鼻头，遗憾地耸了耸肩。

甘甜甜他们在博洛尼亚转车的时候还一切正常，等到了比萨转车去卢卡，她简直以为自己已经穿越了——车上奇装异服的乘客比衣着正常的还要多！

卢卡城离比萨是真的很近，没多久他们这一车人就被拉到了目的地，甘甜甜跟卢卡从车上下来，顿时被满眼诡异发色与服饰的青年男女震撼了：背上背着大葫芦的我爱罗，金色头发脸上画有胡须的鸣人，穿着低胸长裙手拿法杖的雅典娜，还有月野兔跟戴着面具的夜里夫假面……

各种动画人物从不同的列车里下来，从站台慢慢往出站口汇聚，简直让她大开眼界。

"卢卡，"甘甜甜喃喃地偏头问他，"是不是像我们这种穿着正常衣服的人，其实才是怪咖？"

卢卡闷笑着点点头。

甘甜甜更加怨念："你怎么能不事先告诉我呢？不然我搭配一下红风衣黑裤子，勉强扎个麻花辫，也能 COS 一下爱德华。"

卢卡忍不住爽朗大笑，他拉着甘甜甜的手腕说："Dolcinna，我们还是快走吧，还有朋友在等我们。"

"谁？"甘甜甜让他带着往前紧走几步，跟高大壮硕的"樱木花道"撞在了一起，她赶紧说对不起对不起。

"一群朋友，"卢卡神神秘秘地低头瞥了她一眼，语焉不详地说，"你怎么会没有角色可以 COS 呢？"

甘甜甜："？"

从卢卡的火车站出来，就正好进了市中心的范围，如果说火车站里的盛况已经震撼了甘甜甜，那么此时眼前的景色已经让她连肺都麻木得快喘不上来气了。

她眼前人山人海全是行装诡异的人，不论男女老少，她这才终于明白卢卡那句"全城 cosplay"，真心不是一个说着大气高逼格上档次的名词。

这是中国吧？甘甜甜不可置信地心道，除了挤春运，她还真没见过这么夸张的人口密度。

卢卡拽着她一路从各种 Coser 面前擦过，甘甜甜眼瞅着雅典娜终于跟伍小强团圆大结局，魔卡小樱抱着小狼在合影，赤木晴子跟流川枫在抢篮球道具，路飞的草帽被柯南一不小心踩在了脚底……

真是……甘甜甜简直眼花缭乱……

卢卡带着她从城下上了一个缓坡，挤在人群中一路登上了古城垣。

古城垣是一座环城城墙，上去之后道路挺宽，正中对着几个白色的卖周边的小帐篷，再往右是一个铁闸门，门里密密麻麻全是人，倒像是一个专业的COS团体在里面表演，时不时还传出两声尖叫。

甘甜甜顺着尖声惊叫的方位看过去，差点儿就想三拜大神！

人群集中在一棵树周围，树前立着一个一人多高的铁笼子，笼子里关着一个皮肤白皙的少女，女孩儿上身蓝色T恤，下身棕色运动裤运动鞋，打扮得像是个普通中学生的模样，结果——她居然把脖子歪成九十度，死死瞪着一双毫无生气的大眼睛，嘴角流下一溜儿血迹，左脸颊上一大块恶心吧唧的腐肉，身子斜斜站立，一动不动，白皙的胳膊还断了一截——这妆谁画的？太逼真了有没有！还有这神演技！简直就是标准行尸走肉的模样！

甘甜甜内心是震撼的，脸上是淡定的，原因是她的表情已经跟不上内心的变化了。

原来二次元世界……是如此的神秘而强大啊！

甘甜甜左手边的表演场地上停着一辆崭新的军用吉普，车前盖上画着一个降落伞的图样，车门前站着三个特种兵装扮的高个儿帅哥，一个戴着贝雷帽懒洋洋地靠着车门，姿势潇洒地在抽烟；一个戴着墨镜肩头倒挂一把狙击枪，左右两手各握一把手枪，正在表演两手同时给手枪换弹夹；另一个一身黑亮皮质风衣垂到靴面，抱着双手，侧头痞气地冲着人群噼啪放电，嘴唇一嘟，吹了个音调千回百转的口哨。

"啊啊啊啊啊！"本来都在围观僵尸女学生的姑娘们瞬间疯狂了，迈过长腿越过用沙袋模拟搭建的人工战壕，豪放地扑上去跟电眼帅哥合影。

甘甜甜："……"

她跟卢卡措手不及让人潮冲散，她被冲得原地转了三个圈，被眼疾手快的卢卡回身再一把捞住往前带。

卢卡哈哈大笑，声音高过尖叫声："是不是很逼真？"

甘甜甜也对他喊回去："都是业余的 Coser 吗？这边的主题是什么？特种兵大战丧尸？"

"对啊！"卢卡笑道，"世界末日！"

甘甜甜总算跟着卢卡挤出了人群，他们眼前是一片空地，像是还没有完全准备好的表演场地。空地上放置着一个用白布盖着的体积巨大的东西，看样子，一头宽一头窄，顶上还隐隐露出了半扇螺旋桨。白布下盖着的东西竟然像是一架直升机。

白布旁边是临时搭建起来的一个小帐篷，帐篷口席地而坐一个美国大兵打扮的黑人汉子，那人上身军绿棉 T 恤下身是裤腿收紧的军裤，脚下是擦得锃亮的军靴。

"嘿！卢卡！"那人远远看到卢卡跟甘甜甜，一跃而起，扑过来热情地跟卢卡拥抱，大手拍打卢卡后背，开怀道，"你终于来了！"

那人跟卢卡抱了一会儿才分开，转身挤了个脑袋进帐篷，冲里面大声喊道："快快快！开始准备了！卢卡那小子来了！"

甘甜甜这才后知后觉地仰头，视线盯在卢卡背后的黑色大号旅行背包上，问他道："你也是……来 COS 的？"

帐篷里此时呼啦啦出来了四个人，三男一女，挤得帐篷差点儿塌了。甘甜甜在他们此起彼伏对卢卡的问好声中，听见卢卡偏头对她意味深长笑着说："不止我，你也是。"

甘甜甜："！"

卢卡说完话，就瞬间被一群男男女女围上来热情拥抱外加索要贴面礼，一群人噼里啪啦地说着意大利语，语速非常快，她站在人群外围，好笑地看着卢卡被左右拽得东倒西歪。

卢卡见朋友们兴奋得差不多了，赶紧喊停，侧身将甘甜甜让出来，拉着她的小臂将她拖到自己身旁，给大家介绍说："这是我的朋友，赶天天。"

他居然还记得甘甜甜没给他答复这件事，措辞中用了"amica"。

甘甜甜笑着跟大家打招呼："Ciao！"

一群人愣了愣，黑人先夸张地大喊一声："哇哦！我还以为这位美女是游客，原来是你的朋友！"

他率先冲上来跟甘甜甜握手，黝黑的大手包裹住甘甜甜的右手，上下摇晃："你好你好，很高兴认识你，我叫安德烈！"

"你好你好！"甘甜甜胳膊上下摆动的频率越来越大。

几人中唯一一个女孩儿紧跟着上来撞开安德烈，两手抱住甘甜甜的右手，跟接力赛一样，她爽朗大笑自我介绍："我叫艾娃！你叫什么来着？赶——"她皱着眉头拧巴着舌头，艰难地憋着气，"天——天？"

"你好……"甘甜甜点头，担心地盯着她的嘴唇，生怕她咬破舌头，"对……"

"我叫洛伦佐！"下一个人上前挤开艾娃，探身就给了甘甜甜一个熊抱，"欢迎你！"

甘甜甜表情还没转换过来，她僵硬地被人环在怀里说："谢谢！"

"还有我还有我！"小个子萌萌的男生原地纵跳，企图吸引甘甜甜的视线，"我——是——埃德蒙多！"

甘甜甜随着他的动作抻长脖子往上看："你——好！"

"我叫恩尼奥！"剩下的瘦高个仗着身高优势，安安稳稳站在卢卡身旁，对甘甜甜做了个绅士的邀请动作，"欢迎你，美女。"

"谢谢！"甘甜甜终于放松了，"我也很荣幸。"

卢卡面对着她，始终保持着一抹温柔的微笑，他等他们互相认识完，这才拍拍手说道："我们这就开始吧？"

一伙人开始兴奋地吹口哨。

甘甜甜诧异地看向他，卢卡低头冲着她挤了挤眼睛："来换装！"

"我 COS 谁？"话音未落，甘甜甜被艾娃自来熟地搂住肩膀往帐篷里拖，她扭头不住地问，"我们也有主题的吗？"

艾娃笑着给她解释说："这一个园子里的主题都是——世界末日！我们跟那边的人是对应起来的，他们是开车负责陆地，我们就是坐直升机空降！"

甘甜甜被艾娃按着头押进帐篷里，艾娃回身堵在帐篷前张大双臂霸道宣言："帐篷是属于女生的，你们——去直升机背后就行了！"

一众男人傻在了帐篷前。

甘甜甜猫在帐篷里"噗"的一声就笑了。

艾娃扮的是僵尸新娘，在婚礼上被袭击变成丧尸的新娘穿着白色婚纱，发顶的金色小王冠还闪着光，可是生命已经流逝，她跪在地上，边让甘甜甜给她拉背后的拉链边用英语解释说："待会儿还要让恩尼奥画丧尸妆。"

"外面树下那个丧尸也是他画的吗？"甘甜甜给她拉好拉链，低头换自己的衣裳，她的比艾娃的要简单得多。

"对啊！"艾娃侧身笑道，"你也看到了是不是？恩尼奥画得很逼真对不对？！"

甘甜甜赞同点头，她正举着她的上衣找正反面。

"快换你的！"艾娃对着镜子盘头发、辫小辫，期待地说，"我总有种你应该会很合适这套衣服的预感。"

甘甜甜脱衣服的手顿了顿，心道：你说不定，就预感对了……

等甘甜甜跟艾娃全部收拾好，艾娃率先撩开帐篷出去，站在帐篷口提着白色婚纱，莫名激动地大声嚷嚷："你们都过来！看看看！"她还提着裙摆原地转了两个圈。

直升机后，几个男人转了出来，卢卡还正在整理裤腰带，抬头瞅了她一眼，视线往帐篷里探了探说："赶天天准备得怎么样了？"

他"咔嚓"一声将皮带扣好，再抬头就愣住了。

帐篷的门高度不够，里面那人弓着腰走了出来，白皙修长的脖子上晃荡着十字架吊坠，在阳光下闪着光。

那人上身是军绿色的迷彩紧身吊带，吊带的边缘低至胸口上方压紧，露出一片精致的锁骨跟秀美的肩膀与隐隐有着紧致肌肉的线条优美流畅的胳膊；下身是一条跟安德烈一样裤腿收紧在鞋面上的宽松豆绿军裤，裤腰上悬着作为装饰的一左一右两个黑色弹夹，小腿上别着一把闪着寒光的匕首，脚上是黑色军靴。

那人身高约莫一米七左右，身材高挑腰细腿长，上身曲线是平时被包裹在休闲款式衣裳中绝对难以窥见的。

那人正是甘甜甜。

甘甜甜高扎马尾，手上倒提一把道具冲锋枪，她站在帐篷外，随意将枪搭在肩膀上，微微叉着腿站着，侧头微扬下巴，嘴角一抹傲然的笑意，潇洒霸气不羁，简直就像是踏着战场硝烟走出来的一般！

幸好卢卡城不冷啊！大太阳当空挂着，阳光火辣，甘甜甜心里道：不然这逼绝对装不到位就得打喷嚏！

"美女！你身材好棒啊！"洛伦佐已经疯了，他冲上来跪倒在甘甜甜身前，吓了甘甜甜一跳。他哈哈大笑，仰头向甘甜甜不停抛送飞吻，甘甜甜简直哭笑不得。

安德烈跟埃德蒙多鼓掌欢呼吹口哨。

卢卡笑着摇头与恩尼奥交谈了两句，恩尼奥撞了撞他的胳膊，朝他示意甘甜甜的方向，卢卡脸上笑意更浓。

他们一行七个人，四个特种兵三个丧尸，除了艾娃的丧失新娘与洛伦佐的丧尸新郎，还有埃德蒙多的丧尸牧师。

艾娃跟洛伦佐席地而坐，等着恩尼奥给他们画丧尸妆，埃德蒙多正在给安德烈脖子跟小臂上画文身。甘甜甜蹲着兴致勃勃地围观，冷不丁被卢卡拿手碰了碰脑门，她抬头，卢卡也在她身边坐下，手上端着颜料盘，说："你们中国人都很喜欢龙对吗？"

"嗯。"甘甜甜点了点头，视线跟着他转动，瞥了眼他手中红绿黑三色的颜料，问道，"怎么了？"

卢卡拿着一根笔尖细长的软笔，冲她努嘴示意安德烈跟埃德蒙多。

"我们也需要画文身吗？"甘甜甜明白了，"好不好洗掉？"

"好洗。"卢卡见甘甜甜并不排斥，往她身前又挪了挪，"你的我来给你画，就给你画龙，怎么样？"

"你还会画画？"甘甜甜自然地把离他最近的左胳膊递给他，却被卢卡举着手背推回去，他拿笔尖点着黑色的颜料，自豪地看着她说："鲜有意大利人不会的，艺术就像意大利人的生命。"

甘甜甜倒是赞同他这句话，她笑着应了声，却见卢卡提笔对准她上臂的时候，眼神闪了一闪，又收回了笔。

"怎么了？"甘甜甜疑道。

"我可不可以换个地方画？"卢卡眼神似乎有些古怪，戳在她脸上的目光有点儿炙热。

"可以……"甘甜甜心想总共就这些露出来的地方，只要能洗掉，你给我画脸上都行，我皮肤又不敏感。

她这么想着的时候，果然，卢卡得了允许，提笔直接落在了她的左脸颊上，笔尖悬在左眼角下方。

"放轻松。"卢卡脸凑得离她很近，温热的鼻息缓缓吐在她脸上，凉凉的笔尖便尤其感觉明显。甘甜甜脸上肌肉不由得绷紧，她闻言慢慢放松，眼珠忍不住往左转。

卢卡神情专注，时不时低头蘸蘸颜料，一句话也没再说，完全沉浸在属于他的艺术空间中。

甘甜甜只能感觉到他的笔触一再向下延伸，从左眼下开始到脸颊再到下颌，然后到了左侧脖颈……

卢卡笔尖停在甘甜甜锁骨上的时候，他仰头眼神深邃地看了她一眼，见她完全没反应，便埋头继续。

他整个人上身前倾，右手执笔，左手撑在甘甜甜身前，微微弓着背，高挺的鼻尖轻轻擦着甘甜甜的下巴。她不用低头就能看见他金栗色的发梢跳跃着阳光的光点。

几根发丝蹭在甘甜甜鼻头，有些痒，她不由得抿了抿唇，这个距离实在是有些近了，她身子往后微仰，却被卢卡哑着声音出声制止。他气息中还有些喘："别动，就快好了。"

甘甜甜只好继续坐正，眼珠上下左右乱转，她发现四周游客越来越多，可能是瞧出了他们这边也将会有表演，很多人举着相机已经站在他们面前拍照。

甘甜甜的注意力渐渐被分散，直到卢卡的笔尖往下到了——

"你往哪儿画？"甘甜甜觉察不对的时候迅速低头，卢卡的脑袋都快埋到她胸口了，她伸手掐住卢卡描画文身的那只手腕，眯缝着眼睛，扬着声调说，"Luca Di Maggio？"

卢卡笔尖已经换了绿色，他抬起头来，鼻尖额头全是细细密密的汗珠，眸色比以往显得浓重许多，像是压抑着什么东西。他被甘甜甜拽着手腕打断，薄唇一挑，沙哑着嗓音笑着道："Dolcinna，就剩最后一点儿了，你不让我画完吗？"

甘甜甜低头，只瞧见从她肩头蔓延下来一枝黑色枯枝，在锁骨处渐渐长出了几片暗如黑夜的叶片，枝丫与叶子缠绕，垂落在她胸口正上方时，终于在一片黑叶下孕育出了一抹翠绿的生机……

"很好看啊！"已经画完僵尸妆的艾娃应声回头，惊呼着说，"卢卡快继续啊！你像是有一笔还没画完！"

肩头画了咆哮白虎的安德烈也一脸惊艳："卢卡！快继续！"

卢卡也不说话，只一双眼睛紧紧盯着甘甜甜，目光深邃，他声音低沉磁性，像是拿尾指在钩大提琴的弦儿似的，他对她说："你说继续，我就画完它。"

甘甜甜面无表情，犹豫间，慢慢松开他的手臂。

卢卡意味不明地笑了声，低头完成他作品的尾声。

甘甜甜不由自主地抿着唇随着他动作一起低头，卢卡将笔尖上的绿色擦掉，蘸了蘸正红色的颜料，提笔在那抹生机下两笔勾勒出了一个开口微微张合的，艳如火焰的铃兰。

铃兰的开口，正好悬在甘甜甜被吊带盖住的，若隐若现的胸口前，像是即将探入一段隐秘路线的开端，也像是生命在枯败无望中终于迎来了涅槃重生的希望。

卢卡终于抬头，冲甘甜甜笑道："好了。"

"不是龙吗？"甘甜甜面无表情，似喜非喜，似恼非恼，语气倒是有些冷淡疏离，像是单纯只是讨厌他在撒谎一样。

卢卡挑唇闷声笑了笑，与她四目相对，眸中温柔被火热撩人所取代，他与甘甜甜鼻尖相距不过一掌宽，他视线移到甘甜甜的嘴唇上，动了动性感的喉结，诱惑力十足地压低声线道："我骗你的。"

甘甜甜瞬间出手，一掌抵着他额头将他推翻在地。

围观游客：" ⋯⋯"

艾娃 and 安德烈："！"

卢卡上半身躺平在地上，顿了片刻，哈哈大笑，笑声里满是愉悦。

事实证明，甘甜甜身上的图腾的确夺人眼球，从她下眼角就开始出现的藤蔓就像是有自己的意识一样，缭绕出神秘而又富有生命力的枝丫，野性中又带着几分神圣。

她光端着一张毫无表情的脸，将冲锋枪抱在怀中，背靠已经被拉下了白布露出真容的直升机，就能吸引来一众游客举着照相机蹲在她面前，闪光灯噼啪不停。

卢卡坐在直升机的轮子上，头上戴着一顶黑色贝雷帽，脸上挂着副墨镜，戴着黑色露指手套的手握着把手枪，枪口朝天。他把迷彩服外套捋在手肘上，露出肌肉结实的小臂。卢卡视线借着墨镜的遮挡，时不时往上斜瞥甘甜甜，嘴角始终挂着一抹笑。

他们一天来来回回演了四场，直到六点才换回了各自的衣裳，全部挤在直升机机尾聚餐。

艾娃准备了各种口味的一筐意大利三明治，加火腿的腊肉的香肠片的应有尽有，一伙人说说笑笑，谈论去年没有甘甜甜参与的 cosplay，猜测明年的 cosplay 又会是什么情形。

等他们吃完饭，天色已经暗了下来，夜空颜色很漂亮，点点星光挂在靛蓝色的天穹上一闪一闪，有种疏朗又通透的感觉。

几人就此分手告别，甘甜甜跟他们贴面礼到最后都左右晃晕了，一群人才依依不舍分别。

卢卡带着甘甜甜顺着古城垣往前走，她记得卢卡说今天晚上卢卡城有演唱会，她还在猜测演唱会的门票多少钱的时候，已经渐渐可以捕捉到夜空中飘来的激昂歌声。

古城垣上还有不少无组织的 Coser 在互相合影拍照，甘甜甜看得津津有味，她想了想抬头问道："卢卡，我们明天可不可以不去比萨了？"

"怎么了？"卢卡俯视着她，有些意外，"累了？"

"不是，"甘甜甜说，"明天是不是还有 cosplay？"

"对，你明天还想在卢卡城看 cosplay？"卢卡了悟。

"对。"甘甜甜笑了笑，"可以吗？"

"当然可以，"卢卡在路灯下的笑容越发温柔，"其实我也不推荐你去比萨，毕竟比萨斜塔就在那里，而卢卡城的 cosplay 每年只有一次。"

"不过，"卢卡耸了耸肩，"我们今晚还是需要去比萨住一夜，因为卢卡城的酒店已经全部订满了。"

"哦，哦哦哦哦哦哦！"甘甜甜点头正想说好，眼瞅着眼前人山人海，舞台灯光闪烁，上千人正在一同跟着舞台上的歌手大声哼唱《灌篮高手》的经典主题曲《想要大声说爱你》的场面，整个人就亢奋了，"这就是——"

"这就是今天晚上的重头戏，动画歌曲的露天演唱会。"卢卡接道，"是不是很热闹？"

甘甜甜简直大开眼界，她这辈子头一次见到这种场面，露天的免费演唱会。

卢卡拉着甘甜甜从人群缝隙间穿梭，带着她站到正对舞台正中央的位置。

舞台上方挂有一面 LED 大屏幕正在同步播放歌词与相应歌曲的动画 MV，台子上主唱跟乐队在卖力演出，下面游客的热情已经被调动起来，跟着日文歌的节奏哼唱，挥舞着手臂，身子跟着节奏一起摆动。

连夜空似乎都被激情与岁月的回忆点燃起来，灯光摇曳下，甘甜甜仰头瞧着卢卡的脸，只觉得一时间，这个人也已经存在于自己的回忆之中了。

来意大利不到两个月，关于美好的记忆中，却全部都有他的存在，她这样想着的时候，卢卡却低头笑着问她："你不知道这首歌叫什么名字？"

甘甜甜愣了一下点头，有童年的人都知道的好吧。

卢卡嘴角一翘却无声叹了一口气，眼神温柔得都快能将一汪柔情溢出来。

想要大声说爱你……你到底，明不明白啊？

很显然，甘甜甜真的没往那儿想，她见卢卡再没多说，便转头跟着其他人一起，晃着身子嗨歌了。

卢卡："……"

演唱会一直持续到晚上十点半，到了最后，甘甜甜跟卢卡彻底被淹没在散场的人群里，一步一顿，走得异常痛苦。好在卢卡擅长找话题，他们边聊天边跟着人流往外蹭，注意力完美地被转移了。

等到了火车站，却又是一番壮烈景象，售票大厅都是人，人工售票窗口连带自动售票机前都排着长队，嘈杂热闹得简直就像是集会。

"在我的国家，"甘甜甜几乎都是靠喊的，仰头给卢卡说道，"火车站里，几乎每时每刻都有这么多人！"

卢卡一脸惊悚。

甘甜甜又喊道："我们怎么办？是不是也要排队买票去比萨？"

卢卡摇头，一手拉着她从人群缝隙里往通往站台的入口挤，一手从裤兜里摸出张新的车票，低头说："我已经提前买好了！"

甘甜甜"扑哧"一声就笑了，抬手给他比了比拇指："干得好！"

卢卡骄傲地扬了扬眉毛。

卢卡在进入站台的地下通道前，抬头瞥了眼电子屏，确定最近一班到比萨的火车已经准备靠近三号站台，这才在通道口墙上的打票机上打了票。

等他们到比萨火车站附近的三星酒店，已经快到午夜了，卢卡提前告知过前台他们会在晚上 11 点左右登记，等他们到的时候，前台值夜班的意大利帅哥热情地给他们办理 check-in 后，也打着哈欠去后面休息了。

卢卡定了两间连在一起的单人房，他把甘甜甜送到房间门口，还故意笑着对她说："Dolcinna，我觉得我们好像忘了一件事。"

"什么事？"甘甜甜将房卡插进门锁将门刷开，困乏地仰头，两个眼眶里都是泪。

"没有给你买睡衣啊，"卢卡冲她销魂地挤了挤左眼，慢悠悠地笑着，

"所以，你要不要穿我的？"

甘甜甜反应迟缓地一下一下眨着眼睛，然后抬头冲他露齿一笑，身子向后两步退进房门里，"啪"的一声将门合上了。

卢卡站在门外，也不敢高声，闷声头边笑边刷隔壁的房间门。

甘甜甜在房里边脱外套，边用困成一坨糨糊的脑袋想：你绝对早就算计好了的！浑蛋！

第二天，卢卡跟甘甜甜回到摩德纳的时候，天已经快黑了，卢卡将甘甜甜送到楼下，居然提出了一个让她诧异的要求。

卢卡站着没走，两手摊开在身子两侧，笑得又温柔又期待："Dolcinna，给我一个贴面礼吧。"

甘甜甜闻言静静凝视了他半分钟，走到他身前，卢卡笑眯着双眼微微弓下身子配合她的身高。

甘甜甜慢慢将左脸凑近他右脸，卢卡却突然快速地偏头，冲她左边嘴角"啾"一下就亲了一口。

甘甜甜："？！"

趁她明显呆愣，电光石火间卢卡转脸又给了她右边嘴角一下"啾"，亲完迅速抽身撤退，退到五步开外笑得像个纯情的小男生。

甘甜甜："！"

"你过来！"甘甜甜让夜风吹得一个激灵，她从呆愣中回过神来，抬手用手背抹了一把嘴角，脸色青红交加，她咬牙切齿地指着卢卡，阴恻恻地威吓，"你过来！我保证不打死你！"

好好亲不行吗？！第一次亲吻，你就给我留这么个逗逼的印象？！甘甜甜在心里将他一拳揍倒。

卢卡背着手慢慢后退，笑意溢出了眼底，他嘴角一挑眼瞅着甘甜甜变了脸色也不认错，笑得一副心满意足外加春心荡漾，他说："Dolcinna，我欢迎你下次亲回来。"

亲你大爷！甘甜甜眯着眼睛威胁地瞪了他一眼："你给我等着！"

甘甜甜说完，也不理他，掉头就进了楼门。

卢卡眨巴着眼睛眼瞅着她进楼，自己却有点儿缓不过来，他也不知道甘甜甜话里的意思是说让他等着以后有机会再揍他，还是说等着以后亲回来。卢卡被这一语双关或者说含混不清的话搞得晕头转向。

他为难地抹了抹鼻子，还是意大利语表达得清楚嘛。

甘甜甜红着脸回家，两个室友已经回来了，艾米丽在客厅抱着 Kiwi 看电视，茱莉亚在厨房洗碗，Mango 围在她脚边，一副求投喂的模样。

艾米丽听见开门声，抱着 Kiwi 跑到玄关，见着甘甜甜扑上去跟她贴面礼，甘甜甜两个脸颊立马烧红得更厉害。

"天天，你发烧了？"艾米丽拿手碰了碰她脸颊，Kiwi 稳稳地横卧在艾米丽一只胳膊上，懒洋洋地拿猫爪揉了揉脸，"你的脸很红。"

"呃，外面有点儿冷。"甘甜甜就势扯谎，"冻的。"

"哦……"艾米丽顿了片刻，转而又拉着她坦坦荡荡地八卦，"你跟卢卡一起过的万圣节？"

"……"甘甜甜一听那俩字，眼神游离地点了点头。

"怎么样？"这回连茱莉亚也从厨房里探出头来凑热闹。

"挺……挺好的……"甘甜甜笑着说，"挺好，很……开心……"

"就这样？"艾米丽遗憾地皱了皱眉头，"一点儿都不激情啊。"

甘甜甜："？！"

激情？不是她心里想的那个意思吧？

"她还没有答应卢卡的追求呢，"茱莉亚对艾米丽说，"你不要想太多。"

甘甜甜心说，貌似真的是她想的那个"激情"吗？

"那也可以啊……"艾米丽像是被卢卡收买了一样，拿手肘碰了碰甘甜甜，神神秘秘地问她，"你准备什么时候答应卢卡？"

甘甜甜闻言愣了一下，看了眼她又看了眼茱莉亚，摇了摇头，诚实地说："我也不知道，我承认，我对卢卡越来越动心，但是却……觉得我其实还是不算太了解他，也不了解……意大利男人。"

"哈哈哈哈，这个你可以问茱莉亚啊！"艾米丽大笑，她把 Kiwi 抖下手臂，拽着甘甜甜的胳膊丢给茱莉亚，笑得不能自已，"意大利女人，快快快，给天天好好讲一讲你们国家男人的特质！"

甘甜甜："……"

茱莉亚也在笑，相对艾米丽却收敛很多，她仰头瞧着甘甜甜，真的给甘甜甜开始普及常识一样说："卢卡就是典型的意大利男人啊，追女孩儿的时候异常执着啊！"

甘甜甜的老脸莫名就又热了。

周一大早，甘甜甜去上课，乔托又半死不活地瘫坐在椅子上，见着她进教室，有气无力地举手跟她问了声早。

"你这又是，"甘甜甜嘴角抽了抽，"失恋了？"

她边说边转头寻找维奥拉的身影，果不其然，维奥拉身边坐着个金发碧眼的帅哥，不像意大利人。两人聊天聊得火热，上半身都快要贴在一起了。

"那个男的是谁？"甘甜甜凑近乔托，"以前没见过啊。"

他们临床医学人少，来来回回就那么几张脸，突然多出来这么一个帅到突兀的男生，想不引起注意都难。

"新来的补录生，"乔托用一种生无可恋的眼神盯着甘甜甜，"他今天早上一来，维奥拉就不理我了。"

十月中，学校会将还有空余名额的专业再进行一次招生，就像国内大学的补录一样。甘甜甜好奇地转头想再往后面瞧一眼，手腕立马被乔托拽住了，她低头，乔托可怜兮兮地说："为什么你也要看他？是不是他真的比我长得帅？"

甘甜甜心想这简直显而易见啊，但是为了乔托那颗才十九岁的少男心不再一次破裂，她只能违心地摇了摇头。

"你没骗我？"乔托撅着厚嘴唇控诉，"可是就算是我也觉得，他明明比我帅！"

甘甜甜："……"

甘甜甜心想，你自己都知道的事情，还纠结什么啊！

继续上完一节"天书奇谭"的《神经学》，乔托硬拖着甘甜甜要她陪他去散心。

甘甜甜本来还有两个小时的意大利语课，乔托宁愿在教室外面等她两个小时，然后再拖着她一起逛街。

甘甜甜服气了，心说失恋的人最大，甭管男人女人了，她上完意大利语，跟乔托溜溜达达去市中心，大雨"哗啦"一下，突然就砸了下来，不等两人把包里的伞掏出来，瞬间就被浇了个透心凉。

乔托一米九的身高，淋在雨里像半截被雷劈断的枯树干，颓废地塌着肩膀，那副表情让甘甜甜都不忍心看。

甘甜甜踮着脚把雨伞撑在乔托头顶上，隐约都能瞧见他两个眼眶里隐隐含着委屈。

真心不是不同情他，甘甜甜嘴角忍不住抽搐，可是这场景，她好想笑啊。

"我……"甘甜甜欲言又止，她这辈子都没怎么安慰过失恋的人，她站在大雨中，大风刮过，雨幕倾斜，打伞根本都没用。她把乔托推到市中心的长椅上，将自己的伞塞给他，然后又掏出乔托塞在书包侧包里的伞，转身跑了。

她跑之前还不忘叮嘱他："等着！我去找点儿能让你心情变好的东西！"

等甘甜甜再回来，大雨已经停了，但是天还是阴沉沉的，厚厚的云层堆积在头顶，似乎随时都能砸下来。

摩德纳的雨总是来得快去得也快。

雨水将长椅也一并打湿了，乔托萎靡不振地歪坐着等甘甜甜回来，用泫然欲泣的眼神盯着她。甘甜甜终于忍不住出言调侃他说："我发现，乔托，你现在的脸色，跟天空是一样的。"

乔托保持着脑袋不动，眼珠最大限度地转到眼眶的正上方，结果没有看到天，等他眼珠再往下转到甘甜甜手上的时候，眼瞅着她捧着的两个蛋筒，登时打了一个抖，他露出一口大白牙，惊悚地仰头看她，不可置信地说：“天天，你这是要——自虐？”

“自虐”这俩字，他用的是中文，这词是甘甜甜教给他的，他今天也算终于用对了一回。

“吃吃吃！”甘甜甜将其中一个蛋筒塞在他手上，坐回他身边，语气随意，“有个意大利朋友说的，如果能感受到食物中的美好与爱，那么自己也能收获到这些。上一次如他所说，我的确感受到了，你说这一次……”她笑着看向他，期待地说，“单纯属于吃货的疗伤法则，还有没有效果？”

“你是一个小孩子。”乔托耸耸肩，两手将蛋筒搓着转了个圈，无奈地批评她，“轻易就会相信别人的鬼话。”

甘甜甜也不理他，低头兀自啃了一口开心果口味的那一头，单纯就是她自己突然想吃冰激凌了，又想着某人需要安慰，就一并捎上死马当作活马医。

开心果与提拉米苏，她不假思索地就又选了这两种口味。虽然店员刚刚告诉她，一次选两个奶油口味可能会腻。

乔托边吃边打着抖，肢体语言夸张。甘甜甜咬了两口，只觉得连椅子都被他抖得快散架了。

“你怎么不吃了？”乔托牙齿“咔咔”地碰在一起，他的耐寒能力与体型完全成反比，他疑惑地盯着甘甜甜，“这个天气，外加这个冷板凳，吃这个太刺激。你是不是也受不了了？”

“不是，”甘甜甜抿了抿唇边的奶渍，故意逗他，“我只是觉得，貌似你心情已经变好了嘛，你看你嗨得整个人都像在跳舞一样。”

“怎么可能？”乔托怪叫，“我是冷的！冷！”

甘甜甜“哦”了一声。

“这到底是谁教给你的安慰人的鬼方法啊？”乔托顿悟，吃这种自虐的东西其实速战速决更有效，战线越拉越长越痛苦，他三两口吃完，“咔嚓咔嚓”啃掉蛋筒脆皮，浑身抖得像是被电打了，连说出口的话都带着三分颤音，“说食物中有美与爱的，是个男人吧？”

“这都看得出来？”甘甜甜佩服地仰视他，调侃道，“你在我们那儿，可以被称为——'砖家'。"

"砖——"甘甜甜认真地给他解释，指着脚下的长方形红砖瞎翻译，"知识累积得有砖这么厚的——教授！"

"啥玩意？"乔托用诡异而僵硬的中文回她，一脸的不信服，"我读书少，你别'驴'我！"

甘甜甜闻言哈哈大笑。

"天天，"乔托等甘甜甜笑完，伸手拍拍她的肩膀，一本正经地叮嘱她，"意大利男人懂浪漫，花言巧语嘴巴甜，不可靠的太多了，你想一想就可以了。"

乔托的爱情雷达太准确，甘甜甜差点儿让口水把自己呛死。

她边咳边想，乔托简直正中红心啊！

"还是……"乔托大喘气，顿了片刻突然又说，"你已经跟他在谈恋爱了？"

甘甜甜："！"

她叹了口气，也没瞒着他，偏头仔细想了想，认真地说道："我是真的有点儿喜欢他，但是就像你说的，意大利男人天生就是调情的专家，我有点儿……怎么说呢？在中文里，我们有一个玩笑词叫作——hold 不住，所以，我一直都没有勇气迈出关键性的那一步。"

"可能是我自己的问题吧，"她又补了句，头枕在椅背上，出神地看着天，"他在我心中，或许，比我自己想象中更加重要。"

所以，才迟迟不敢下定决心，因为她有些拿不准，如果成为情侣，她跟卢卡还能够走多远……

"嘿！"乔托哥俩好地拿手臂环着甘甜甜的肩膀，晃了晃她，居然反过来安慰她，"你先别管那么多！就像狗一样，先圈了领地再说啊！我告诉你赶天天，你再这么犹犹豫豫，好男人可就要被别的女孩儿追走啦！"

甘甜甜："……"

你才是狗啊！这是什么比喻？她哭笑不得地拍掉乔托的胳膊，简直拿他没办法。

"我再告诉你……"乔托见甘甜甜油盐不进，又想再接再厉教育她。

甘甜甜匆忙架着手摆了一个停止的手势："你等下，我电话振动了。"

她把手机掏出来，果然，屏幕上闪着的是某位"曹操"的名字。

"Dolcinna！"电话甫一接通，那头的卢卡就笑着说，"你在哪儿？我知道你今天下午没有课，对吗？我来应聘你的意大利语家教了，你愿意付给我的时薪是多少？"

甘甜甜"扑哧"一声就笑了："卢卡先生，零工钱，只包餐，你爱来不来。"

卢卡在电话那头闷声笑，笑声愉悦："那好吧，万恶的剥削阶级，一个小时后，请给我开门。"

"哦还有！"卢卡卡在甘甜甜准备挂电话的同时，又补了一句，"亲爱的，我想吃上回的面条，嗯，还要有肉。"

你还点菜啊！甘甜甜哼笑了一声，挂断电话，转头就瞥见乔托一脸伤心欲绝的表情，他僵硬地吐出一句发音生涩的中文："说好一起到白头，你却偷偷焗了油。"

甘甜甜："！"

"赶天天！"乔托换了英语干号，"你明明已经恋爱了！怎么还能欺骗我的感情呢？"

甘甜甜："……"

"秀恩爱！"乔托忽然觉得说英文真不过瘾，自动切换中文，把甘甜甜教给他的网络用语，挨个吼了出来，"死得快！我是——单身狗！"

甘甜甜"噗"的一声，再也忍不住了，歪倒在长椅上，放声大笑。

甘甜甜告别一脸"想要辞别人世间"生无可恋的乔托，赶回家的时候，卢卡正好到了她家楼下。

卢卡穿着一件短款皮夹克，帅得闪瞎人眼。

"Dolcinna，"卢卡老老实实跟她进行贴面礼，脸颊贴在她脸上，手抱着她肩膀，不由得皱了皱眉，"你的脸很凉，衣服也湿了，你淋雨了？"

甘甜甜转身开楼门："刚才下大雨的时候，我在市中心，雨太大了，打了伞，也淋湿了。"

卢卡跟在她后面上楼，提起放在楼口台阶上的塑料袋，说："尽量穿防雨材料的外衣吧，现在是雨季，很容易着凉的。"

甘甜甜应了声，想说她从小到大不怎么生病，想了想，又咽了下去，补了句："我知道了。"

甘甜甜把房门打开，果不其然，一猫一狗又蹲坐在玄关仰着脑袋。

甘甜甜让卢卡进来，Kiwi 嫌弃地斜了他一眼，高傲地带着 Mango 回了客厅。

卢卡站在玄关，眼瞅着它俩屁股一扭一扭扬长而去，莫名其妙地问道："Dolcinna，我怎么觉得你室友的宠物不喜欢我？"

甘甜甜闷笑："Kiwi 只喜欢美女，你没机会了。"

卢卡以为她是在开玩笑，便意味深长地说："那它们岂不是很喜欢你？"

"哦，"甘甜甜坦然地擦着他身边进厨房，"谢谢夸奖。"

卢卡哈哈大笑，拎着袋子跟在她身后，将袋子放在厨房的餐桌上，说："给你的。"

甘甜甜正打开冰箱往外拿食材，闻言探头回去瞧了一眼，卢卡将袋子里的东西一一往外取，除了一瓶红酒外，还有一盒新鲜牛肉、一棵包菜、一盒西红柿、一盒个头比鸡蛋还小的马铃薯。

甘甜甜眨了眨眼："你来吃饭……还自己带菜啊……这是意大利人的习惯吗？"

卢卡也不知道这样做是不是冒犯了她，顿时有点儿尴尬地伸手摸了摸鼻尖："不是，是我……嗯……想吃这些菜，又害怕你家里没有，所以就……"

"哦，"甘甜甜把冰箱门顺手推上，认真地瞧了两眼那些菜，抬头问他，"你不是说想吃红烧牛肉面？"

卢卡点头。

"那你买这么多菜干吗？"

卢卡一点儿都没不好意思："因为还有晚饭啊……"

甘甜甜戏谑地挑眉瞥了他一眼，又低头看了看手表："那这样吧，现在已经晚了，中午就吃点儿其他的吧，和面也要时间，晚上再吃红烧牛肉面，我待会儿提前把牛肉炖上。"

卢卡完全没有意见。

甘甜甜想了想，重新拉开冰箱，取了四个鸡蛋、一盒豆腐，外加一个长条茄子跟一颗黄色的甜椒，准备做个西红柿炒鸡蛋、麻婆豆腐跟地三鲜，再用电饭锅蒸锅米饭，应该就够吃了。

卢卡自觉脱了夹克，卷起里面羊毛薄衫的袖子："我来帮你。"

甘甜甜也不跟他客气，伸手一点，指着桌上一堆菜使唤他："这些菜你都洗了，除了西红柿，其他的都切成条，我先去蒸米饭。"

甘甜甜淘了米，从碗橱里将电饭煲取出来，卢卡一脸的好奇。意大利人吃米，是拿锅煮的，而且他们喜欢吃在中国人眼里俗称"夹生"的米饭。

甘甜甜把米饭蒸上，扭脸又去挨个敲碎蛋皮打鸡蛋液。他们两个人在厨房里一人一头，各自忙着手上的工作，卢卡时不时跟她说句简单的意大利语，气氛温馨又和谐。

就像是——

甘甜甜站在煤气灶前准备热油炒菜，卢卡从墙上取了围裙下来，站在她身后轻手轻脚地给她围上，她忍不住偏头瞧了眼他认真的眉眼，禁不住想——就像是，一对生活了很久的夫妻的一样。

吃完饭，卢卡进甘甜甜的房间帮她学意大利语。甘甜甜现在已经学过了一些简单常用的语法，能表达出自己的意思，但是她说话语速很慢。卢卡耸肩，说这很简单，还是需要多练。

学语言，不过就是多记多说，撇去天赋这一说，没有其他捷径。

甘甜甜跟卢卡磕磕绊绊地练习对话，然后把错误的地方记在本子上，坚持不过三个小时，就已经疲惫地拿手不住揉眉心。

"累了？"卢卡贴心地给她泡了一杯红茶，笑了声说，"累了就歇歇吧，等下开始，你教我中文好了。"

甘甜甜抵在眉心的手指，登时就拿下来了。

卢卡无奈地眼瞅着她转眼就变得炯炯有神的双眸，简直哭笑不得。

事实证明，卢卡想跟甘甜甜学中文，只能停留在美好的憧憬阶段了。因为果然如甘甜甜所料，卢卡直接扑倒在了中文的入门门槛——四个声调上。

甘甜甜用了一个小时，没教会卢卡，自己已经快笑岔了气。

卢卡捂着一边脸颊，只觉得整个人都快不好了，望向歪倒在椅子里肆意大笑的甘甜甜，眼里全是温柔的纵容。

甘甜甜总算是在卢卡身上报了大舌音 RR 的仇，大快人心。

卢卡的语言天赋明显没有乔托好，乔托跟着甘甜甜模仿她发音三四次，差不多就能像模像样，但是卢卡却连"我是……"这两个字的发音都搞不定。

他抱怨道："Dolcinna，我的舌头死掉了。"

甘甜甜闻言，喘着气艰难地说："你……你总算明白……我……我们中国人……学意大利语的……苦了……"

跨越语系的艰难，真心让人很痛苦。

"好了好了，"甘甜甜心知肚明卢卡本身说要学中文就只是托词而已，他又没有学中文的必要，她笑着对他摆手，"学不会就不学了，反正你会英语，我在学意大利语，可以交流就行了。"

卢卡点点头，故意随手翻开甘甜甜放在桌上的外国人专用意大利语教程，他将坏笑压在眼底，说："那我们继续学意大利语？那个大舌音——"

甘甜甜噎了一下，果断起身说："我先去把肉炖上。"

这回换卢卡在她身后爽朗大笑。

甘甜甜去厨房炖肉，她从国内什么都没带来，搬新家的第一件事，就是去中国人超市买了一堆调料。

这会儿刚把肉炖上，卢卡就悄悄摸进了厨房。

"需要炖很久的。"甘甜甜头也没回便道，"一个多小时吧。"

"好。"卢卡站在她身后应了声，站得离她挺近。

甘甜甜忙着手上的，低头余光似乎捕捉到卢卡手在地板上的影子，他似乎是想搂她腰似的，顿了片刻却又将手放了下去。

甘甜甜偏头回去看，卢卡像是没有料到她会回头一样，明显像是人在出神的时候被吓了一跳。

他无意识地眨了下眼，反应很快，笑着问她说："你看什么？"

甘甜甜想了想摇头，什么也没说，转回头把锅盖盖上了，火调小，让肉慢慢炖，打算倒水和面。

"还需要我做什么？"卢卡低头问她，讨好地说，"我也会和面，我来吧，这个比较费力气，我以前经常帮奶奶和面做比萨。"

"你会做比萨？"甘甜甜笑道。

"会。"卢卡也笑了，"改天我们可以试试。"

甘甜甜说好，让他去洗手，然后把面跟水都推给他，自己净了手去切菜。

卢卡的视线就戳在她背后，她不用回头都能感觉到。

多不容易啊，甘甜甜边切菜边替他委屈，追人追到他这份上也算难得了，一开放的欧美人士追人追了两个月，连搂搂抱抱都不敢，还得事事小心，生怕越过文化差异冒犯到她。

甘甜甜把土豆切成块，准备跟牛肉炖在一起，她做好这一切转身靠在水池旁。卢卡正在低头给面盆里加水，他可能觉得面和得有点儿硬，倒水前，还拿手指又戳了戳。

甘甜甜看着看着，既心酸又想笑，她垂眸静静想了想，突然就站到了卢卡背后。

"怎么了？"卢卡的反应很快，他扭头问她。

甘甜甜摇头说："你继续。"

卢卡茫然地眨了眨眼，又小心翼翼地给面团里滴了几点水，手还没把水壶放回桌面上，整个人就僵住了。

甘甜甜在他背后倾身环住了他脖子，嘴唇凑在他耳边，笑了一声说："你刚才，是不是想抱我？"

卢卡吸了口气，手有点儿抖，他把水壶放回桌子上，点了点头说："对。"

"那怎么就放弃了呢？"甘甜甜嗓音压得又低又柔，又带着股子调侃与诱惑的味道，"胆子变小了？"

"你不知道？"卢卡转头跟她面对面，鼻尖相对，他迅速恢复了状态，笑得一脸无辜，双眸弯得很漂亮，茶色的双瞳近在咫尺。

"知道，"甘甜甜"啧"了一声，偏头出人意料地就亲了卢卡一下，正中嘴唇，她动作又轻又快，一触即离。

卢卡还来不及感受，顿时有种怅然若失的惆怅感。

"那天你偷亲我的时候，我说让你等着的。"

卢卡闻言错愕地瞪大双眸，甘甜甜还维持着弯腰环着他脖子的姿势，嘴唇就停在他唇前，笑着道："喂！我说，我答应你了，你明白我的意思吗？"

卢卡缓缓点了点头，眸色瞬间暗沉，他抬手扣着甘甜甜的后脑勺猛地将她向前压，同时自己偏头凑了过去，狠狠地吻住了她双唇。

甘甜甜："！"

我靠！吓她一跳！接吻能不能好好来，不搞突然袭击啊？！

卢卡从她眼里辨认出了愤然的抗议，他从相贴在一起的唇瓣里，含含糊糊地吐出一句带着笑意的意大利语："你还差我——一次呢，我——亲了——你——两次！"

第七章

女朋友很可爱呀，每天都想揣口袋里怎么办

"这节课就上到这里。"腆着啤酒肚的老教授笑眯眯地站起来收拾教案，语气轻松欢乐地说，"各位，圣诞快乐！新年快乐！"

教室里杂乱的声音登时静了，片刻后学生们拍桌子打椅子，欢呼声连带着口哨声快将教学楼炸了。甘甜甜边莫名其妙地跟着鼓掌起哄，边转头问乔托："你们都乐什么呢？"

乔托四根手指都塞在了嘴里吹口哨，听见她问话，含着手指头含含糊糊地回答："放假了呀！你没看校历吗？今天上完，就开始放假了，两个礼拜呢！"

甘甜甜了悟，然后跟着他们越发激动地拍巴掌，放假啊！

等老教授腆着肚子蹭出教室，班上已经没剩几个人了，撒欢的意大利人不少都是直接拖着行李箱米上的课，再拖着行李箱直接走，一点儿时间不浪费。

乔托正拿着甘甜甜的教材，在目录上给她勾划重点章节，甘甜甜也不着急，卢卡昨天说要跟她一起吃午饭，这节课下得有点儿早——不用怀疑，老教授又早退了。

乔托正画得热情洋溢，后面冷不丁有人唤了甘甜甜一声，她回头，维奥拉隔着两排椅子向她招手："赶天天，你圣诞节要不要跟我一起回家？"

甘甜甜："？！"她茫然得有点儿傻。她跟维奥拉的关系不远不近，除了做过几次实验，平时见面打个招呼聊聊天，在她心里，她俩还没到可以互相串门，特别是一起过这种相当于中国春节性质的节日。

维奥拉见她愣愣地没表态，估计自己也料到她把她给吓到了，她边从椅子后面跑出来边跟甘甜甜解释："我回家过节，想邀请你跟我一起，你要不要去？我的弟弟在孔子学院学过中文，他很喜欢中国文化，我想如果你能跟我一起回家，他一定很高兴。"

"可是，"甘甜甜说，"不打扰吗？"

"不打扰啊！"维奥拉撩了撩长发，笑得优雅，"我家在南部。南部的意大利人热情好客，只要你愿意来，我的家人都会很开心。"

甘甜甜受宠若惊，她正想答应的时候，突然就想起来了某人，伤势痊愈的某人目前个人通讯设备又被限制使用了，估计是马上又要有任务，也不知道他会不会想要跟她一起过圣诞。

"我很荣幸，"于是，甘甜甜只能笑着说，"但是，我现在不能确定，下午给你答复好吗？我也希望，我可以跟你的家人一起过节。"

维奥拉说好，探身跟她贴面礼，"啾啾"两声后挥手跟她告别。甘甜甜视线一直将她送出了门，这才低头，结果就让乔托的黑脸唬得一怔。

"天天！"乔托眼泪汪汪地仰头控诉，"你怎么可以跟维奥拉关系这么好？她曾经抛弃了我！"

"呃……"甘甜甜被噎了一下，只能窘迫地说，"可是，你也抛弃我了，你要回西班牙过节，我一个人也很孤单啊。"

乔托偏头想了想，"哦"了一声，痛快地说："那也对。"

然后，他天真地低头继续给甘甜甜画重点。

甘甜甜简直哭笑不得，她一个大龄青年跟一群小她八九岁的青少年一起，时不时也会跟着他们一起幼稚一下，像是返老还童一样，前两天她跟她妈视频的时候，她妈还说怎么觉得她好像看着年轻了。

心态年轻啊！甘甜甜盯着乔托发根全部卷成弹簧的头顶，心想她都快把自己的年岁给忘了，春节前，她就二十七岁了。

乔托给甘甜甜画完重点，自己也回家去收拾行李，准备第二天早上坐飞机回西班牙。甘甜甜跟他道别后，独自溜达到市中心等卢卡。

　　他们如今也算是一对彼此确定了关系的情侣，从万圣节到现在，一个半月时间，恋爱谈得依旧各种精彩，她真心佩服卢卡的恋爱花招，简直层出不穷，取之不尽用之不竭。连大半夜爬起来，扛着装备爬楼顶看流星雨，这种老套的偶像剧情节，都被卢卡重现了一遍。

　　甘甜甜坐在长椅上边等卢卡谈笑，心想这恋爱谈完都可以出本书了，名字就叫——《意大利"帅锅"教你贪恋爱》，简单粗暴正中红心。

　　"在笑什么？"卢卡远远过来就瞧见她明明是在出神，嘴角却翘得很高，眉眼弯得很漂亮，直到他走近到她面前，她居然还没有注意到他，他弯腰在她额头亲了下，"很开心？"

　　甘甜甜仰头理所当然地回答："心情好啊，放假了。"

　　"那的确值得开心，"卢卡笑着伸手将她拉起来，"一直在下雨，椅子肯定没有干透，快起来。"

　　雨季一直持续到了12月，甘甜甜从一开始的烦躁慢慢过渡到麻木。

　　她顺着卢卡的力道站起来，卢卡身子一侧手臂自然而然就搂住了她。果不其然，她不自觉就抖了抖，从他怀里退了出来，仰头憋着笑说："痒。"

　　卢卡一脸的无可奈何，低头郁恼得连眼神都是委屈的，他女朋友腰怕痒，不能搂怎么办？

　　甘甜甜瞅着他那小眼神儿，"扑哧"就乐了，乐完举着他胳膊扛在自己肩上，自己搂住他的腰，仰头颇霸气地说："这样行吗？帅哥？"

　　卢卡瞬间就被治愈了，低头与她四目相对，没憋住，都笑了。

　　女朋友很可爱呀，每天都想揣口袋里怎么办？

　　这心声要是被甘甜甜听见，肯定果断答：滚蛋！

　　"走啦，帅哥！"甘甜甜笑着仰头用意大利语催卢卡，她最近的意大利语是越说越溜，连意大利语A1班的老师都打算让她升一级到A2，身边有个爱聊天的意大利男朋友，语言进步怎么能不快？

卢卡被搂得心花怒放，也不管这个姿势他腰侧弯得有点儿酸，胳膊往下滑了滑，环着甘甜甜的肩膀，顺着市中心的小街道溜溜达达去罗伯托罗伯托的老店吃比萨。

"你圣诞节也要回家的对吗？还是要工作？"甘甜甜学着卢卡，将整张比萨切成一个角之后，就用手拿起来吃，"你家在哪座城市？是回去跟你爷爷奶奶一起吗？"

卢卡闻言皱了皱眉，表情不是太好看，只是简短地说："对，要回家。"语气突然就有点儿不耐烦。

甘甜甜疑惑地瞥了他一眼，心说这又撞到大爷哪根筋了？

"为什么不高兴？"甘甜甜将比萨放进盘子中，拿餐纸擦了擦手指，索然无味地靠进椅背，以前可以什么都不问，现在恋爱都谈一个多月，还不能问问他跟谁过节了？

"我没有——"卢卡抬头让甘甜甜的表情唬得一怔，匆忙解释，"我没有对你不高兴，我的家庭不是那么让人愉快，每当圣诞节就更加——"

卢卡提起那个所谓的家，似乎连话都懒得讲。他叹了口气，抬手握住甘甜甜交叠放在膝盖上的手，温柔地凝视着她说："下次有机会，我带你回家看看，你就明白了。"

甘甜甜见他一脸愁云惨雾还要强颜欢笑安慰她，登时心就软得一塌糊涂，心软归心软，她不由得又思忖，难道说，谁家没几个极品亲戚这种事儿在意大利也适用？

"好了，不要为了它坏胃口，"卢卡笑着说，"不然罗伯托要不高兴了，他可不喜欢客人剩东西在餐盘里。"

在意大利，吃光盘子里的食物代表客人很喜欢，相反，剩得越多便代表他们越不喜欢。

"好。"甘甜甜笑着点头，重新拿起刀叉的时候又补了句，"那如果你不在摩德纳过圣诞，我就跟维奥拉去她家了，她今天下课邀请了我。"

"维奥拉？你的同学？"卢卡显然有些惊讶，"她家在哪座城市？"

"南部的一个城市。"甘甜甜想了想，貌似没有问维奥拉具体的地名。

"靠近那不勒斯了吗？"卢卡切比萨的手顿了顿。

"或许吧……"

"南部人很热情，你可以吃到很多意大利传统的菜肴。"卢卡笑着说完，又叮嘱她，"不过南部很乱，我知道你身手很好，但是也要小心，最好不要一个人出门。"

"好，我知道了。"甘甜甜心说，南部乱可是大大有名的，因为全世界人民都知道的黑手党，就聚集在南部啊！

"嗯还有，"卢卡眨了眨眼睛抬头，一手托在腮下，眸光温柔又暧昧，"亲爱的，我们即将分别，我会想你的。"

"然后？"甘甜甜戒备地盯着他：敢当场扑上来索吻我搂你！

卢卡拖着椅子慢慢靠近她，嘴唇凑近她耳边，带着笑轻声道："我们，晚上不来点儿浪漫的？"

"可以呀，"甘甜甜伸手把他的脸推到一边，想了想又霸气地掐着他的下巴把他的脸转回来，四目相对。她哼笑了一声，在卢卡惊喜而又期待的眼神中，甜甜地说，"你浪吧，我看着。"

卢卡："……"

"你想怎么浪？"甘甜甜一口气吹在他额头，笑吟吟地说，"裸奔呢还是？"

"亲爱的，"卢卡从善如流地换了副单纯的表情说，"我其实晚上就打算跟你喝两杯红酒，聊聊天的。"

"说话想让我相信，"甘甜甜另一只手把卢卡不知道什么时候环在她背后不住往下抚摸的爪子揪出来，捏在半空甩了甩，示意他，"麻烦你也做到言行一致！"

一顿饭吃了两个多小时，卢卡将甘甜甜送到了楼下，临分别卢卡拉着甘甜甜不让走。甘甜甜会意，她打电话给维奥拉答应了维奥拉的邀请，并且询问了她家具体所在的城市与方位。

甘甜甜挂断电话，这才抬头对卢卡说："帅哥，这回可以了吗？我不在那不勒斯黑手党的老巢附近活动，我在离得还挺远的一座小城市，叫什么萨勒诺的乡下，你放心了没？"

卢卡笑着点头，在她额头吻了吻，又依依不舍地低头贴着她的嘴唇轻啄，温柔得简直让甘甜甜隐隐有点儿牙酸。连着圣诞带元旦，不过就是分开半个月，这生离死别的既视感是怎么回事？

卢卡亲完又抱了抱她，抱得夜色悄然降临，月亮在乌云的缝隙间模模糊糊露了个边角，甘甜甜穿着平底鞋都觉得脚跟酸了，卢卡这才推开她，跟她分别。

卢卡站在原地没动，他笑着冲甘甜甜摆手，示意她先上楼。

甘甜甜没辙，转身开了楼门上去，她心情有点儿古怪地进了家门，将门反锁了，又跑到厨房的窗户前往下看，只见卢卡颀长的身影，在昏黄的路灯下被拉得很长，他转身离开的步伐迈得很慢。

那一刻，甘甜甜忽然就觉得，她心里的那点儿古怪情绪，恐怕也就是不舍吧，如果她这个时候喊他一声，她想，他今晚估计都走不了了。

甘甜甜趴在窗户上，直到卢卡的背影彻底看不见了，这才回自己屋里收拾行李，维奥拉订了第二天下午的火车。

也不知道去别人家过节需要带什么，她也没从国内带中国特产，她来来回回地在抽屉里翻捡了半天，才打算将之前跟卢卡逛街的时候，在一家饰品店里买的一个二十厘米高的水晶元素圣诞树音乐盒送给维奥拉。

甘甜甜当时选中它，本来就是想当作礼物送人的，所以让店家包装得很漂亮。她捧着包装盒，不禁感叹自己的先见之明。

甘甜甜收拾了一个小号拉杆箱，箱子也是跟卢卡某次逛街的时候买的，相中它的原因是卢卡一直期望能跟她来一次说走就走的旅行，如果哪天都要走了没旅行箱多尴尬，结果买回来她没跟他走，倒要先跟别人来一场旅行了。

她边笑边往里面装衣服，大衣是跟卢卡一起的时候买的，羊毛衫是跟卢卡一起的时候挑的，围巾是买大衣的时候卢卡帮她搭配的……

甘甜甜手托着腮想了想，转头去鞋柜里挑鞋，结果发现连冬靴也是卢卡给她选的。

他们恋爱才谈了一个半月而已啊！甘甜甜随意坐在床头屈膝抱着腿，怔怔地盯着一半整齐码在箱子里，一半散落在外面的行李，半天都回不过神。从什么时候开始……卢卡已经彻底渗透进了她的生活里，无处不在了？

甘甜甜心里也不知道是个什么滋味，她起身去厨房，拉开冰箱想找瓶饮料，却又发现在冷藏柜里被码成整整齐齐一排的罐装七喜。

甘甜甜："……"她饮料就爱喝七喜，这么多一排，不用说，又是卢卡哪天帮她囤够了能召唤神龙的数量她都不知道。

甘甜甜保持着手扶冰箱门，眼珠子黏在七喜瓶身上的姿势直到她室友开门回来震醒了她。要死了！这恋爱谈得，这要是打仗，她这就是莫名其妙间，就被对方埋了一屋子炸药的节奏啊。

"轰"一声，灰飞烟灭，只留爱在天地间……

呃——甘甜甜靠着自己的房门，忍不住抱着双臂搓鸡皮疙瘩，瞎想什么呢？！肉不肉麻呀！

甘甜甜晚上跟她两个室友提前道了别，早早洗漱完躺在床上翻看iPad上存的专业书籍，她心不在焉地拿手指乱戳，一本书没多久就让她翻了大半，书的内容她却连一行都没看进去。

甘甜甜觉得再坚持下去也是单纯费电的节奏，她把iPad随手搁在被子上，在床上翻来覆去，就是睡不着。她动来动去，"哐当"一声响，iPad摔到床下，金属包角磕在瓷砖地板上，不用看也知道包角绝对被磕劈了。她终于在床上老实了，仰躺着，睁大眼睛盯着天花板，叹了口长气，心说她这算是要彻底沦陷了的节奏啊。

她不甘心地又翻了个身，动作一大"咚"的一声掉下了床，她趴在地上良久，"扑哧"一声就笑了，只觉得整个人酸软酥麻又甜腻腻，就像泡在醋跟蜂蜜搅和在一起的罐子里似的。

甘甜甜第二天吃过午饭，去火车站跟维奥拉会合，他们将在火车上度过预计十个小时的总行程，穿越大半个意大利。

她昨天一晚上没睡好，上车没多久就晕晕乎乎睡了过去，她临睡着还在想：卢卡今天怎么这么安静呢？上次坐个火车，他就一路不停地在逗她说话，说得她都想揍他了还不罢休……

甘甜甜一觉睡足整个车程，再转车跟维奥拉到了小城萨勒诺，拉着行李箱守在火车站门口跟她慢吞吞地聊天。

等了一会儿，维奥拉的家人打电话来，说他们可能要晚点儿到，他们在准备晚饭，耽误了些时间。

维奥拉挂断电话，跟甘甜甜解释了一下，然后抱着胳膊冻得原地纵跳。

甘甜甜吸溜着鼻子说："南方这里好冷啊。"

"不行了，"维奥拉哆哆嗦嗦地说，"我们去找个咖啡馆坐会儿吧。"

甘甜甜跟维奥拉坐在离十字路口不远的酒吧里，喝咖啡喝了一个多钟头，维奥拉的父母才姗姗来迟。

据说越往南部，意大利人的时间观念越差，看来是真的……

维奥拉的母亲和善柔美，有种中年茱莉亚的既视感，身材微胖，笑容真诚，扑上来跟甘甜甜热情拥抱。

维奥拉的父亲身材高大，年过六旬依旧英俊风趣，甘甜甜跟他贴面礼的时候就在想，是不是等二三十年后，卢卡也会是这个模样——笑的时候眼尾有深深的鱼尾纹，却越显成熟魅力。

"欢迎你们！"维奥拉的父亲拉开黑色菲亚特的门，示意甘甜甜跟他的女儿上车，他笑得爽朗，嗓音磁性有力，"我的小美女们！"

维奥拉一家人，简直比维奥拉还自来熟，在车上就已经快把自己一大家的情况都介绍完了：什么维奥拉的大姐男朋友是西班牙人，学建筑会萨克斯；二姐男朋友是德国人，学计算机的人很古板，跟二姐性格一点儿不搭；什么弟弟学中文会咏春拳最爱李小龙；大伯长得帅风流花心没结婚，情人遍小城，过节从来不回家，怕被群殴；二伯的老婆是巴西人，身材性感火辣……

这一家子快凑齐一个小联合国了！

甘甜甜一路上聚精会神，生怕错过一点儿信息就听不懂了，简直耗费精气神。

车开到一半，维奥拉的父亲就在前面把广播打开了，里面的男歌手嗓音磁性中透着清亮，一唱三拐弯，高潮部分简直就是吼上去的。维奥拉在甘甜甜旁边登时就像是被电打了，"嗷"一嗓子接了上去直接飙高音，把甘甜甜吓了一跳。

维奥拉的父亲拍着方向盘给她打节拍，维奥拉的母亲鼓着掌附和，半夜十一点，一辆黑色菲亚特，就这么在空旷的公路上嗨了起来。

甘甜甜除了笑，已经没别的表情了，南部意大利人简直就是活宝啊。

车开了一个多小时，终于到了维奥拉的家。

"孩子们，我们到啦！"维奥拉的父亲将车熄了火。甘甜甜跟维奥拉从后面下来，跳下车两人就不约而同打了个喷嚏。

两声喷嚏震天响，隔壁邻居家里的狗"汪汪汪"地开始叫，叫声连着回声荡得各家各户的狗一起开始大合唱。

甘甜甜："……"她尴尬地揉了揉鼻子，维奥拉在她身旁哈哈大笑。

山村里的空气潮湿干净，带着股雨后泥土的清香，甘甜甜抬头好奇地四处观望，午夜的天空星光闪烁，一闪一闪的光点儿似乎悬在伸手就能触碰到的地方，远方的灯光昏黄，隐隐约约映照出山峰的轮廓。

真是个好地方，静谧安好。

"走吧，外面太冷，我们先进屋。"维奥拉的父亲锁了车招呼她们，"明天可以让维奥拉开车带你去海边看看，景色也很美。"

甘甜甜连忙道谢，跟着他们往屋里走。

维奥拉的家是一栋三层小楼，一层像是储物间的模样，二层是宽敞的客厅，三层是几间卧房。

维奥拉的几个兄弟姐妹正在客厅打电动游戏，听见响动争先恐后跑出来跟甘甜甜热情问好，直接将她堵在了楼道里，甘甜甜简直受宠若惊。

"嘿！孩子们，怎么又不睡觉？"维奥拉的父亲说，"见完客人就快点儿去睡，客人也很累了。"

维奥拉的兄弟姐妹闻言简单地自我介绍报了名字，轮流上来跟甘甜甜抱抱外加贴面礼，道了声晚安之后"哗啦"一声又都散了，争抢着往三楼跑。维奥拉弟弟两只拖鞋都掉了也没回头捡，光着脚一路噔噔噔。

甘甜甜："……"这如同见了洪水猛兽般的既视感是怎么回事？

"他们都害怕我爸爸。"维奥拉在甘甜甜耳边悄声说，"因为如果他们惹得我爸爸不开心，第二天他就会做饭给大家吃。"

甘甜甜："……"

"你懂的，"维奥拉耸耸肩，"我爸爸做饭难吃得很梦幻。"

甘甜甜抽着嘴角，品了品她用的"梦幻"这个词，偷偷瞥了瞥维奥拉英明神武的父亲的背影。

那位父亲似乎一无所觉，背手走在她们前面径直上了三楼。

老年卢卡还是不要跟他像比较好，甘甜甜心道。

上到三楼，维奥拉的父亲跟甘甜甜道了声晚安，就先回了主卧，维奥拉的母亲带着甘甜甜到了为她准备的客房。

客房原本是维奥拉二姐的卧室，里面摆放着她的钢琴跟竖琴，二姐跑去跟大姐挤了，屋子就让给了甘甜甜。屋子很大，家具很是古典，连床上的被子都是带着复古蕾丝绲边的，浓浓的公主风扑面而来。

"亲爱的，"维奥拉的母亲跟她拥抱，"晚安，好梦。"

"你也是。"甘甜甜跟她道别，挥手给她身后的维奥拉说晚安。

等她们带上门出去了，甘甜甜这才饶有兴趣地蹲在维奥拉二姐的竖琴旁，眼前的竖琴比卢卡的那架大了不少，足有半人高，琴下带了踏板，棕红色的琴身上雕着不知名的花，古朴好看。

什么时候得让卢卡再弹上一曲，甘甜甜蹲得两条腿都软了才站起来，从背包里翻出洗漱用品去洗手间，自打谈恋爱，就没再见过那家伙弹琴了。

甘甜甜一觉醒来，按亮手机瞅了眼时间，刚过八点。她起来洗漱换了身衣服出去，在三楼的走道里站了一会儿，

走道里静悄悄的，反倒是楼下传来几声响动，她抬脚下楼，木制楼梯"咯吱咯吱"地响，像是一夜回到了中世纪的感觉。

二楼的客厅连着厨房，维奥拉的母亲卡米拉正在准备早餐，维奥拉的弟弟马尔科正在压腿拉筋，少年身量不低，穿着蓝色的仿唐装练功服，腿内侧贴在墙壁上竖压一字马，边压边跟母亲有一搭没一搭地聊天，宽松的裤腿堆在大腿根，露出白皙笔直的大长腿。

甘甜甜站在门口出声打了个招呼，卡米拉放下手上的餐碟，笑着过来跟她拥抱问候早安。甘甜甜脑袋搁在卡米拉肩膀上，瞥见马尔科红着一张脸，像是受惊了一样，从墙边单腿跳跳跳，跳到餐桌前，随便拉了张椅子坐下。

甘甜甜："……"

卡米拉拥抱完抬头瞅着甘甜甜的表情，回头瞧了眼小儿子，顿时了悟，笑着跟她解释说："他害羞。"

马尔科背对着她们，一声不响地坐着，连着露出练功服的脖子都红了个透。

纯情小少年啊……甘甜甜含蓄地笑着跟卡米拉点了点头，心说意大利还产这玩意儿？

卡米拉让甘甜甜在餐桌前坐下，她继续去准备早餐，甘甜甜坐在马尔科对面。少年时不时瞥她一眼，被她发现后就眼珠子乱转，灰蓝色的眼睛配着他一张白嫩的小脸，越发显得灵动可爱。

甘甜甜心里简直要笑翻了，不知道卢卡小时候是不是跟他一样可爱？她故意盯着少年看了两眼，少年顿时连手都不知道该往哪儿放了。

她乐了一会儿，自我埋汰：再玩下去，她就成调戏少年的怪阿姨了！

甘甜甜轻声咳了咳，转头问卡米拉说："我能帮你做些什么吗？"

卡米拉闻言连说不要，说完又想了想，扭头冲她笑着道："你可以来帮我煮咖啡，我教你打奶泡，怎么样？"

"好啊！"甘甜甜推开椅子站起来，还能听见身后马尔科呼出了口气。

意大利的咖啡壶甘甜甜会用，卡米拉便让她同时将咖啡跟奶煮上，然后取了打泡的杯子给她，简单解释了怎么样使用后，就交给她自己发挥了。

甘甜甜等咖啡跟奶煮好，将咖啡盛在圆圆胖胖的咖啡杯里，将奶打成奶泡倒在咖啡上，再用卡米拉递给她的塑料小勺，非常业余地从奶泡下拉出些许咖啡，在奶泡上画了些简单的图案。

卡米拉偏头瞧了一眼她的成品，鼓励地鼓了鼓掌："不错，很完美！"

甘甜甜嘴上道了谢，心说有点儿丑，不过也没丑到坏胃口的程度，她端着杯子想往餐桌上摆，转身却发现马尔科没影了。

"他去外面阳台上练功呢。"卡米拉的早餐也准备好了，她把一家人的早饭摆放整齐，示意甘甜甜视线往正前方的落地窗外看，"他学了一些你们中国的功夫，咏春还有太极，每天早上都会练习。"

甘甜甜偏头笑着看她："真的吗，他很喜欢这些？"

"对，你去偷偷瞧瞧。"卡米拉笑着说完，转身上楼，"我去叫其他人起床。"

甘甜甜在她身后应了声好，放轻脚步凑近落地窗前，窗外是马尔科的背影，少年正在打太极，细胳膊细腿撑在宽大的练功服里，简直就像是几根撑衣杆。

他一招一式倒是打得分外认真，只不过老师的路子不正宗，精髓没有教出来，愣是让马尔科把柔中带刚的路子用软绵绵的四肢练出了瑜伽的味道。

甘甜甜再等他结束了打拳，就真有点儿风中凌乱了。

马尔科所谓的"咏春"拳，在甘甜甜眼里十分眼熟，他太极拳走的是闲散浮夸风，"咏春"却完全是另一个风格，凌厉狠辣，就算她不会咏春，也能看出来，这根本就不是传说中的咏春拳！

几声脚步声从木板楼梯上传来，甘甜甜就势把放在门把手上的指头抬了起来，敲了敲玻璃门，示意外面的马尔科进来吃饭。

马尔科维持着手上出招的姿势，转回的小半张脸上，红得特别喜庆。

吃完饭，维奥拉的父母将圣诞树从楼下的储物室里翻找出来，他们几人挨个抱着一个纸箱上楼，四五个大大小小的箱子瞬间堆满了半个客厅的空地。

"好啦！"维奥拉的父亲就着厨房的水龙头洗了洗手，"装饰圣诞树的工作就交给你们了，我要跟你们的妈妈去做其他的准备工作。"

说完两人下了楼，维奥拉拉着甘甜甜一起开箱子，大箱子里是三段可以拼接的铁制的圣诞树树干，树枝是绿色的硬塑料，小箱子里是装饰灯跟小挂件，还有礼物形状的用锡纸包裹的糖跟巧克力。

维奥拉的二姐将几个箱子都推翻，小饰品"叮叮咣咣"弹出一地，她跟马尔科围坐在旁边，将小饰品头上绕在一起的挂绳解开。二姐又去将另外一个箱子里，缠成一团的彩灯灯绳也拖了出来，摊在地上。维奥拉跟甘甜甜蹲着组装树干。

装好树干，捋开针形树枝，将彩灯一圈一圈从上而下环绕在树枝上，再将饰品挨个挂上去，圣诞树便大功告成。

维奥拉将彩灯的插头插上，待看到一闪一闪的灯光，这才伸了个懒腰，跟几个姐姐拍了拍手，说："完成！"

甘甜甜站起来，离得稍微远了些，给他们几个兄弟姐妹抓拍了张照片。维奥拉"啊"一声就跳了起来，掏出自己手机，一把将甘甜甜推到圣诞树旁，又招呼其他人起来说："我都忘记了！快合影！今年我们可是有客人一起过节的！"

于是，甘甜甜就被一群人簇拥在圣诞树旁边，摆出各种诡异而喜庆的姿势。

终于到了圣诞前一天的平安夜，这一天，在意大利人眼中就跟中国的除夕夜一样。

维奥拉传说中的情圣大伯跟二伯二伯母都到齐了，火辣身材的二伯母还带来了两个儿子，午宴空前盛大，两条长桌拼在一起，十二个人分座两排，从主食到甜点，一道一道吃下来，替换的餐盘将水池连带琉璃台都堆满了。

饭后一家人坐在一起聊天，南方人有自己的方言，甘甜甜基本听不懂，马尔科坐在她旁边给她翻译，其实也不过就是一些家常琐事，他们时不时还会好奇问问甘甜甜中国的节日风俗。

等更加丰盛的晚宴过后，一家人围坐在客厅的壁炉前，壁炉中时不时发出一两声"哔啵"清响。

维奥拉的二姐进屋搬出了竖琴，换了身希腊风格的蓝色长裙，露出一侧肩膀，她侧身坐在壁炉前，两手钩动身前竖琴的琴弦，空灵的琴音响起的瞬间，那个活泼的女孩儿似乎就已经化身成了神话中善弹竖琴的女神。

维奥拉的二姐兀自弹着琴，其他人在聊着天，甘甜甜晚上喝得有点儿多，维奥拉父亲自己酿的红酒度数可能高了些，她眯着眼睛靠着维奥拉，耳边是不知名的琴曲，心里想着的却是曾经也弹过竖琴的某人。

某人这几天一直没有跟她联系，也不知道他在那个连提都不愿多提的家里，有没有吃到可口的甜点。

甘甜甜眨着困顿的眼睛，视线聚焦在被拨动的琴弦上，正大光明地出神，直到维奥拉拽着她的胳膊不停摇晃："天天！你的手机在振动！"

甘甜甜反应慢了半拍，她偏头似乎半天才消化掉这句意大利语的意思，伸手掏出手机，屏幕上是一串没有来电显示的陌生号码。

她慢吞吞地按了接通键，听到话筒那端某人低沉带笑的问好，他说："Dolcinna，平安夜快乐！"

甘甜甜没有说话，她在干净清澈的琴音中，将手机捂在耳朵上，敛着眉眼轻声笑了。

"在笑什么？"卢卡借着跟他堂弟一个照面之下，神不知鬼不觉就摸走了对方的手机，一个人躲出了宴会厅，坐在花园正中的喷泉外沿上，"你很开心，对吗？"

甘甜甜也不说话，只是笑，声音很轻，卢卡却能准确捕捉到她的情绪。

"喂，你跟我说说话。"卢卡仰头。夜色浓重，星光点点，他只穿着衬衣西装马甲跟西裤，也不觉得冷。他伸手想将领带拽松，手抚上领结，又下意识转头瞥了一眼身后飘出优雅舞曲的晚宴厅，他手指动了动，又放了下来。

"你想让我说什么？"甘甜甜明知故问，她想站起来出去接电话，又觉得腿有点儿软，索性缩着脑袋贴在维奥拉的后背，装作一副鸵鸟状。

"我很想你，你呢？"卢卡的刘海儿被夜风猛然吹得有些歪斜，"你想我了吗？"

甘甜甜那边又没了声音，片刻后才听见她从喉头慢慢地吐了一句："很想。"

卢卡握着手机的手指瞬间就收紧了。

"我很想你，"甘甜甜在悠扬的琴声中，含着酒意笑着慢吞吞地说，"我想听你弹琴了，卢卡。"

卢卡也笑了，他正想说什么，却敏锐地捕捉到了身后不远处传来的脚步声，他快速说了句"你等我"后，便挂断了电话，谨慎地将通话记录删除了，这才将手机端在手上，装出一副闲来无事在上网的模样。

"嘿，卢卡！"丢了手机的堂弟终于发现了不对，找出了晚宴厅，向卢卡走来，又好气又好笑，"你又偷我手机！"

卢卡抬头冲他耸耸肩，扬了扬手中的手机，半真半假地抱怨："晚宴很无聊，你明白的。"

甘甜甜捧着断得有点儿莫名其妙的电话，眨了眨眼睛半天没反应过来，直到维奥拉将她整个人从背后拽出来，拖她去房间里睡觉，她还在晕晕乎乎地想：等他……干什么……说清楚啊啊啊啊啊！

还好她酒劲儿上涌，人倒在床上没多久就睡着了，一觉起来，她翻身下床，蹲在被放回来的竖琴前，忍不住笑着伸手碰了碰琴弦。

圣诞节当天，照旧过的是神仙般的日子，美食美酒轮番上场。晚上，维奥拉父母的朋友们带着礼物来他们家中拜访，就像中国的拜年一样，连甘甜甜都收到了几双颜色诡异的袜子。

第二天早上，甘甜甜醒得早却不愿起，躺在床上揉肚子，只觉得圣诞几天假，就真把她肚子都吃得凸了起来。

到底是在别人家中做客，她也做不出太过随性的举动，八点一过还是爬了起来，洗漱完后下了二楼。

维奥拉的母亲已经将早饭准备得差不多了，甘甜甜无事可做，透过玻璃望着阳台上正在打拳的马尔科，暗自思索圣诞虽然已经过了，但是元旦后才收假返校，这还有一个礼拜的时间，她总不能还继续待在维奥拉家做客吧。

她这样想着的时候，卡米拉已经卸了围裙去楼上叫其他人起床。

甘甜甜蹑手蹑脚地又凑近了阳台，他们前两天聊天时，马尔科就说，太极拳是孔子学院里的老师教的，至于所谓的"咏春拳"，是他在那不勒斯的时候，碰到的一个中国女孩儿教他的。

那个女孩儿似乎是跟一个比萨店里的外卖小哥儿熟识，小哥儿给他们送外卖的时候，见到他们几个同学在练太极，就问需不需要师父。他有一个中国朋友在找兼职赚钱，虽然是女孩儿，但是很厉害。

然后被介绍来的女孩儿，告诉他们，她教他们的功夫就是电影里经常会出现的，大名鼎鼎的——"咏春拳"。

"那女孩儿是不是二十一二岁的模样？"甘甜甜当时是这么问他的，她在自己眉下比画了下，"这么高？挺瘦？"

"是，但是她还没有二十岁，很年轻。"马尔科认真地摇头，"比维奥拉看起来要年轻些。"

甘甜甜心说维奥拉才十八，比她还年轻，那才十六七吧？十六七的女孩儿功夫这么凶残？你也才十六七啊少年！

中国女孩儿看起来总是没外国姑娘那么成熟显老，甘甜甜在他不靠谱的描述中，总觉得那个传说中，缺钱到兼职私人教练的神经病就是安珂。

"那女孩儿叫什么？"甘甜甜又问道。

"就叫师父啊，"马尔科单纯地回道，"我们都叫她师父。"

我还悟空嘞……甘甜甜默默吐槽，兴味地抿了抿唇又问："她的朋友在哪家比萨店？"

结果遗憾的是，马尔科却说，那家比萨店上个月就关门了。

甘甜甜诧异地用手指敲了敲下巴，总觉得安珂神秘逼格高过当时的卢卡一个数量级。

甘甜甜站在阳台门外，等其他人下来了，才敲门叫马尔科出来吃饭。马尔科在大冬天里练出一脑门的汗，拿练功服的袖子擦了擦，仰头问她说："你是不是也对咏春拳很感兴趣？所以也想找她学？"

天天早上无事可做，偷窥别人练拳的甘甜甜终于被人误会了，她窘迫得只想唱歌：是你想太多，我总这样说……

甘甜甜吃完早饭，就拉着维奥拉问她后面的行程安排，维奥拉说她当然是要在家里，一直待到元旦过后。她问甘甜甜是不是想回摩德纳了。甘甜甜想了想，没说害怕打扰她，只说她既然来了趟南部，就想去那不勒斯转一圈，据说南部风光都很好……

"可是你一个人，不安全。"维奥拉皱着鼻子说，"那不勒斯很乱，很多小偷，还有抢劫。"

"要不然，我跟马尔科陪你去？"维奥拉抬手胡乱比画了两招，"马尔科会功夫！"

甘甜甜："……"

我也会……她就害怕这句话说出口，她就彻底走不了了，照马尔科目前对中国功夫的痴迷程度，他绝对能抱着她大腿让她拖着他一起走！

甘甜甜正在思忖，怎么才能有效劝说维奥拉，不料手机突然振动了，这回她总算是反应迅速地掏出手机，发现上面的电话号码仍然是一串陌生数字。

"卢卡！"甘甜甜接通电话，抢先道，"我知道是你。"

电话那头的卢卡错愕地问："你怎么知道的？"

"直觉。"甘甜甜笑了笑。维奥拉给了她一个暧昧的眼神。

"好吧，听你这么说，我很高兴，亲爱的。"卢卡闷笑着，他似乎是在街道上，电话那头很是嘈杂，"你还在朋友家里，对吗？"

"对。"维奥拉眨了眨眼睫，靠着桌子，一手撑着下巴，笑盈盈地看着甘甜甜打电话，甘甜甜也不理她，兀自说道，"你呢？还在家里吗？"

"没有，"卢卡笑着说，"Dolcinna，你对那不勒斯的卡布里岛跟庞贝古城有没有兴趣？"

甘甜甜"嗯"了一声，尾音上扬，她顿了顿，说："你是在……"

电话那头的男人爽朗地笑出了声，他说："Dolcinna，问问你的朋友怎么来那不勒斯吧，我在这里的火车站等你，好不好？"

甘甜甜："？！"

"我已经在那不勒斯了，亲爱的，我很想你。"

甘甜甜果断转头，维奥拉显然也听到了电话里某人的话，她揶揄地笑着说："你快去收拾收拾吧，一个小时后，楼下路口就有一班去那不勒斯火车站的大巴，别耽误了时间，让你亲爱的等急了。"

甘甜甜维持着一脸"……"的表情，迅速从椅子上跳了起来，往三楼卧房跑。在她身后，维奥拉非常不给面子地哈哈大笑。

等甘甜甜拖着行李箱下来跟维奥拉的家人告别时，卡米拉还很意外地责怪甘甜甜怎么走得这么突然，她今天还准备了很多美食，想让甘甜甜尝尝。维奥拉直接戳穿："好啦妈妈，天天的男朋友都追到那不勒斯了，再留她，她的男朋友就要追到我们家里来了。"

甘甜甜不好意思地笑了笑，卡米拉惊讶地问："是意大利人？"

甘甜甜点了点头。

卡米拉笑着说："那就一定是帅哥。"她骄傲地补充，"我们意大利的男人都很帅。"

维奥拉的父亲闻言登时大笑。

"走吧，我们送你去车站。"卡米拉瞥了眼墙上的挂钟说，"大巴就要来了。"

甘甜甜连连摆手说不用不用，卡米拉热情地帮她直接拖走了行李箱，于是一大家子人哗啦啦簇拥着将她一路送上了大巴。甘甜甜坐在大巴上向他们挥手道谢，马尔科终于在最后关头不再害羞了，他字正腔圆地喊："甘甜甜！有空我可不可以给你打电话？"

甘甜甜冲他点头，点着维奥拉示意他，她的电话维奥拉有。

大巴开走的时候，甘甜甜心想，如果有机会，维奥拉的家人能一起去中国，那该多好。

甘甜甜上了大巴就晕晕乎乎睡了过去，等车停在火车站门口的时候，应该是才两个小时不到的样子。

她拎着行李箱绕过车尾四处找卢卡的身影。等她隔着人群，远远瞧见了靠着火车站外墙，抱着双臂不住张望的卢卡时，她抿着唇笑了笑，做出了一个令卢卡意想不到的动作——她跑到卢卡面前，松开了行李箱的把手，扑到他身上抱住了他。她总是这样，想做什么，就做了。

她以为一周的分别不过如此，却没料到原来思念当真是说来就来，原以为说热恋中的两个人不见面就想念，多少有些矫情，可是等轮到她尝到这种越演越烈的滋味的时候，她只想顺其自然地做出一些行为。

卢卡一脸惊喜，惊讶于她的主动，紧紧抱着她转了个圈，还是不舍得放她下来。

甘甜甜两脚都踩不到地面，两人穿得又多，被悬空抱了一会儿，气都喘不顺了，她忍不住催他："松手松手，快松手！"

卢卡将她放下来的时候，在她唇上狠狠亲了一口，额头抵着她额头，动情地低喃："我好想你啊。"他一双茶瞳直直盯着她，深邃柔情。甘甜甜只是笑，也没说话，闭着眼睛偏头亲了亲他嘴角。

他们两个贴在一起，在人来人往的火车站门前，她被卢卡浅浅地啄吻了半晌。她把他推开，自己先受不了地抽了抽嘴角："可以了啊你！"

卢卡装傻："怎么了？"

"你手又往哪儿摸呢？"甘甜甜咬了咬牙，心道再往下摸就真到臀部了！大庭广众的我真心不想揍你！

甘甜甜转头去拎行李箱，卢卡脚边只有一个背包，她问："你打算在这儿待多久？"

卢卡一手拖过她的箱子，一手环着她肩膀："我们在那不勒斯玩两天，然后回摩德纳过新年，我可以陪着你跨年，然后再走。"

甘甜甜点点头，扬脸问他："你在电话里说，我们去哪儿？"

"我们先去卡布里岛，"卢卡在车上的打票机上打了票，转头说道，"卡布里岛很漂亮，被称作白色蜜月岛，古罗马大帝奥古斯不惜以四倍之大的伊斯基亚岛换取了卡布里岛，作为自己的避暑胜地。我们去完卡布里岛，再去庞贝。"

甘甜甜问道："需要坐船吗？"

"需要，"卢卡说，"车站就在码头附近。"

卢卡就像一个活地图，他似乎对所有城市都很了解。

"老实说，卢卡——"甘甜甜眯着眼睛仰头盯着他。

卢卡听见她问话，眼神专注地凝视她："想问什么，亲爱的？"

那不勒斯的有轨电车挤得就像魔都的地铁，甘甜甜整个人被卢卡圈在怀中，卢卡十分配合地低头，耳朵贴在她唇前。甘甜甜在嘈杂声中，意味深长地问："你这些旅游攻略，是以前追哪个女孩儿的时候做的？"

卢卡愣了愣，偏头瞧着她爽朗大笑："Dolcinna，你在吃醋！"

甘甜甜"唔"了一声，也不否认，挑着眉稍斜他，连吃醋都吃得一副霸气横生的模样。

欧美人士本就开放，卢卡也没什么顾忌，"啾啾"两声响亮地亲在甘甜甜嘴唇上，笑得简直心花怒放："我以前读书的时候，经常一个人旅游啊！"

甘甜甜抿着嘴唇瞪他，卢卡在周围时不时投来的好奇视线中，嘴角的笑容又贱又得意："放心，亲爱的，我真心追求过的，就你一个。"

身旁已经有听墙脚的绷不住笑场了。

那句话怎么说的来着？宁愿相信世上有鬼，也不要相信男人那张嘴！

甘甜甜忍不住红了脸，咬牙切齿道："我怎么就这么不想相信你呢？"

"我说真的，"卢卡腾出一只手撩了撩刘海儿，"目前只有你，这么难追。"

甘甜甜："……"我谢谢你啊！合着其他女人，你勾勾手指，就前赴后继自荐枕席了呀！

等他们两个在码头前那一站下了车，卢卡果然熟门熟路地找到了售票亭买了两张船票，下一班船很快就到。

卢卡表情担忧地抬头望了望天，天空有些阴沉，天边乌云滚滚遮云蔽日，像是翻动的海浪，没多久还起了风。

"怎么了？"甘甜甜问他。

卢卡摇了摇头："变天了，像是要下雨。"

"哦。"甘甜甜没什么概念，她是在北方长大的，城里又没河没海，长这么大就只在旅游的时候，坐过仿古的画舫游过湖。

卢卡瞧她反应就知道她可能不太了解，便解释道："卡布里岛上的水，在晴天才有看头，而且现在这个天气，说不定海上会有风浪。"

"所以？"甘甜甜还是不太明白。

"所以待会儿坐船，可能会比较颠簸。"

"哦。"甘甜甜应得淡然，心道她还真不知道坐船颠簸是个什么概念，坐车颠簸她倒是遇到过。

他俩没聊两句，一艘船就从海面上驶了过来，停靠在了码头上。

船舱里的人挨个下船，船上的工作人员摆手让他们待会儿再登船，工作人员返回舱内做了简单的清理之后，这才放下了围栏上的铁链，示意下面的人登船。

船舱内倒是不小，他们上来得早，甘甜甜便一直往船头走，坐在靠窗的位置上，好奇地向窗外望。

外面是一片汪洋大海，海水在阴天下看去，像是灰蓝色的模样。

"Dolcinna，"卢卡给她系上安全带，有些担忧，"你晕不晕船？"

甘甜甜转头看他，茫然道："我不知道啊，我第一次坐这种船。"

"那，你晕车吗？飞机呢？"

"不晕啊。"

船身纵使停泊在岸边，也在随着海水晃荡，甘甜甜感受了一下，觉得并无异样，便宽心笑着道："应该也不会晕船吧。"

卢卡点了点头，视线盯着前面座椅背后塞着的一个塑料袋，伸手将它取出来，两指一搓，将袋子搓开了个口。

等了约莫有一刻钟的样子，船舱里已经坐了个七七八八，甘甜甜听到了长长的汽笛声，心道这是要开船了。

窗外的海水波动猛然变大，像是船身在劈开海浪往前行驶一般。

卢卡紧张地盯着甘甜甜，眼瞅着她表情还带着点儿兴奋，倒是暗自舒了口气。

结果没想到，两分钟后，一个大浪袭来，船身猛然拔高又摔下，甘甜甜没防备，连表情都没来得及换，只觉得强烈的失重感猛然侵占整个大脑，头皮发麻，胸腔里的空气像是被挤压成了一团。

甘甜甜呼吸顿时一窒，没等她缓过来，船身再次拔高又落下，船舱内有人禁不住惊呼出声。她的大脑一片空白，一股热流迅速从腹腔蹿出，她喉头一动，卢卡非常识相地直接将敞开的塑料袋凑到了她脸前，她张嘴"哇"一声吐了出来。

甘甜甜这一吐，把她自己都吐愣了。卢卡痛心疾首，脸上就差写"我

"就知道"这四个字了。

只不过甘甜甜没机会多想，接连而来的飞上浪头又跌下，比坐云霄飞车还刺激的颠簸感，使得她连带着半船的人都吐得欢快。

甘甜甜算是起了个头，晕船晕车的人，最不能见到的就是旁边有人吐，只要有人开个头，那么本来还能憋得住的人，意志力就都跟开了闸的洪水一样，一泻千里了。

没多久，船舱里全是呕吐的声音……酸爽的味道迅速蔓延整个船舱……

甘甜甜两眼转圈，胸闷难当，耳边半是惊呼半是呕吐声，此起彼伏。她吐得眼泪汪汪，只觉得小半辈子都没这么痛苦过。

船舱里，工作人员不停地跑来跑去分发塑料袋，在大风浪中依然走得如履平地，这种场面他们简直司空见惯，还有一个跟没事儿人一样的就是卢卡。

卢卡只管给甘甜甜撑着袋子，袋口大张，里面明晃晃的就是甘甜甜消化到一半的早餐，他没露出嫌弃的表情，也没受什么影响，蹙眉只管盯着半个脑袋都埋进了袋子口的甘甜甜。

吐不害怕，遇见这种大颠簸，吐出来反倒舒服，就害怕吐到没有东西可以吐了还没到岸，那才叫痛苦中的极致。

甘甜甜就属于这种情况，吐到后来，她连胆汁都吐干净了，整个人就是在干呕，晕重感使她连大脑都歇菜了，眼泪连着鼻涕糊了满脸，眼神可怜又委屈，全不复霸气的甜甜哥形象。

她自知吐得狼狈，就把脑袋塞进塑料袋口里当鸵鸟，幸好那袋子颇长，满船舱都是酸爽的味道，她便也快闻不出自己的味道了。

卢卡给她举着塑料袋，心疼得眉头紧蹙，后悔得死去活来，他要早知道甘甜甜晕船能晕成这副模样，就真不该在今天登船。

船逆着风浪，行驶了一个小时左右，等船停靠在岸边时，甘甜甜真心快哭出来了。

船停稳在卡布里岛的码头上，卢卡招手问工作人员买了瓶水，拧开了瓶盖递给甘甜甜漱口。

甘甜甜软着胳膊摆手，先抢过卢卡手里的纸巾，埋头自己擦了擦脸又擤了擤鼻涕，这才接过水瓶漱了漱口后，喝了两口顺了顺气。

卢卡心疼得无以复加，小心翼翼地瞥了她两眼，这才将装满呕吐物的塑料袋扔进工作人员提着的桶里，道了声谢。

"你怎么样？"身边陆陆续续有人缓过了劲儿，软着四肢开始往船舱外走，卢卡也不急，帮甘甜甜顺着背，轻声问，"还很难受是不是？"

甘甜甜拿纸巾捂着半张脸，露出纸巾外的部分肤色惨白。

"Dolcinna？"卢卡担心地轻声唤道，"Dolcinna，你说说话。"

甘甜甜喘了几口气，连肩膀都在微微打战，捂在纸巾下的嘴唇微微张了张，哑着嗓子带着哭腔说："回来的时候……还要坐船……是不是？"

卢卡绷不住差点儿就笑了，他是没料到甘甜甜死去活来之后，说的第一句话竟然会是这个。他闷头憋了半晌，又是好笑又是心疼地把甘甜甜身上的安全带解开了，将她搂进怀里，抚着她发顶，安慰道："变天了，海上起了风浪，船才会这么颠簸。我们今天不走了，一直住到天晴，没风浪了再走好不好？"

甘甜甜脑袋抵在他肩膀上，简直哭笑不得。

"站得起来吗？"卢卡转头，船舱里人所剩无几，工作人员已经开始清理地板上的呕吐物，他低头对甘甜甜说，"我们需要出去了，你走得了吗？"

"走得了。"甘甜甜将脑袋从他怀里退出来，拿纸巾擦了擦眼睛，又捏了捏鼻子，抬起一张五官通红，面皮惨白的脸，硬气中明显带着可怜兮兮的逞强，催他道，"能走，快走吧，出去换换空气，快死了。"

卢卡将她半拖半抱着拉出座位，另一只手还得拎行李箱。

甘甜甜软着四肢往外磨蹭，这辈子从来没像今天这样离"林妹妹"这三个字，如此近过。

待出了船舱，跟跄着登上卡布里岛的陆地，腥咸的海风扑面而来，甘甜甜登时就活过来了半条命。

不过，她蔫不拉几地转头望了望四周，并没觉得有什么稀奇的景色，灰扑扑的天空，灰扑扑的海水，果真如卢卡所说，阴天就没有看头了。

"先去酒店吧，"卢卡见她好些了，手臂环着她腰，低头说道，"反正快要下雨了，你先去休息一下，我们明天再逛逛。"

　　甘甜甜点点头，这回总算把脸丢没了，她挑着眉稍斜觑了眼精神奕奕的卢卡，心道这么狼狈的模样，倒是让他瞧见了。

第八章

甘甜甜，你快点儿多爱我一点儿吧。我其实，挺急的

卢卡在卡布里岛山脚与半山腰之间的位置订了间房，这会儿虽然不是旺季，但是卡布里岛是旅游胜地，房间自带观景属性，房价常年贵出一种境界。

甘甜甜蹲在酒店前台下面，也不管形象风度，只觉得脑子还是一阵一阵地晕，连脚下地板似乎都在晃动。

卢卡原本是订了两间单人房，见她那副模样实在不放心，又趁机脑门"叮咚"一亮，他笑着跟前台小姐沟通，想将其中一间单人房换成一间大床房的双人间。

他是在网上提前预付了订金的，现在更改，那间单人间的订金便要被扣掉一半作为违约赔偿，他也不个在意，只跟前台小姐说他不放心女朋友，想陪她一晚。

前台的意大利姑娘忍不住偷乐，笑着说："那您就将两间房都取消了，换成一间双人间啊。"

卢卡眯着眼睛，心想这简直是培养感情的好时机，他低头偷瞥了甘甜甜一眼，柳下惠的模样登时崩散，他笑着道谢，言行绝对不一致："好的，那就麻烦你了，还是取消一间吧，换成一间双人间，嗯，一张大床的，另外一间单人间保持原样。"

意大利姑娘错愕了一下，转而又笑得意味深长地给他换了房间。

甘甜甜两眼转着蚊香圈，连他们说什么都听不懂了，直到卢卡拿了房卡，将她半抱着托起来，她才又再次开始直立行走。

"还不舒服？"卢卡说着按亮了电梯门口向上箭头的按钮。甘甜甜靠着他肩膀，一句话都不想说，她说什么呀？万年坚硬的乌龟壳都碎干净了，里子面子捡起来拿502都粘不回原样。

电梯门"叮"一声打开，甘甜甜半死不活地挪进去，脑袋抵在墙壁上，双眼无神，卢卡拎着行李箱进来，关了电梯门。

电梯顿了一下，甫一启动，甘甜甜胸口一个起伏，痛苦地"唔"了一声。卢卡吓了一跳，低头正要去瞧她，只见甘甜甜转头揪着他的袖口，欲哭无泪地说："我们……为什么……不走……楼梯啊……"

电梯启动的失重感……此时也很要命啊……

后知后觉的卢卡："……"

还好他们就在二楼，坐电梯也没多久，甘甜甜惨白着脸从电梯里爬出来，卢卡赶紧先去把房门刷开了，行李箱扔了进去，这才回头来找甘甜甜。

甘甜甜已经连表情都不会做了，她噙着两包眼泪面无表情地仰头，那小脸挠得卢卡从里到外从上到下都痒痒，他叹了口气，弯腰摊开两手，似乎企图将甘甜甜一把抱起来。

甘甜甜被吓了一跳，瞬间爆发了人类的潜能，"噌"地从地上蹦了起来，拍开卢卡的手，两步蹿进了房间。

晕到吐已经够丢人了，还公主抱？！

甘甜甜进屋直接去了厕所，连脸带脖子都洗了个遍，她总觉得那股酸爽味道还没散掉。

等她洗漱完出来，脸颊湿漉漉的，她利落地踢掉鞋，脱了外套，上床打了个滚，直接把自己卷进了被子里，半死不活地冲卢卡哼唧："我睡了，午饭晚饭都不要叫我起来吃……"

卢卡坐在床边，一腿搭在床沿上，偏头盯着她闷笑，笑声像是压在喉头的一口红酒般低醇。

甘甜甜平躺在床上，觉得连床都在晃悠，想睡觉，闭着眼睛却又睡不着。她痛苦地闷哼了一声，手捂在眼睛上，自我催眠。

卡布里岛上的房间，基本都自带观景属性，从窗外往下望，临海的小半个岛屿尽收眼底。外面的天色渐渐暗沉，一声雷鸣之后，哗啦啦的大雨倾盆盖下，海面涌起高浪，推向岸边的沙滩。

豆大的雨点砸在玻璃窗上，甘甜甜侧头去瞧，视线瞬间被白茫茫的一片密集雨幕遮挡。

身边床位猛地往下陷了陷，她转头，卢卡不知什么时候也脱了外套，枕着自己一只胳膊，侧卧在她身旁看着她。

高眉深目中含着笑意，挺直的鼻梁，薄唇微翘，当真是一副又帅又迷人的长相。

甘甜甜缓慢地眨了眨眼睫，哑着嗓子，平铺直叙地吐出颇为愤愤的话："你为什么不难受？"

"早就受过训练了。"卢卡简单解释，闷笑了声，把她翻过来，侧着抱在怀里，让她枕着他胳膊，另一只手臂环在她背后，轻轻拍打她后背，"我错了。"

卢卡嘴唇凑到她额头上吻了吻，柔声道："忘记看天气预报了。"

"原谅你了。"甘甜甜有气无力地枕着他手臂，发梢撩过卢卡脸颊，他搂住她的手臂忍不住收紧。

"把衣服脱了吧，"卢卡见她眼皮半合，知道她想睡了，睡着了也的确会舒服些，他说，"好好睡一觉吧，今天雨下得这么大，我们也只能睡觉了。"

"好。"甘甜甜睁眼往上瞧着他，倒是脑子一点儿不乱，"等你回你房间，我就脱了衣服睡觉。"

卢卡："……"

甘甜甜转着圈的两只眼，从无神到聚精会神地盯着卢卡，坚定地写着两个字——分房！

卢卡讨好地拿鼻尖蹭着她鼻尖，慢吞吞地耍无赖说："就只订了一间房啊。"

甘甜甜也不瞎,阴恻恻地补了句:"还是一张床,是吧?"

卢卡嘴唇凑近她嘴角亲了亲,又在她嘴唇上慢慢磨蹭,含含糊糊道:"这里的房子太贵了,没钱开两间房啊……"

我信你才有鬼啊!甘甜甜张嘴就想咬他一口,她盯着他近在咫尺的俊颜,眯着眼睛财大气粗道:"我包里有卡,密码33628,再去开一间。"

甘甜甜眯着眼睛的时候,总是喜欢翘嘴角,三分威胁三分傲,剩下四分像是调笑,卢卡总是能被她那表情勾得整个心都是痒的。

卢卡搂着她显然不动,深邃的眸子里,笑意越发意味深长,他猛地将甘甜甜推平在床上,翻身压了上去,对准她唇就狠狠吻了下去,边吻边含含糊糊地说:"让我亲一下,我就走。"

我靠!甘甜甜被他体重压得闷哼一声,能不能好好亲啊?每次接个吻,都玩偷袭啊?

甘甜甜百年难得不遇地柔弱一次,两手撑在他肩膀上软绵绵地还微微打着颤,想捶他一拳都聚不起来劲道,嘴唇让卢卡吻得越加泛了麻,她忍着眩晕被他压了个结实。卢卡身量到底不轻,她被压得顿时呼吸又开始不顺畅,她皱着眉心道好想咬人啊……

卢卡显然没把恋爱谈到如此清水的地步过,简直都跟童话故事一个走向了,他压着甘甜甜吻得越加动情,两只手神不知鬼不觉就伸进了她的衣服里,贴着甘甜甜一身滑腻皮肤,一路抚摸。

我靠!甘甜甜头皮登时就炸了。

卢卡指腹上长有薄茧,两只手掌就像带了细小的电流,指尖滑到哪儿,甘甜甜都禁不住抖一抖,她只觉得自己瞬间像是化身为了一块油酥饼,碰一下都能抖着往下掉渣。

卢卡一手顺着她腰腹转着抚了一圈,甘甜甜瞬间浑身酥麻,轻哼出声,腰猛地一颤,她直接就把内心想法付诸于了行动——

卢卡舌头被她咬了一口,闷哼压在嗓子里,疼得颤了颤后,继续热辣舌吻,一点儿不带退缩的。

甘甜甜只觉一时间口腔里隐隐泛起一股血腥的味道,她啼笑皆非地松开牙齿：少年，急色不要命啊！

卢卡一只手在她后背摸啊摸啊摸，就摸开了她内衣扣，手掌爬出她后背，顺着后腰就想往她裤子里钻，尝试了片刻后转而到她身前，解开了皮带扣，发出"咔哒"一声。微不可闻的轻响，甘甜甜不知为何，就敏感地捕捉到了。

牛仔裤慢慢被褪下，上身的羊毛衫被撸到了小腹以上，甘甜甜喘着气，胸口剧烈起伏，睁着一双水汽氤氲的眸子瞪卢卡，推在他肩头的力道越来越小。卢卡半眯着眼，睫毛刷在她眼睑上，眼神深情得快要滴出水来。

这种感觉太过刺激，甘甜甜大脑缺氧连带着眩晕感越发加重，终于忍无可忍地含糊"唔"了一声，喉头一动，皱着眉曲腿顶在卢卡小腹上，趁他愣怔的一瞬间侧身发力将他踹了出去，卢卡悬在床边，差一点儿就掉了下去。

甘甜甜狼狈地跳下床，还差点儿让裤子绊了一跤，她直奔厕所，抱着马桶"哇"的一声就又吐了。我靠！晕船的后遗症有这么大吗？

卢卡这会儿才清醒，听见她的动静，懊悔地狠狠捶了捶床，利落地爬了起来，光脚踩着地板去厕所里瞧甘甜甜。

甘甜甜吐了两下就又成了干呕，听见他进来，简直想把他头拉下塞进马桶里冲走。她吐完站起来去洗漱台前漱口，拿凉水泼在脸上喘匀了气，这才转头瞪着给她拍背的卢卡，声音哑得不像话，她哭笑不得地用中文说："祖宗，你真会挑时候啊！"

卢卡一脸茫然，皱着眉，眼神里还透着股紧张跟忐忑。

甘甜甜简直对他没辙了，感情深厚，水到渠成，上个床也无可厚非，对于情事，她其实也没多排斥。

不过这想法，她到底没对卢卡讲过，两个月的恋爱，对她来说时间还不够长，对某人来说，却正好相反。

欧美人士的热情来得太快太猛烈，卢卡始终还是处于一头瞎热的状态。

"感觉好些了吗？"卢卡给她道了歉，神情像是在忏悔。

甘甜甜意味不明地从喉头挤出个"嗯"，卢卡也不懂她意思，视线在她脸上转了转，只觉她脸色越发难看了。

卢卡叹了口气，在她耳边说了句："我还是抱你出去吧。"

"我自己来！"甘甜甜手掌举在半空，咬牙一字一顿，"谢谢，我自己来！"

她蹭出厕所自觉上床卧倒，窗外雨声减小，卢卡一声不响地给她把外裤也脱了，将人塞进了被子里盖好，说："我去另外一间房。"

甘甜甜愣了愣，以为他当真是要再去开一间房，抬手就把他拽住了，对上他一双错愕中又带着愧疚的茶瞳，"啧"了一声说："上来吧。"

她往旁边挪了挪，挪出半张床位的空地儿，偏头示意卢卡，又重复了一遍，嘴角忍不住翘了翘："上来吧，只准睡觉！"

卢卡视线跟她胶着在一起，四目相对，他笑着点了点头，笑容有点儿牵强。

甘甜甜偏头瞧着他脱了外裤上床，本是伸手想掀被子的手悬在半空，微微踟蹰。

柜子里应该是还有一床备用的，可是甘甜甜果断将被子掀开了，另一只手曲着食指冲他勾了勾："过来。"语气颇像是招男宠上床的女王。

卢卡喉头动了动，俯视着她，实诚地说："离你太近了，怕忍不住——"

他低头，深深地望向她的眼底，补充完了后半句："刚才就没忍住。"

甘甜甜"嗤"的一声就笑了，她把自己被子重新掖了个严实，裹得像个蚕宝宝，然后嘴唇露出被子外，冲他抬了抬下巴："滚去柜子里，自己拿被子吧。"

卢卡笑了一声，出尔反尔地又掀开了她被子，慢条斯理地钻了进去，强势地将甘甜甜整个人圈进怀里，叹了口气，像是亏掉了几百万生意似的悠悠道："没事，我忍着。"

甘甜甜乐不可支地笑起来，被卢卡猛地又堵住嘴，狠狠吻了两下。卢卡嘴唇贴在她耳旁，命令道："睡觉！"

卢卡身上的热度还没褪下去，他抬手把灯关了，室内一片昏暗，淅淅沥沥的雨声混着翻滚的海浪，像是一首交响曲。

甘甜甜没睡，她轻声唤道："卢卡。"

卢卡侧身，背对着她，应了一声，情绪低沉。甘甜甜在黑暗中顿了顿，她盯着卢卡的背影，抿了抿唇，想说什么又没说："没什么。"

卢卡便再没说话。

一觉醒来也没睡多久，但甘甜甜总算是过了晕船那个劲儿，等卢卡擦着头发从厕所里出来，甘甜甜手搭在额头上坐在床边。

"饿不饿？"卢卡语气中带着点儿小轻快，在她头顶上说，"想吃什么？"

甘甜甜另一只手冲他摆了摆，示意他随便，始终不抬头。

卢卡侧身拿床头的座机准备打电话给前台订餐，甘甜甜出声拦了他一下，她抿着唇，整张脸表情都是僵的，梗着脖子就是不看他。

甘甜甜偏头瞧了瞧窗外，天虽然很暗，但是貌似已经停雨了。

"我们出去吃吧。"甘甜甜咳嗽了一声，试图掩盖她的不自在，"你想吃什么？"

卢卡似乎是笑了笑，没说话，在她身边坐了下来。甘甜甜不由得转头，卢卡上半身没穿衣服，裸着一副好身材，肌肉结实却并不突兀，身材匀称得像男模，他跷着一双长腿，道："我也不知道。"

"我告诉你啊，"甘甜甜哭笑不得地看着他，"色诱对我没用。"

"我知道，"卢卡指头点了点下巴，"有用我早用了。"

甘甜甜被噎了噎，跳过这个话题又倒回去："你到底想吃什么？"

卢卡继续笑着摇头："不知道。"

"你就只想吃我是吧？"甘甜甜故意踹了他一下，眯着眼睛悠悠道。

卢卡诧异地盯着她，貌似不太懂这句话的意思，思索了片刻，悟了，倒是非常坦率地点了点头。

"……"甘甜甜啼笑皆非，骂了句中文，"吃屁！"说完，她拉着卢卡起来，"起来穿衣服！去吃饭去吃饭！饿死了！"

卢卡被她拖起来，懒洋洋去穿衣服，背对着甘甜甜举高手臂，后背的两块蝴蝶骨耸起，莫名有种性感到让人想流鼻血的冲动。

卢卡临出门收到了条短信，他低头看了看手机，神情有点儿不太对。

那个不是他的手机，甘甜甜随意瞥了一眼，又抬头瞧了瞧他，他眸中的神色一闪而过，快得像是她的幻觉。

他们在外面随便找了家餐馆，点了海鲜意面跟炸鱿鱼圈。卢卡懒洋洋着，整个人有点儿不咸不淡，跟没充电一样，吃饭的姿势倒是优雅，但是甘甜甜却觉得他盘子里的食物并不美味。

不就是没跟你滚床单嘛……甘甜甜偷偷睨了他一眼，心道这一副要死要活的模样做给谁看呢？

甘甜甜用叉子挑着面条，也没了胃口。

她按亮手机，在桌面下单手给茱莉亚发了条短信："你们意大利人谈恋爱，多久后上床啊？"

茱莉亚估计也是在吃饭，意大利人对美食的态度无比认真，基本上饭点儿不接电话不回短信，专心享用美食，简直给了食物莫大的尊重。

甘甜甜发完短信，就把手机捏在手心，手腕连着手掌耷拉在桌沿下，另一手拿叉子象征性地挑挑面条。

卢卡也是心事重重，瞧见了她的小动作，权当没看见。

他吃完面条，又叉了两个鱿鱼圈，鱿鱼圈有点儿咸了。他抬头瞅了眼闷头兀自调戏面条的甘甜甜，抬手又加了一瓶香槟。

高挑的意大利姑娘托着一瓶细长瓶子的香槟过来，给他俩换了两个像是郁金香模样的小号高脚杯，倒了酒后离开，甘甜甜扣在手中的手机突然就振了振。

甘甜甜翻开手掌瞥了眼手机屏幕上的信息，登时就觉得卢卡生气生得真有道理。

【From 茱莉亚】在一起了就上啊，不上怎么继续谈恋爱。怎么，卢卡忍不住了？我的天哪，你就饶了他吧……他要是再不行动，我要劝你甩了他，他该去看医生啦！

甘甜甜一脑门的黑线条，不过她又兀自思忖，貌似也差不多是这样吧，爱了在一起后，剩下的事儿也就自然而然可以发生了吧？

时间不是问题，那问题是……

她尴尬地抬头，与那位该去看医生的某人短暂对视了一眼，她端着高脚杯灌了口香槟，淡淡的甘甜混合着酒精特有的味道，猛地冲向喉头。

这都什么事儿啊？甘甜甜明白了，感情慢热也不是她的错啊！品种有差别啊！这对感情的悟性不在一个级别也很正常好吧？她天赋没点在领跑爱情那技能上啊？

卢卡郁郁寡欢地喝了两杯酒，晃了晃香槟细长的瓶身，将最后一点儿倒在他俩的杯子里，举杯冲她扯了扯嘴角："QinQin!"

跟"亲亲"同音的这俩单词，在意大利语是"干杯"的意思，意外地有股调皮的味道。

甘甜甜神色复杂地举了举杯，抿了几口抿完了酒。两人结账，慢慢悠悠晃荡到岛屿一侧的海岸边，踩在沙滩上，望着远处昏暗而又波涛暗涌的海面。

甘甜甜以前总觉得卢卡有那么点儿话痨潜质，撇去她语言不精，话头挑不起来这一点儿，基本上他俩在一起，卢卡说话时间能占到三分之二，掌控着聊天的主要方向。

她承认卢卡嗓音好听，吐字清晰，语调抑扬顿挫，配合意大利语圆润的尾音，不管他说什么，听起来都是种享受。

卢卡也很会挑话题，人又幽默，善于营造气氛，所以她还没体会过两人一起冷过场，这种无比尴尬的时候，当然，不包括现在——

现在的卢卡手插在裤兜里，迎着腥咸的海风，头发凌乱，背对着甘甜甜，一语不发。

内事问百度，外事问谷歌，床事她该问谁啊？

甘甜甜角色转换，自我代入了一下卢卡的角色，瞬间心塞地想给卢卡点根蜡。

她兀自偏头思量，路灯在他们头顶的那条公路上站成一排，投射出昏黄的灯光，她盯着卢卡的影子，话在心口打了几转，终于张嘴唤："卢卡——"

卢卡回头的同时，对她说了声抱歉，低头从裤兜里掏出了手机，他眉头蹙紧，神情不耐地接通了电话。

电话那头似乎言辞激烈，说话的语速很快，声音高而愤怒，甘甜甜跟他隔了两步，都能隐约捕捉到对方不善的语气。

卢卡冷着声音，意大利语说得飞快，态度冷硬。

电话两头的两个人，似乎是在进行着一场拉锯战，你来我往毫不退步，连一贯优雅悠闲的卢卡都被逼到拔高了嗓音，直到最后，没想到妥协的还是他。

卢卡沉默了良久后，甘甜甜听到他沉声说道："好，我回去。"疲惫而无可奈何。

电话那头的人不知又说了句什么，卢卡瞬间烦躁，冲电话里吼："好了！我说我知道了！我回去！"

甘甜甜抿了抿唇，等他挂了电话，愤恨地将手机塞回裤兜里，这才拖长了声音，说："你的手机——"

"我堂弟的，"卢卡叹了口气，将一肚子火瞬间压下，走到她面前，低头说，"我临走前拿了我堂弟的手机。"

甘甜甜点了点，气氛徒转，她也不知道该不该继续刚才她打算说出口的话题。

"Dolcinna，"卢卡闭了闭眼，在哗啦啦的海涛声中说，"今天很抱歉，本来想带你看看这个岛，结果却接二连三地出了这么多不好的事情。"

甘甜甜没急着回答，她觉得卢卡下面的话貌似才是重点，果然——

卢卡侧站在灯光里，表情半昏黄半黑暗，他歉意道："我明天就要走了，没有办法带你去看庞贝古城了。"

墨色浓重的夜空中，繁星点点，看来明天或许是个好天气。

远处的海浪推着近处的浪，一路将它们推在沙滩上，"哗啦"一声响，海水冲上沙滩，没过了甘甜甜的脚背，再缓缓退走。

甘甜甜低头，视线追着退去的海水，远方的海浪又再一次集结而来，浪花拍打的声响此时听来，突然尤其孤单凄凉。

"对不起……"卢卡低声说道，"对不起……"

甘甜甜不是一个黏人的姑娘，她也不是一个喜欢依赖人的人，只是她登时脑内冒出来的想法就是：卢卡要扔她一个人在岛上了。

她会意大利语了，她可以退房，可以自己旅游，可以自己买船票回那不勒斯，也可以自己买火车票回摩德纳，这一切都没有问题。

如果她害怕晕船，她还可以在岛上的药店，买一盒晕动片。

可是彪悍的甘甜甜，忽然就觉得无比失落，她想：卢卡要扔她一个人了。或许如果一开始，就是她一个人来的，那么她一个人回去，也没有什么问题，可是现在，说没有心理落差，那是假的……

"好，"甘甜甜侧身对着卢卡，点头说，"我知道了。"

卢卡视线追着她探过去，想说的话到嘴边，终究成了一句："晚上太冷，我们回酒店吧。"

"好。"甘甜甜说，"回去吧。"

等他们到了房间门口，卢卡取出房卡，帮甘甜甜刷开了房门，示意她进去，又从其他口袋里摸出了另外一张。

"你……"甘甜甜皱了皱眉，"你真的去另开了一间房，什么时候？"

"没有，我本来就开了两个房间。"卢卡笑着坦白，"下午的时候，是骗你的。"

甘甜甜眯了眯眼，冲他冷淡地道了句："晚安。"说完关上了房门。

卢卡在她们门口立了片刻，转身往走廊那一头走。

甘甜甜听到他脚步声走远了，这才两步扑倒在床上，脸朝下，将自己埋在了被子里。

十点三十五分，她在自己快被憋死的时候，爬起来掏手机，拨了早上卢卡打给她的那个未知号码，直接冲着电话那头的卢卡下了命令："你，给我过来！"

卢卡接通电话的瞬间，一头雾水，他莫名其妙地捏着手机，连房卡都没来得及拔，直接冲到了甘甜甜房门前。他正准备敲门，房门就从里面被打开了，甘甜甜站在他面前，冷冰冰地问了句："你明天什么时候走？"

卢卡愣了愣，说："早上……"

"还回来吗？"

卢卡摇了摇头。

"那你什么时候回摩德纳？"

"不知道……"

甘甜甜身上寒气越发重，她咬牙切齿道："你还陪我跨年吗？"

卢卡叹了口气："不知道。"

"所以，我要你干吗呀？"甘甜甜瞬间暴躁了，"滚滚滚！"

她一把将门甩上。卢卡猝不及防傻在了门口，简直莫名其妙。

没两秒，房门又被拉开了，甘甜甜眼瞅着卢卡还站在原地没有走，抿着唇抬头瞅他，眉间皱起，眼神倏然带着点儿愤愤。卢卡俯视着她，眼神复杂。

"我觉得有件事得告诉你，"甘甜甜清了清嗓子，莫名带着点儿郑重其事的味道，"因为我觉得不说清楚，你应该会误会。"

卢卡默然点了点头。

"我喜欢你。"甘甜甜本来打算捡着重头先说了，结果张嘴搞得像在表白，她明显瞧见卢卡神色一喜，赶紧继续补充，"所以，我不排斥跟你做爱。"

甘甜甜第二句又像是邀请某人要那啥，眼瞅着卢卡眼睛都要笑弯了，她迅速加快了语速说："但是！"

卢卡眯着眼睛笑，眼角纹都笑出来了，示意她继续。

甘甜甜觉得气氛已经不对了，满楼道都在飘粉红，她窘迫地说："我就是想说，但是，我还没有喜欢你到，想要跟你上床，你明白吗？"

卢卡没有露出她想象中的表情，反而笑得一派意味深长："Dolcinna，所以你以为，我今天晚上在生你的气？因为没有得偿所愿？"

"啊？"甘甜甜发出个单音节的疑问。

"也对，是有点儿生气。"卢卡复又赞同地点了点头，"不过，我知道你们中国人慢热。"

"然后……"甘甜甜有点儿摸不清方向。

"然后？然后什么？"卢卡故作茫然地反问道。

"你说然后什么？"甘甜甜没好气道，"你为什么晚上会生气？"

"没有生气，"卢卡叹气，"我就是在哀悼什么时候才能有正常的恋爱生活。"

我靠，你的恋爱生活，是我一直以为的婚后生活。

"还说不是因为这个生气。"甘甜甜横了他一眼，偏过头。

"真的不是，我骗你的。"卢卡伸手搂住她，"出门的时候，收到的短信让我心情很不好。"

卢卡想了想，谨慎措辞："不全都因为你。"

甘甜甜闷在他怀里，闻言翻了个白眼：口是心非，你就是在生气。

"好了，"卢卡吻了吻她头顶，下巴搭在上面，说话的时候，下巴一动一动，轻轻磕着甘甜甜头顶，"明天早上陪你吃完早饭我再走，你在岛上多住些时候，等天气晴了再离开。"

甘甜甜说："好。"

"那现在我回去了？"卢卡推开她，在她额头又吻了吻，吻完依依不舍又啄了啄她的唇，指了指走道那侧大敞着门的房间，"我回去睡觉了。"

甘甜甜抬头斜了他一眼："不睡一起？"

"不睡，"卢卡痛心疾首地摇头，"太残忍了。"

甘甜甜也跟着笑。

卢卡临走前在她耳边喃喃："你快点儿多爱我一点儿吧。"

甘甜甜："？"

卢卡俯身又在她嘴唇上狠狠啄了一口，颇为隐忍道："我其实，挺急的！"

甘甜甜忍了忍没忍住，"扑哧"一声还是笑了。

她想：这恋爱都快谈成都市童话了。

第二天早上，天气果然大晴，甘甜甜起得早，站在落地窗前伸懒腰，透过玻璃往外看。

卡布里岛上的建筑物以白色为主，海水在晴天尤其蓝，纯粹得就像是在幻境中才该有的颜色。

蓝色的海白色的岛，颜色简单而又分明，甘甜甜甚至还未形容它就已经词穷，只能俗气地不住赞叹一个字——美。

卢卡说，这个岛又被称为"白色蜜月胜地"，甘甜甜不无遗憾地想，可惜他待会儿就要走了。

甘甜甜坐在床边，光着脚踩着地毯，直直盯着窗外的景色，坐了一会儿后起身开始收拾东西。她换了一身衣服，把其余的都塞回行李箱里，穿好了鞋，这才发了短信给卢卡。

没两秒，卢卡站在她门口，敲了敲门。

甘甜甜拖着她的行李箱，回头扫视了一遍，确定没有落下什么东西，这才开了门锁。

卢卡背着他的背包，疑惑地低头扫了眼她的行李箱："你拖着箱子，去吃早饭？"

"没啊，"甘甜甜淡然道，"我打算跟你一起回那不勒斯。"

"你为什么要走？"卢卡不解，"今天天气很好，你可以在这里转转，不用害怕大浪，这两天都是晴天。"

"哦。"甘甜甜应了声，语无波澜地睨了他一眼，"你走了，我也想走了，以后有机会，我们再来吧。白色情人岛、蜜月岛，我一个人，很有意思吗？"

卢卡怔了怔，反应过来，轻声问道："你希望我陪你？"

甘甜甜瞪了他一眼，干巴巴地口是心非道："不希望。"

"Dolcinna，"卢卡探身又在她脑门上吻了吻，说出来的话也不嫌肉麻，"你有没有觉得，一夜之间，突然很爱很爱我了啊？"

"没有！"甘甜甜咬牙切齿地从后腰把他又见缝插针钻进了她裤腰的手抽了出来，狠狠甩了甩，"你给我注意点儿！"

择一城终老，与一人白首。

甘甜甜在吃过一片晕动片之后，坐上了返回那不勒斯的船，她从窗外望着渐离渐远的白色岛屿，转头又瞧了一眼在她身边紧张兮兮捧着塑料袋的卢卡，不知道怎的，突然就想起了这句话。

她心想，或许她的感情也没那么慢热没那么含蓄，至少这个时候她想的是——如果身边没有这个人，就算这个岛再美，也没有在此终老的必要了。

与你相遇 ╱

不只终老，而是多待一刻的必要都没有。

2014年12月27日晚八点，旧年的尾巴里，甘甜甜越过半个意大利，总算是回到了摩德纳的家。

她两个室友都不在，Mango跟Kiwi被寄养在宠物宾馆，三室一厅的房子登时冷清下来。

甘甜甜疲惫地冲了个澡，早早上床睡了觉。第二天起来实在不想出门，她将屋子里里外外打扫了一遍，把外出中换下来的脏衣服都洗了，早中晚分吃了一袋速冻饺子。

29号周一，她早上起来跟家里人拿微信视频聊天，中午又拆了一袋饺子。午觉歇息了一个小时后，她去超市买了一堆食材拎回家，晚饭吃了一顿丰盛的大餐。

临睡觉，她又接到了老板娘的电话，老板娘让她第二天去店里，算是提前聚会庆祝新年。老板娘说，她知道他们年轻人喜欢热闹，三三两两地会等在广场上跨年看烟火。

甘甜甜挂了电话，却想着，要不31号她也去广场看看？

30号周二，甘甜甜在龙城酒家跟老板娘他们聚在一起吃了个饭，等晚上回到家，躺平在床上摸了摸肚皮，越加觉得最近胖得有些夸张了。

31号早上，她起床之后，睁着眼睛瞪着天花板，心说她这是终于要迎来一个人的新年了啊。

到了晚饭后，她趴在窗口往外望，住宅区里一片安静。她换了身衣服，裹着大衣围上围巾，打算走着去市中心广场看烟火。

摩德纳的夜晚还是湿漉漉的，空气又寒又潮，这几日阴天倒是没下雨，也没雪。

甘甜甜两手插在裤兜里，慢悠悠地走，昏黄的路灯站在街道两排，像是夜里的守卫。

从她家顺着大路直着往下走个五十多分钟，就能到市中心。今天算是假日，公交车停运得早，现在已经没有车了，等她看完跨年，还得再走回来。

她今天收到了不少的问候，有短信的有微信的，乔托、茱莉亚、艾米丽、维奥拉，他们知道她不信仰上帝，圣诞节的时候就没有问候她，而今天不约而同地祝贺她新年快乐。

她手在外衣口袋中掐着手机，生怕因为衣料厚实，错过手机的振动。

她在等卢卡的讯息，从分别那天起，就在等，可是直到现在也没等到。

就快要到新年了，甘甜甜走到市中心的时候，也才不过九点钟，广场上灯火通明，正中也立着一棵装饰得很漂亮的圣诞树，圣诞过去了几天，树还没来得及收走。

高耸的树顶蹲着一颗一闪一闪的金色五角星，树下围着一圈巨大的礼盒，礼盒上还贴着巴掌大的雪花贴纸。

大教堂里貌似正在举行音乐会，悠扬的音乐传来，甘甜甜站在教堂外，仰头瞧着树顶的星星，身边的年轻人三三两两地在聊天，还有人点了那种像是仙女棒的烟火在玩闹。

甘甜甜坐在那条长椅上，背靠着椅背，舒展着长腿，百无聊赖地掏出了手机上网，从微信朋友圈刷到微博，刷掉了一小半的电量，也还不到十点钟。

她低着头，身前人来人往，她就像是卧在角落里的一座孤零零的雕像。

十点，合着教堂整点的钟声，她身边突然响起了一阵空灵干净的竖琴声，像是忽然从时空的裂缝中掉落给她的新年礼物一般，她不可置信地转头，卢卡抱着他的小竖琴，坐在原先的位置，离她不过十来步，两手拨动着琴弦，偏着脸冲她笑，笑容温柔满溢，深情依旧。

甘甜甜直直盯着卢卡，眼珠一错不错。那人今天穿着一身黑色的羊毛大衣，西裤高靴，没有围围巾，衣领大敞露出里面浅蓝色的毛衫跟白色的衬衣领口，模样帅气又温暖。

广场上的年轻人听见琴声，举着烟火棒围在卢卡身前，想找卢卡的琴盒给他投硬币，却发现他身旁的木头琴匣是合着的。

卢卡一曲停下，手还扣在琴弦上，只是偏头望着甘甜甜笑，甘甜甜也没开口唤他，只觉得此时看见他坐在那儿，有那么些不真实的感觉，像是一个被肥皂泡泡包在里面的梦，随时可能会破碎得四分五裂。

卢卡跟她四目相对，听琴的人慢慢就变成在围观激情看热闹。

卢卡抱着他的竖琴起身，慢慢走到甘甜甜身旁，居高临下地看着她，脸逆着光，看不清表情，甘甜甜却能分辨出他的情绪。

他笑着说："我来陪你跨年了。"

甘甜甜仰头凝视着他，没说话，只是点点头。

"不给个吻吗，我的公主？"卢卡说。

甘甜甜只以为他又是在说情话，歪着头冲着他笑，勾勾手指让他低头。

卢卡将竖琴稳稳放在她身旁椅子的空位上，单膝跪在地上，抬头瞧着她。甘甜甜被他吓得眼皮一跳，紧张得视线四处瞥了瞥，果然——一群年轻人围着他们，还有人已经举起了照相机在拍照。

"啾"的一声，又有人吹起了口哨。

卢卡也不说话，只是保持着帅气的跪姿，甘甜甜一动不动地坐着俯视他，突然间就觉得，一颗心都化成了水，不爱或者不够爱，都已经不重要了，有一个总是这样陪着她爱她的男人，人生就已经圆满。

甘甜甜探身向下，捧着卢卡的脸，偏头就吻了下去。

卢卡的唇很软很温暖，就跟他的人一样，甘甜甜的主动权没两秒钟就已经被篡夺，卢卡一手抱着她后脑一手扣着她后颈，与她越吻越深。

他们身旁的人笑着鼓掌看热闹，不远处的空地上，有人点燃了一桶烟花的引线，"嘭嘭"的连响中，烟花飞跃在空中，在他们的头顶上空绽放。

很多年之后，毫无艺术细胞的乐盲甘甜甜，无意中找到了卢卡弹奏的那首竖琴曲，原来那首曲子钢琴版的名字叫作 *For The Love Of A Princess*，她也才明白过来，卢卡那声"公主"的意思。

"你怎么找到我的？"甘甜甜额头抵着卢卡的额头，喘着气问，"你怎么总能找到我？"

"这个答案以后再告诉你。"卢卡闷声笑着卖了个关子，他压着嗓子说，"你说想听我弹琴，我就带着琴来找你了。"

甘甜甜"嗯"了一声，侧头再碰了碰他的唇。卢卡在她耳边低哑暧昧地意有所指："再亲，就跨不了年了。"

甘甜甜憋不住笑了，卢卡喉头动了动，嘴唇擦过她耳边，喟叹着："有没有觉得多爱我一点点了？"

甘甜甜压着腰，倾身俯趴在他肩头，抱着他脖子，也学着他的模样，嘴唇来来回回在他耳郭上摩挲，她觉察到卢卡不自觉抖了抖，故意冲他耳朵眼儿吹了口气。

卢卡扣住她腰间的力道徒然加大，他喉头滚出一声闷哼，抗议地咬牙唤了她一声："Dolcinna！"

甘甜甜埋头在他脖颈，笑得肩膀都在发抖，她微微偏头，嘴唇蹭着他耳垂，回答了他上一个问题："有啊。"

甘甜甜说完"有啊"没几秒，又含糊而暧昧地补充了句："很多个一点点。"

卢卡："……"他一时间，都不知道该怎么反应了。

"喂！"甘甜甜维持着趴在他肩头的姿势说，"你晚上陪我跨年吗？"

卢卡还有点儿晕，情商加智商都还没绕过那个含蓄的弯儿，喃喃道："当然陪啊。"

"那回家跨年吧，"甘甜甜似乎是有所指示地在他腰上戳了戳，"跟我回家吧。"

卢卡跪得膝盖有点儿疼，脑子有点儿晕。

"傻了？"甘甜甜见他不动，"啧"了一声说，"过时不候啊！算是听你弹琴的报酬。"

卢卡还是没明白这句含蓄的话的深意。

甘甜甜却率先站了起来，转身抱着他的琴就走。卢卡茫然地眨了眨眼睛，脑中的神经一根根"啪啪"接上，瞬间心花怒放。

这是邀请他，在床上跨年吗？

卢卡心花刚放，就猛然又凋谢了，他跟她走出市中心，路边只剩下路灯温暖的光。卢卡哭笑不得地两步追上她，挡在她身前控诉："赶天天，你是不是故意的？"

甘甜甜莫名其妙。

"你突然这么说，我什么东西都没准备啊！"卢卡随手一指，"店铺都打烊了。"他顿了顿又补充说，"你一定是故意的！"

甘甜甜无语地看着他，又窘又尴尬，心说你个傻叉，真的是给你机会你不要，过时不候啊滚滚滚！

于是，在某事上龟毛的某人，只能继续将恋爱往童话故事方向谈，大好的跨年福利领不到，只能在亲亲蹭蹭中度过。

卢卡躺在床上侧身搂着甘甜甜："为什么突然又觉得很爱我了？"

甘甜甜也回答不上来，只是觉得某些障碍，很容易就瓦解了。

"回答我，Dolcinna。"卢卡嘴唇贴在她耳郭轻喃，嗓音沙哑性感。甘甜甜抿唇就是不答，睨了他一眼，眸中带着温柔的笑意。

午夜，新的一年终于到来，窗外突然烟花声大作，屋内气氛温馨甜腻，甘甜甜窝在卢卡怀里枕着他的胳膊，偏头循声从窗口望出去，漆黑的夜空中，跳跃着点点花火，这真是一个——浪漫而美丽的新年。

从卢卡裤兜里掉出来的钱夹，摊开在地板上，四个月前，坐在广场地上弹琴的卢卡，视线专注地追逐着那位异国女孩儿，眸中脉脉情深。

过了新年，卢卡便走了，下一次等他能再这么悠悠闲闲地回来，又不知是什么时候。

甘甜甜想想，觉得这种见面无准确日期的恋爱其实挺蛋碎，但是又没办法解决。

新年之后基本没什么课了，甘甜甜正式进入复习考试阶段，她虽然在生活用语上已经有了不小的进步，可是面对专业词汇依然是一片茫然，好在乔托也从西班牙过完节日回来了。

甘甜甜跟乔托每天泡在自习室里，乔托整理了课程重点，用简单的意大利语单词跟句式逐条逐句跟甘甜甜解释讨论，乔托强在理论，甘甜甜的优势却是实践，他们两个搭伙学习倒也算是长短结合，午饭也是就近在工程学院那边的食堂吃。

前面有乔托辅导的三门课，她的分数拿得相当不错，可是第四门课，在她持续一路半茫然，与教授对话不尽如人意的情况下，穿着时髦留着撮小胡子的教授，遗憾地叹气："赶天天，看在你笔试成绩很高的份上，我可以让你的口试及格，但是，你清楚的，我觉得你应该在考试后继续在这一门课上下工夫，因为你，实际上并不太能很好地与我讨论这部分课程的内容。"

"虽然我明白，这对于你们中国学生来说真的很难。"教授低头给甘甜甜的口试登上分数，感叹而又期待地抬头道，"我希望你可以再努力一点儿。"

甘甜甜沮丧中又带着点儿感动，她道了声抱歉，又说了声好的，抱着她花大价钱买来的原文课本出教室，眼泪都快要流下来。

至此，她的第一季考试，算是半圆满地完成了。甘甜甜站在学校门口给乔托发了条短信，身心俱疲地回了家。

甘甜甜的两位室友显然也在考试季，两人每天忙得神龙见首不见尾。

甘甜甜拆了袋饺子把自己喂饱了，爬上床去睡了个午觉。

她一觉起来，发觉天又有些阴，外面大风呼呼地刮，室内一片昏暗。

她坐在床边迷迷瞪瞪地找鞋，找着鞋又满房间地找手机，摸索了半晌才想起来，又开了门去客厅。

Kiwi 窝在客厅沙发上，一副太上皇的模样，Mango 比它大了一倍的身子，被它霸道地挤到了沙发角落，可怜得像是个不受宠的小太监。

甘甜甜视线在沙发上扫了一眼，果断伸手把 Kiwi 推倒，从它肚子下面将屏幕一直被压亮了的手机解救出来。

Kiwi 就势翻着肚皮卖萌耍无赖，甘甜甜一手呼噜着它小下巴，一手拿着手机，她发现有四通来自同一个陌生号码的未接来电。

是卢卡的吧……怎么就没接到呢？

甘甜甜懊悔地叹气，转身坐在沙发上。卢卡离开大半个月了，也不知道什么时候能回来。

她正愣愣地发呆，突然手机又一个振动，甘甜甜低头，发现又是那个号码显示在了屏幕上，喜出望外地迅速接通，"lu——"的口型刚做到一半，就听见听筒那头的男生，明显跟卢卡不是一个声线，青葱奶油小帅哥在那头笑出一股职业味儿："请问，您家里需要安装宽带吗？公司现在推出一款新业务……"

甘甜甜瞬间切换表情，失望地阴沉着脸，干巴巴地拒绝掉对方后挂了电话，她仰躺在沙发上，任凭 Kiwi 肥胖的身躯貌似轻盈地跃上她的小肚子，差点儿被踩得一口气没上来。

晚上，甘甜甜的室友回来，也是在哀号考试没有通过，艾米丽吃饭的时候，简直都是含着泪的，而茱莉亚顶着一张学霸脸，居然在明天还有考试的情况下，晚上约了男朋友去看电影。

简直不能忍了啊……甘甜甜跟艾米丽心酸对视，彼此都从对方眼里读出了这句话。

"对了，天天，"艾米丽坚强地抹了把泪，"你考试完了，还有一个月才开学，下面准备做什么？"

甘甜甜闻言一愣，她这才想起来，她突然有了将近一个月的假期。

"我也不知道，"甘甜甜摇头，茫然道，"你不说我都没注意到。"

"要去打工吗？"艾米丽问，"还是去旅游？"

甘甜甜边喝豆浆，边点亮了手机屏幕，开了标有农历的日历 APP，这才发现这一年农历新年来得异常得晚——二月十九号才是大年初一，而她的生日是二月七号。

回家吗？甘甜甜心想，回国时间又有点儿太短了吧。

甘甜甜开了手机网络，点开微信，果然，她家人给她留了信息，让她如果可以的话，就回家过年。

甘甜甜捧着手机，牙齿不自觉地咬着玻璃杯沿，视线都不聚焦了。

"喂！"艾米丽见她傻了吧唧的模样，在她眼前挥了挥手，"你怎么啦？想念卢卡啦？"

甘甜甜敏锐地捕捉到了那两个字，视线挪到她脸上，先是摇了摇头，又点了点头。

我没事儿……她想说：对啊，我想他了，我怎么又……想他了呢……

甘甜甜回了自己屋里，拿电脑上网，破天荒地挂了 QQ，企鹅君扭动了半天圆团团的身躯，总算是连接上了。

甘甜甜跟大多数同龄人不太一样，她不喜欢隐身，但凡上线，就喜欢明明晃晃地亮出来，也可能是因为她不常上 QQ 的缘故。

她正在慢吞吞读取一堆有用没用的信息，关掉拍拍卖家的广告叉掉腾讯新闻，浏览完了几个群，突然她妈的头像就在下面闪了闪，还外加一句"对方在邀请视频"的提醒通知。

这个点儿，甘甜甜诧异地瞥了眼屏幕右下角的时间，国内凌晨两三点的，她妈是熬夜没睡还是被盗号了？

甘甜甜疑惑地点开，没想到真是她妈本尊。

甘妈大晚上失眠，跑出卧房，进了甘甜甜的房间玩电脑，居然瞧见她企鹅在线。甘甜甜点了"接受"视频，甘妈等她那张脸稳稳当当出现在电脑框框中，第一句话就是："你咋胖了？"

甘甜甜："……"说好的声泪俱下地哭泣道"儿啊！怎么几月不见，你就瘦成这副模样了"呢？

"真胖得有这么明显？"甘甜甜囧囧有神地摸了摸脸颊，反问，"生活好啊，资本主义发达国家没委屈我，放心吧。"

甘妈大半夜想煽情都没机会，憋着气点了点头，赞同道："不错，挺好的。"

甘甜甜："……"

"不过就是——"甘妈纠结地又盯着她瞧了几眼，"就是你胖了这么多，回来相亲，人家会不会怪我谎报你体重啊？"

甘甜甜："……"这大晚上的，还能不能好好聊天了？！

"相什么亲啊？"甘甜甜哭笑不得，"您老怎么还没把这茬给忘了啊？隔着半个地球，您还惦记相亲呢？"

"这是大事儿啊！"甘妈急道，"你年前就二十七了！"

甘甜甜嘴巴张了张，还是没把卢卡给拎出来抖抖。

甘甜甜小时候给她哥打掩护，在男女问题上撒得一口好谎，有她之前的累累前科打底，她在这个当口说她交了一个意大利人男朋友，特别是还不能把人证拉出来溜溜的情况下，她妈 2000% 会认定她是在撒谎。

甘妈眼瞅着甘甜甜连脑袋都耷拉了下来，这才换了话题说："女儿，过年回来吗？还有你生日啊……我跟你爸……都好想你啊……你第一次离家这么长时间……"

"能回来不？啊？"甘妈抿了抿唇，揉了一把眼角，"回来过年吧……"

深更半夜，微微哽咽的甘妈，成功戳到了甘甜甜心软的那个点。

"唉，"甘甜甜纠结了半晌要不要回国，终于被她妈两句话给拍了板，"回！我有一个月的假，回家过完年再回来吧。"

"哎？哎！"甘妈闻言惊喜地瞪圆了眼，生怕她反悔地连声追问，"真的哇！那你飞机票订了吗？"

"现在就去看机票，订！"甘甜甜心里叹了一口气，利落地将视频窗口最小化，上了德国汉莎的官网，快速而土豪地订了一张两天后的飞机票，等她到国内的那一天，正好可以喝上腊八粥。

甘甜甜连夜收拾好一切，提前交了下个月的房租给艾米丽，艾米丽啧啧惊叹："天天，你的行动力怎么可以这么强？"

甘甜甜心说她也不知道，可能是第一次出国吧，似乎对于过年不能回家这件事特别介怀，想起来就跟心里被挖走了一块儿似的。

甘甜甜需要在博洛尼亚机场坐飞机，艾米丽告诉她，在靠近她们家附近有一个机场大巴的停靠点，早上起来七点左右便有一班车可以直达博洛尼亚机场门前。

甘甜甜收拾好了东西，早早上了床，准备提前养精蓄锐。

翌日大早，茱莉亚跟艾米丽睡眼惺忪地羽绒服裹着睡衣送她到楼下，甘甜甜拉着两个行李箱上了机场大巴，隔着窗户向她俩挥手告别。

艾米丽在车外扬声大喊："亲爱的，别忘了给我带一件旗袍！要大红色的！"

甘甜甜哭笑不得。

大巴车缓缓启动开走，甘甜甜将自己沉进椅座里，视线时不时掠过窗外，还未离开又突然有些不舍，她仅仅来到这座城市不过五个月，却不想，这短短不到半年的时间里，这座城市已然成为了她心中新的牵挂。

甘甜甜偏头，车窗外一辆蓝底白字的警车从相反的车道交错过去，她叹了口气心说，不知道等她再回来的时候，卢卡同学，回来了没有……

第九章

我就是喜欢你这副模样，有时候公主有时候女王

甘甜甜在霖城的国际机场下了飞机，她爸跟她妈外加她嫂子叶纯齐齐站在出口等她。

机场大厅空旷，广播里女播报员甜美的嗓音被扩散得无比缥缈，嘈杂的人群来来往往，分别或者重逢在他们身边上演，甘甜甜忽然就觉得，原来回到家了的感觉是这样的。

甘甜甜鼻头有些酸，她毫不费劲地一手推着一个行李箱奔出来，她嫂子接过她其中一只箱子的时候，上下打量了她两眼，一本正经地点头说道："原来妈没说错，你果然胖了不少。"

甘甜甜简直想揍她。

甘妈见着甘甜甜，伸胳膊搂着她脖子，甘甜甜配合地半蹲着也回抱她。甘爹那劲儿显然还没过，没好气地斜了她一眼，抢过她手中另外一个行李箱，霸气横生地在前面开道。

甘甜甜摸了摸鼻子，跟着她爹身后一路小跑，就像是上赶着伺候的小太监，一个劲儿问候她老爹。

甘爹脚下生风，也不搭理她，鼻子里哼出来个音儿，就算回答她了。

哎哟真难伺候，被某人当心肝儿捧了俩月的甘甜甜忍不住腹诽，再跟我这么别扭，等我改明儿扭头嫁去国外了，您老别哭。

等他们从郊区回了家，正好赶上甘甜甜她哥甘哲下班，甘哲在家俨然一副好男人的模样，自觉下厨做饭，锅铲挥得很是起劲儿。

甘甜甜脱了鞋跟外套，利落爬上沙发窝在里面，眯着眼睛一脸享受，盘着腿掏出手机，垂着脑袋摆弄。

她一开机，中国旅游局的短信迅速就发了过来，紧接着是中国移动，然后 WhatsApp 里几声问候她是否安全落地的信息叮咚作响，翻来翻去，却始终没有卢卡的消息。

甘甜甜神情瞬间沮丧，叶纯偏着脑袋看她，察言观色道："看来你在那边挺好的，有了不少朋友，还有让你牵挂的人了？"

"靠！"甘甜甜惊悚地抬头，"你这一结婚，开天眼了？还是会读心术了？"

叶纯神色复杂，几番欲言又止之后，终于叹了口气说："两家人，就你跟你哥情商低，别拿你俩的情商标准去衡量别人可以吗？"

"……"甘甜甜噎住了。

"谈男朋友了？"叶纯一招正中红心，"别是外国人吧？"

甘甜甜翻了白眼："我不告诉你。"

"你这跟默认有区别吗？"叶纯犀利地戳穿她。

甘甜甜："……"

她这头正跟叶纯大眼瞪小眼，进了门就失去了踪迹的甘妈跟甘爹突然从卧房里出来，捧着一沓照片乐颠颠地奔了过来，一屁股坐在她俩前面的椅子上，将手上东西全部摊在茶几上，喜滋滋地跟献宝似的一一指给甘甜甜："女儿，快看看！这些都是我跟你叶姨给你搜罗来的青年才俊，未婚高富帅，明天开始就可以挨个见面的！"

甘甜甜："！"她能现在拎着箱子再回去吗？

她表情纠结地盯着那一桌子的照片，转头抿着唇求救似的眨巴着眼儿瞅着叶纯。叶纯就当没看见，悠悠然地跷着腿看电视，俨然一副不关我事儿的模样。

这日子还能不能过了？她刚回来还没一个小时呢！甘甜甜瞬间歪倒

在沙发上，无助地抽了抽小腿，半轻不重地踹了叶纯屁股一脚。

叶纯反手扣住她脚踝，照着她腿上麻筋儿就掐了她一下，甘甜甜"嘶"了一声，含着泪心说：我要回摩德纳！

"哎哎，你别躺下啊！"甘妈招呼她，"你快起来看看啊！快看看！你看你喜欢哪个？妈待会儿给你联系。"

甘甜甜掀着眼皮偏头打眼儿顺着桌面溜了一眼，心说长得都跟抽象画似的，我哪个能喜欢得了啊？她脑袋朝下闷在沙发里，含混不清地大声抗议："我时差还没倒过来呢！可饶了我吧！"

"你边相亲边倒啊！"甘妈催促，"你就回来一个月，早相中了也好多相处几天呀。"

甘甜甜充耳不闻，装死装得彻底。

甘妈无奈妥协："那我把照片就搁这儿，你时差倒过来了记得看看啊。"

甘甜甜有气无力地抬手在半空挥了挥，表示她知道了。

晚饭的时候，连叶妈跟叶爹也来了，两大家子人围着一张圆桌给甘甜甜接风。

甘哲系着围裙从厨房里端着菜盘出来，这会儿才有机会好好瞅瞅他妹妹。

甘甜甜跟甘哲这对兄妹，用甘爹的话来说就是甘妈正好生了一只狼一只狈，他俩见天上演狼狈为奸的戏码，连工作都在一个单位。

甘哲瞅了她一眼也没吭声，转身又跑了两趟厨房将饭菜都上齐了，这才卸了围裙出来，拉了椅子坐在叶纯跟甘甜甜中间，诧异地打量她："妹妹，你不是号称自己是吃不胖的体质吗？"

甘甜甜闹心地抬头，面无表情地盯着甘哲，被他深深地又补了一刀。

甘哲眉目间越发显现出稳重可靠，只不过这张嘴，实在欠打。

"妹妹，你是去度假的吗？"甘哲边给叶纯拆螃蟹腿，边侧头瞟她，"人家不都说，出国留学生活苦？"

甘甜甜拿筷子发泄似的戳了戳螃蟹壳，实在不想理他，她把下巴杵在筷子上，睨她哥那一张一闭简直时刻不停的嘴，心道卢卡那哪儿叫话痨潜质啊！她哥这才是啊！

"谈恋爱了吗？"甘哲给叶纯拆完一只又换了一只，伺候媳妇儿伺候得简直乐此不疲，"可千万别找个金发碧眼的回来啊。"

叶妈闻言"哎"了一声抬头，激动地问道："为什么不能找个外国人？意大利帅哥前两天还被评为世界最帅了哇！哎哟那真是——长得又帅身材又好又浪漫！"

甘甜甜莫名自豪，脑内卢卡那销魂小脸的3D效果图全方位立体旋转，什么叫作360度无死角？真想让你们都见识见识！

她这么幻想着的时候，甘爹"唔"了一声，声音浑厚，用发布命令的语气附和道："对，别找外国人。"

"为什么啊？"甘甜甜问了句，心说难道他们家也有种族歧视？

甘爹抬头，筷子点了点他自己，手腕一转又点了点甘哲跟甘甜甜，说："三个公安执法人员，你找个老外，你跟你哥的工作就都别想要了，你哥或许可以，你就彻底没戏。"

这话说得，甘甜甜腹诽，您这哪儿是嫁外国人，您这是娶外国人的节奏，这真是要嫁国外去，还管工作不工作呢。

"不是就警察不行吗？我跟我哥这种聘用在公安部门的特殊工种也不行？"甘甜甜诧异道，"我记着不是就说国家公务员啊，什么警察、军人啊，牵扯到保密工作的职业不行吗？"

甘爹抬眼看着她："你当理论上可以，实际上就行得通了？"

甘甜甜："……"

甘爹目光如炬地看了她一眼，话中有话："不该有的心思，趁早收收。"

甘甜甜有些心虚地瞟了她爹一眼，正好被老爷子逮到，她心里打了个突，一颗心沉到了底：瞎了，卢卡同学不只是意大利人，他还是个意大利军人。

"可惜了，"叶爹抖着双下巴，摇了摇头，宽慰甘甜甜，"甜甜没关系，回来再找嘛，中国人基数大，好男人也很多呀！"

"放心啦，"甘哲给叶纯拆完了几只香辣蟹的蟹脚，吮了吮指头上的酱汁，手肘撞了撞甘甜甜，大大咧咧地笑着道，"就她这样的，国内

好幸运

都没人能看上，去国外就有人要？外国又不是垃圾回收——"

甘甜甜在桌下一脚踩上她哥的脚，狠狠碾了碾，甘哲的尾音"嘤"一声就拔高了八度还拐了拐，叶纯见怪不怪，淡定地吃蟹肉。甘甜甜碾完还是觉得不解气，绕过她哥，跟叶纯咬牙切齿地说："嫂子，晚上来我屋里啊，我给你好好八卦八卦！没有你的那几年，我的青少年时代！"

叶纯抿着唇，回了她一个含蓄的笑。

甘哲立马抖了抖，开始嘿嘿傻笑："妹妹……"

"哥哥……"甘甜甜学着他笑，笑完两声瞬间翻脸，"滚蛋！"

甘甜甜酒量一般，喝了几杯甘爹最爱的西凤酒就有些上头，晕头转脑地让叶纯架着回了屋，躺在床上睁着眼睛唉声叹气。

叶纯也没急着走，她跟甘哲的房子就在楼上，她坐在甘甜甜床头，随便捡了本书翻了翻："真谈恋爱啦？还是个外国人？"

甘甜甜"唔"了一声，这回倒是没反驳。

"来真的？"叶纯问完，自己又兀自点了点头，"感觉你是来真的，你跟你哥都不像一个妈生的，你打小儿一副七情都不上心的模样，也没听说你谈过男朋友。"

甘甜甜手机握在手心里，顿了顿，勾了勾手指，让叶纯趴低些。她跟叶纯同龄，又是一起长大，有些话她不能跟父母说，却愿意告诉她。

"我不止找了个意大利男人，"甘甜甜压着嗓子，悄声在叶纯耳边道，"他还是个意大利军人。"

叶纯蹲在她脑袋前，直视她的视线里，全是难以言说的、对她情商智商的深切担忧："甘甜甜，你是不是傻？"

甘甜甜："哈？"

叶纯没好气地伸手拍打她脑袋："咱国家都有规定，现役军人不能跟外国人结婚，外国能没有相关规定吗？你跟一意大利军人？我收回刚才的话，你是只打算玩玩呢吧？还是你决定要等他几年，一直到他退役，再嫁给他？"

甘甜甜闻言，登时就愣了。所以，其实她现在的处境是：甭管娶了卢卡回来，还是打算嫁过去，都不能够了？

这些事情，卢卡不可能，不知道的吧？

叶纯走后，甘甜甜就一直睁着眼睛在床上翻来覆去地睡不着，除去时差，能让她这么不淡定的，就只剩下那个——不能"通婚"的问题。

要老命了！甘甜甜伸手捶了一下枕头，心说难道真的要像叶纯说的那样，等他个十年八年？等到卢卡退役了再考虑结婚的事情，可是万一卢卡……前途不可限量，不退役，那怎么办？

甘甜甜转念又觉得，好像如果真能这么在一起一辈子，"驾驶执照"也没那么重要啊！可是没有"驾照"，婚姻没有保障啊！貌似现在这个年代，有"驾照"婚姻照样没保障吧……

甘甜甜纠结了，她终于俗气地体验了一把大脑里有两个小人在打架的感觉。

而在她的意识里，她一直都没有觉得他们两个会有分手的那一天……

甘甜甜第二下午就被甘妈亲自押着护送到离她家小区不远的一个茶坊。她塌着一脸表情，跟来上坟一样，约她的那位精英俊杰迟到半个多小时了还没到。

甘甜甜喝完了一壶普洱，打着哈欠抬手示意服务员添水，茶坊管账的小丫头是老板娘的女儿，跟她认识，亲自提着壶过来，笑着倚在她桌前，打趣道："你也来相亲啊？"

"走个过场。"甘甜甜含着两包困顿的眼泪抬眼冲她笑了笑，"不走这个过场我妈不会饶了我的。"

"走了过场没结果，你妈也不会饶了你的。"小丫头呵呵笑道。

甘甜甜冲她无奈耸了耸肩，又掐着手腕看了眼手表。

"这个对象不靠谱啊。"甘甜甜撇嘴。

甘甜甜跟小丫头聊了会儿天，外面天都隐隐黑了，那位青年才俊才终于算是来了。

青年夹着个黑色公文包，平头戴着眼镜，西装领带皮鞋一丝不苟，笑容公式化风味十足，他上来没解释为什么会迟到这么久，反而做出十足诧异的表情反问甘甜甜："咦？甘小姐，你怎么早到了这么久？是不是记错了约会时间？"

甘甜甜乏味地看着他，呵呵冷笑："倒打一耙！"说完直接走人。

那青年在身后"哎哎"直叫，甘甜甜连头都没回。

没卢卡长得帅没卢卡身材好没卢卡品位好没卢卡幽默没卢卡贴心……当真是要什么没什么，甘甜甜出了茶坊走了没两步，坐在小区外花坛的外沿上抑郁地打电话给甘妈，受不了地坦白说："我不要相亲了啊！我是真的有男朋友了！外国人！"

结果接电话的不是甘妈，是甘爹，甘爹在电话那头静了半分钟，沉着嗓音说："你现在就给我回来。"

甘甜甜："……"她瞬间又有点儿怂了。

从小区外到家里，统共用不了十分钟，甘甜甜站在家门口转圈，磨蹭来磨蹭去，直到把在外面吃了饭，又去溜达散步的甘哲跟叶纯都磨蹭回来了，还没开门进屋。

"你搁这儿转圈消食呢？"甘哲笑问，"今天相亲进展怎么样啊？"

当真是哪壶不开提哪壶，甘甜甜横了他一眼，转向叶纯的眼神写满了 SOS。

"有什么事儿也得进屋再说。"叶纯了然地拍了拍她肩膀，掏了钥匙开门，一把将她推了进去。甘甜甜跟跄进门，迎面就是甘爹大马金刀坐在沙发上霸气的坐姿。

"鞋底儿磨穿了才知道进来是吗？"甘爹沉眉冷目。

甘甜甜叹了口气，在她爹对面坐下，破釜沉舟道："您老有什么话就直说吧。"她说完又生硬地梗着脖子补了一句，"正跟人在蜜恋期呢，说分手不可能啊。"

甘爹眉头一跳，甘妈赶紧就说："甜甜，你说真的？"

"嗯，"甘甜甜点头，"真的。"说完又鼓起勇气继续道，"所以相亲以后也就免了，这也算是不忠诚了吧。"

她能报答卢卡深情的，唯有这两个字了。

甘哲站在门口拿胳膊肘碰了碰叶纯，悄声在她耳边道："我妹子真这么牛逼，泡了个老外啊？"

叶纯"咳"了一声，糟心地抬头瞥了他一眼，拽着甘哲袖子将人拽进了他的房间，关上了门。

"我前天跟你说的话，还记得吗？"甘爹也不管甘哲跟叶纯，只是盯着甘甜甜道，"你跟一老外，你那工作以后就别想了。"

甘甜甜迟疑了片刻，点了点头。

甘爹见她这么痛快就点头，似乎也不知道该说些什么。现在社会这么开放，跟同性都不稀罕了，跟个老外也没多稀罕。更别提，人还只是在蜜恋期，又没在蜜月期。年轻人的感情生活充满未知数与不定数，何至于在人家燃得正旺盛的小火苗上浇盆凉水？做一个讨人嫌的大棒槌？

双商傲笑全家的甘爹绷着张脸，成全甘甜甜所谓的忠诚，挥了挥手："回你屋里去吧。"

甘甜甜应了声站起来，甘妈嘴张了张，转眼瞅了眼甘爹那张八风不动的脸，又闭上了。

甘甜甜回了自己屋里，躺在床上开了手机 wifi，卢卡还是没有消息，她觉得似乎就跟胸口堵了一口气似的。过了没多久，叶纯敲门进来了。

叶纯坐在她床边，沉默地瞅了她一会儿说："你没跟爸妈说实话。"

甘甜甜躺平在床上点点头："没敢说，跟一老外，与跟一外国军人，两个概念不一样啊。"

"你知道就行，"叶纯云淡风轻地八卦道，"他是不是对你很好？"

甘甜甜点头，直白地应了："嗯。"

"可是外国人都这样啊，懂浪漫会哄人，他是不是真心的？"叶纯担忧地说，"还是图你是异国人，图个新鲜？"

甘甜甜笑了一声反问："他对我来说也是个异国人，你怎么不问我是不是图个新鲜？"

"男女能比吗？女人总是吃亏。"叶纯到底是站在甘甜甜这边的，"女人会伤心得死去活来，男人会吗？"

甘甜甜眼睛一眨不眨地盯着天花板上的吊灯，灯管被罩在一个一个不同颜色的玻璃圆球中，屋里白墙上灯光五颜六色。

"他是不是很好？"叶纯偏头瞧着她，又问，"你好像很喜欢他？"

甘甜甜"唔"了一声，轻声笑了："很好啊，他在我眼里连缺点都没有，美好得就像是童话故事里的白马王子一样。"

她视线慢慢从吊灯上挪下来，对上叶纯担心的眼神，嘴角越翘越高："我想，我是真的很喜欢他。以前不觉得，现在却感觉到，他甚至给了我离开家，飞蛾扑火的勇气，是不是很扯淡？"

叶纯闻言愣了一下，却认真地摇了摇头。

"这些话，我也就能给你说一说。"甘甜甜半坐起身，靠在床头，突然羞涩得像个小姑娘，睫毛扑闪着眨了眨，"我想我对着他永远也说不出口，也不会想要他知道。"

中国人的含蓄，其实含蓄在了默默付出之中，不宣于口。

"有时候，有些东西，好像憬然间就能想通。"叶纯弯腰脱了鞋上床，跟她靠在一起，两颗脑袋凑得很近，她似乎也是有所触动，也笑了，"既然你那么喜欢他，那就什么都不要管了，也不要管以后是不是还要回国，家里有我跟你哥呢，你管好自己就可以了。"

"陪着他，等着他，"叶纯说，"你自己开心就好。"

叶纯说完，偏头瞧着她说："这句话，是妈让我转告你的。"

甘甜甜鼻头酸了酸，眼泪徘徊在眼眶里却始终没有流下来。

"喂！有你男人的照片吗？"叶纯伸胳膊碰了碰她，"爸妈不好意思要，说让我看看。"

甘甜甜的感动"咻"地就被她吸进了肚子里，她莫名生出一股自豪来，举着手机翻了翻，随手扔给叶纯，哼哼笑道："帅不了你一脸血来找我！"

叶纯当得一手好卧底，趁甘甜甜不注意，直接将照片发送到了甘妈微信。

隔壁的甘妈等待得正焦急，听见微信"叮"了一声，心情忐忑地划开了屏幕，正对上上面那张笑容温暖和煦的异国帅哥，才放下去的心登时又提了起来——这么个帅哥，看上甘甜甜啥了？！

甘甜甜正在等叶纯的赞美之词，突然打了个喷嚏。她莫名其妙地把被子盖在身上，心说暖气这么足，她冷啊？

日子就这么过了，甘妈也没再让甘甜甜去相亲，甘甜甜白天跟家人在一起聊天，晚上跟朋友同事喝茶。

没两天，甘甜甜在家里过了二十七岁的生日。

切了蛋糕，甘甜甜忍不住掏出手机开了微信，微信里茱莉亚的头像上显示了未读信息，她点开，加载了茱莉亚发给她的四张照片，第一张是一大束艳红的玫瑰，朵朵开到极致，舒展着它们的生命力与美。第二张是一盒包装精美的心形巧克力。

甘甜甜嘴里咬着叉子吐槽，茱莉亚跨了半个地球还虐狗啊？！没事儿还发男朋友送她的礼物拉仇恨吗？

她撇了撇嘴，第三张照片连打开的欲望都没了。她关了第二张照片愤愤不平地往下拉，只见照片后面，跟了茱莉亚的一串感叹号。

茱莉亚说："甜甜，受不了了，卢卡真是个好男人！！！"

甘甜甜一片茫然间突然脑门"叮咚"一亮，只见下一句茱莉亚便写道："卢卡在网上提前订了鲜花巧克力还有蛋糕，交代店员将礼物今天寄给你！！！他附的卡片上说'对不起，他回不来，希望你生日快乐'，抬头还是'我的公主'！！！"

"你快回来啦！"茱莉亚最后一句留言是，"蛋糕我跟艾米丽吃掉了啊。我有预感，情人节还有一次花跟巧克力你信不信？"

甘甜甜返回打开了第二张照片，愣愣地盯着礼品卡上面那句"等我回来"，眉眼瞬间弯得很漂亮。

甘妈正坐在甘甜甜对面，冷不丁瞧见她表情，怔了片刻，心里一片明亮，低头笑着叉了块蛋糕。

甘妈偏头跟甘爹交换了一下眼神，甘爹心知肚明地点了点头。

儿孙自有儿孙福，人生在世那么短，开心就好。

甘甜甜是初三下午的飞机返回意大利，初四晚上到摩德纳，大年初五正好是新学期的第一天。

礼拜天晚上，甘甜甜终于拖着两个行李箱到了她的另一个家，甘妈给她准备了整整两大箱子吃的，调料干货外加零食，应有尽有。

艾米丽跟茱莉亚照常又去约会了，家里只剩下一猫一狗。甘甜甜去厨房，发现茱莉亚将卢卡给她寄的生日礼物跟情人节礼物，全部摆放在餐桌上，还拿便利贴贴在了上面，专门标注了是卢卡给她的。

玫瑰已经枯萎了，蛋糕也被吃掉了，甘甜甜抱着两盒包装精美的巧克力跟两张心形的礼品卡回屋，坐在床边把两个盒子都拆开了，每个都尝了一块。一盒是意大利有名的费列罗，另一盒是蓝色包装的Baci。

巧克力独特而浓郁的香味混合牛奶的滑腻口感，外加中间一颗大果仁，甘甜甜忍不住就想笑，那么一个有创意的人，怎么就在选礼物的时候这么没有创意了呢？连着两盒巧克力，口味还颇一致。

她抿着唇，将巧克力的余味抿在唇间，突然就想起来，貌似某次卢卡问起过她有没有喜欢吃的东西，她当时说的就是——巧克力跟坚果，所以某人就给她买了两盒包裹着坚果的巧克力？

她把巧克力放在身旁，将两张礼品卡打开摆在脸上，仰躺在床上，"嗤"的一声就笑了。

甘甜甜开学已经一个礼拜了，卢卡还是没有音讯，这也没办法，她只能照旧过她的日子。

政府开办的新一期的语言班又要开课了，甘甜甜周五下午跑了一趟过去看分班情况，茱莉亚说新闻一直在报告这两天有雪，可是天光是阴，就是下不下来。

甘甜甜趁还没下的时候出了门，因为据说摩德纳不下雪则已，一下就是一场大的。甘甜甜赶到语言学校，趴在墙上顺着一溜分班表格找她的名字，果然不出意外，老师将她分到了B1班，又跳了一级。从B1开始，语法会越来越难。

甘甜甜查完分班，溜达着从市中心往回走，天上阴云密布，冷风阵阵，甘甜甜缩了缩脖子，恨不得将露出衣领外的部分也缩进去。

她从小道绕进了军校外墙旁的那条石板路，仰着头顺着墙根边走边瞧，没两步就到了校门口的广场前。

广场上停着两辆大巴，甘甜甜不由得顿足，她忆起去年曾经在这儿看见卢卡从一辆大巴上下来，那个时候他们还没有开始谈恋爱，互相都对对方怀有情愫，但是都没有挑明。

她没有问过卢卡关于意大利军政方面的情况，但似乎意大利的管理制度并没有国内那么严苛，她闲聊的时候听茉莉亚说起过，每逢节假，还可以看见穿着制服军装的少年在摩德纳街头约会。

不过军校应该是会松一些，就是不知道目前卢卡是属于一个怎么样的情况。

甘甜甜在广场上站了一会儿，受不了一直往脖子里灌的冷风，忍不住便坐了车回家。

意大利的公交车就是这点方便，离住宅区很近，大部分途经住宅区的公交车路线，站牌都设在住宅楼下。

甘甜甜被车上的暖气熏得有些困，她打了个哈欠从结了一层雾气的车后门抬脚往下走，脚还在半空没落实，整个人就被车下的人一把扯了下去，拦腰抱住还转了个圈。

甘甜甜吓了一跳，瞌睡立马就烟消云散了，她睁开眼睛，那个跟她分别不过两个月的人将她紧紧抱在怀中，眼神温柔缱绻，笑容蕴在眼底。

"Dolcinna，"卢卡嗓音磁性中带着微微的沙哑，他刻意压低声音，压出一股子惑人的味道，睫毛一颤一颤，眸中情深，"你想我——唔！"

卢卡后半句的话，直接被堵在了唇里，甘甜甜偏头直接吻上了他的唇，温热的唇带着股狠狠的力道猛地撞上一张冰凉的唇，霸气甜甜可的灵魂再度熊熊燃烧。

问什么啊少年？！甘甜甜搂着他的脖子，被卢卡以一个拦腰悬空的姿势抱在身前火辣拥吻，正中红心才最重要啊少年！问来问去，不觉得浪费时间吗？！

甘甜甜的主动权不过两秒就瞬间被利落地篡权夺位，卢卡抱着她吻得越加动情，还觉不够地将她放下后，一把将她抵在车站候车亭的玻璃挡板上，俯身压在她身上，一手扣着她后脑，一手搂着她的腰，吻得连周遭的空气都一并升了温。

在他们的头顶，灰扑扑的天空中突然慢慢悠悠地飘起了雪花，摩德纳晚到的大雪，终于还是来了……

也不知道两人到底吻了多久，甘甜甜只觉得嘴唇已经开始发麻，她想推开卢卡又有点儿舍不得，分别两个月，思念当真像是洪水来临，想挡也挡不住。她以前只觉得"一日不见如隔三秋"是酸话，不过是文人墨客无病呻吟，放大了感受而已。却没想到，她也切身体会了一把。

甘甜甜裤子口袋里的手机时机选取得异常得好，振动不停地持续了四次，显然是一次性进来了两条短信，无时间差地各自循环提示了两次。

甘甜甜让手机振得微微收回了些许已经奔跑得不见影儿了的神智，她环在卢卡脖子上的手松开往下挪，偏头错开了唇，喘着气哑声道："卢卡，我的手机——唔！"

卢卡手在她屁股上不轻不重地捏了下，嘴唇追着她的唇再度吻了上去。然后，某人的手就再没从她臀部挪开。

甘甜甜又是好气又是好笑，雪越下越大，指甲盖大的雪花落在她发烫的脸上，凉丝丝的，她手上蓄着了劲儿，握着卢卡的肩膀把他使力推开，然后直接耍无赖般地低头，脑门抵在他肩膀上，不给他再靠近的机会。

卢卡闷笑了声，手在她屁股上又掐了一把，甘甜甜只觉得后背"噌"地蹿上来一股电流，蹿到头皮，轰一下炸开了。

"你！"甘甜甜咬牙切齿地道，"你够了啊！小心我揍你！"

卢卡就当没听见，一手放在她臀部上，另一手已经顺着她衣摆下面一路摸了进去，贴着她后背皮肤不住抚摸。

"你没听见吗？"甘甜甜豁然抬头，揪着他衣领眯着眼睛威胁，只不过她红着脸，声音又隐隐带着颤音，实在是没有气势得很。

卢卡侧着头靠近，眼见又想吻她，甘甜甜终于爆发了，她两手顺着卢卡两臂下滑到手肘，直接卡着他关节一发力，待卢卡小臂酸麻，再两掌击在他胸口，将人拿捏着轻重推远了。

"浑蛋啊！"甘甜甜紧张得四处望了望，"这还在马路边呢！"

卢卡被她一掌推开也不恼，一手插在口袋里，一手蜷成拳，抵在唇边，嘴角上挑，笑得像是偷叼到了鱼的猫。

甘甜甜把衣服整了整，吁出口气，掏出手机来看了眼，然后一脸啼笑皆非的表情瞥了眼卢卡。

这真是……

【From 茱莉亚】甜甜，刚才电视上发布紧急通知说今天晚上到明天有暴雪，我在男朋友家，周末就不回去了，我们周一见。

【From 艾米丽】甜甜，电视上发布了今明两天的暴雪红色警报，你千万不要出门啊！我在男朋友家，周末就不回去了，周一见。

暴雪警报啊……甘甜甜捏着手机抬头，天空已经被入目的白色所取代，晶莹的雪花纷纷扬扬地落下，越来越密。

分别了那么久，心上空出来的那一块不是一个吻就可以填满的，甘甜甜隔着两步远，已经快要看不清雪幕后卢卡脸上的表情了，她出声问道："你这几天放假吗？"

卢卡应了一声，笑着说："周一复工。"

又是周一，甘甜甜鼓着腮帮子急喘了两口气，静思了片刻后说道："雪越下越大了，我们回家吧。"

卢卡说："好。"

甘甜甜跟卢卡回到家，果然屋里就剩 Kiwi 跟 Mango 了，一猫一狗都不待见雄性生物，挨个过来蹭了蹭甘甜甜的裤脚，无视了卢卡便回了客厅的窝。

卢卡脱了外套搭在玄关的衣架上，甘甜甜已经去了趟洗手间拿了条干毛巾出来给他擦头发。

他也不动，眯着眼睛，伸手指了指甘甜甜示意她帮他擦。甘甜甜没好气地将毛巾甩在他脑袋上，自己转身去厨房准备做晚饭。

卢卡视线黏在她背后，跟着她进了厨房，从身后一把抱住了她。卢卡温热的体温透过羊毛衫熨烫在她后背，两手环着她的腰，下巴磕在她肩膀上，低声道："我很想你，你呢？"

甘甜甜节省地用了一个："我也是。"

甘甜甜敏感地捕捉到他落在她侧颈上的吻，跟避开了她腰间搂在她胯骨上越收越紧的手臂。心中软成了一摊水，她"啧"了一声，煞风景地侧头，拿鼻梁碰了碰他额头："你饿吗？"

卢卡含糊地吐出一个："不。"

好吧，其实她也不饿，甘甜甜视线从厨房的窗户望出去，虚虚地搭在一片雪幕中："有暴雪警告，你晚上别走了。"

卢卡顿了顿，发出一声疑问的鼻音。

"我室友这周末都不在家。"甘甜甜咬着唇，这句话挤得相当痛苦。

卢卡这下连声音都没了。

"我说，"甘甜甜沉着一口气，快把自己憋死了，这才边吐气边慢悠悠地补句，"你到底明白了吗？"

卢卡回答她的除了一声意味不明的轻笑外，他直接伸手将她转了过来，将她压在水池上俯身吻了下来，一手已经迅速钻进了她裤子后腰。

"去床上！"甘甜甜忍无可忍地握拳在他后背捶了一拳头，咬着他的下唇磨牙，"疼！后面水池很硬啊！"

你大爷的！要不要这么急？

两人一路纠缠，从卧房门口吻到床边，甘甜甜先让卢卡去把房门关了，不然待会儿一猫一狗要是进来捣乱，那才逗呢。

卢卡关了趟门回来，上半身已经裸了。

甘甜甜靠着床头，手搭在额前，对他的速度十分无语。

卢卡坐在床边"咔嚓"一声又解了皮带，正准备爬上床，甘甜甜突然说了句："卢卡，有一件事要问你。"

卢卡闷声笑，上床趴在她身上，嘴唇贴在她鼻梁上说："你想问什么？"

甘甜甜忽然就想恶搞地破坏一下气氛，挑眉道："这回装备带齐了？"

"随身携带。"卢卡扬了扬手指缝间夹着的东西。

甘甜甜哼笑了一声，眯着眼睛："第二个问题：你肯定不是处男吧？"

卢卡表情果然僵了，哑声道："不是，怎么？你介意？"他双眼盯着甘甜甜，做出了一个回忆的表情，登时像一只被打蒙的鸭子，"你们……中国人……介意这个？好像你们的确是有婚后才……的传统观念……"

甘甜甜悠悠闲闲地抽出一只胳膊枕在自己脑后，好整以暇地看着他："喂，你们意大利男人，平均多少岁就不是处男了？"

画风登时就变了，卢卡眨着眼睛想了想："十四……岁……左右？男生早一些，女生晚吧。"

甘甜甜："……"果然没成年就脱处啊！这么早就……不影响发育吗？

"亲爱的，"卢卡惴惴不安地紧盯她双眼，"你真介意吗？这个就算介意……也没有补救的方法啊！"

甘甜甜心里憋笑憋得已经想捶床了，她面上还维持着一派云淡风轻，不说介意也不说不介意。

"亲爱的……"卢卡贴着她蹭上来，讨好地在她眼角落下吻，贴在一起的身体温度越加得高，他这么一蹭动，甘甜甜也忍不住动情。

不过动情归动情，把持还是要住的，她还有问题没问完："我还有一个问题要问你。"

卢卡闻言又僵了，甘甜甜幸灾乐祸地心想，卢卡让她这么一吓一折腾，会不会就要不举了？

"还有什么问题？"卢卡声音都有点儿抖，他估计也是第一次遇见跟女朋友上床还得先玩问答游戏情况，这会儿也已经哭笑不得了，"你问吧。"

甘甜甜这才将真正想问的问题说出口："卢卡，我能跟你结婚吗？"

意大利语里嫁娶结婚都是同一个动词，她这么一说怎么有种……

甘甜甜把话说完，倒回去自己品了一下，不对！这怎么像是她在反求婚的节奏？！

"不是！"甘甜甜伸手抵住卢卡越靠越近的胸膛，避过他含笑凑上来的脸，辩解，"我是想问你，如果我们不分手，以后可以一辈子都在一起吗？"这话怎么又成誓言的味道了？

卢卡冷不丁在床上被逼婚，登时笑得只见牙齿不见眼，"啾啾"连着几口吻在甘甜甜嘴角。她欲哭无泪，偏头躲避，直接正中红心地说道：

"我就是想问你！你是意大利军人，国家会允许你跟一个外国人结婚吗？"

"你知道，我们的观念不一样，中国人不能没有婚姻，而你们意大利人，可以。"甘甜甜扳着他的脸，让他直视着自己，郑重其事地补充，"你可以跟我，生活多久？"

你愿意跟我，在一起一辈子吗？甘甜甜其实是想这么问的，她想如果卢卡回答她说愿意，那么就算没有婚姻，或许她也会同意。

卢卡凝视着她，不解地回答："国家为什么要管我跟谁结婚？"

"因为在我的国家，"甘甜甜道，"现役军人不能与外国人结婚。"

"在意大利可以，欧洲基本都可以，只要我们愿意。"卢卡笑着伸手捧住甘甜甜的脸，鼻尖抵着她的鼻尖说，"亲爱的，如果你想结婚，我们明天就可以去递交材料审查，没有人会阻拦我们。"

卢卡偏头含着甘甜甜的嘴唇，甘甜甜得到了想要的答案，抬手环住他热烈回吻。

屁哟！甘甜甜智商归零了半天才反应过来：明天周六，谁上班啊！

外国人可是两极化相当严重的，他们既是不婚主义的鼻祖，也是闪婚的创始人。

甘甜甜心说，她怎么就把这茬儿给忘了呢？

不过很快，她就再也没有机会去想这些了，因为卢卡在她耳边突然意味深长地拖着长音说了句："亲爱的，你好像之前说过，你的室友，周末都不回来？三天……都不回来？"

甘甜甜："！"她神经瞬间紧绷——你想干吗？

甘甜甜醒来的时候，发现她被某人裹成了一个球，她眯着眼睛盯着眼前空了的床位，心说：敢吃完就走，我弄死你啊！

她怒气值还没攒起来，卧室门就被推开了，某人光着上半身也不嫌冷，光脚踩在地板上，蹑手蹑脚走了进来。

甘甜甜听见了声音，但是没吱声，某人昨天刚跟她"坦诚相见"了一晚上，她虽然说不害羞，但总归还是有些不自在。她生平头一次以这种节奏谈恋爱，思维有点儿跟不上，下一步该干吗？角色应该有什么样的转变？她一点儿经验也没有。

她一不自在，就想做些能掩盖不自在的事儿，于是，她开始折腾自己了，翻来覆去想找个舒服的姿势"思考思考"下面的人生。

甘甜甜换了几个姿势都觉得不怎么舒服，一个姿势趴了没两秒觉得不爽又想翻身，身旁床位猛地下陷，被子被来人一把掀开。

她来不及侧头，就被人抱进了怀里，某人上半身裸着温度有些低，贴着甘甜甜保持原始状态的上半身，激得她不由得打了个抖。

"冷吗？"卢卡闷笑了声，跟她严丝合缝贴在一起，胸膛相贴不说，还做出一副鸳鸯交颈的经典姿势，在她耳边道，"还要不要再睡会儿？"

"几点了？"甘甜甜清了清嗓子，哑声问道。

"早上十一点。"

甘甜甜头埋在他肩膀上，如实而极尽简洁地说："饿。"

"饭已经做好了，就是来叫你起床的。"卢卡在她侧颈上吻了吻，甘甜甜对他的识相表示很满意。

甘甜甜趁卢卡出去关火盛饭的时候，爬起来去浴室冲了个澡。

她洗完澡出来对着镜子擦头发，浴袍宽松，领口歪斜，随着她动作一路敞着亮出了锁骨，她眼瞅着里面倒映出的暧昧痕迹忍不住脸红。

小爷纵横人间这么多年，最终让一妖孽收走了。

甘甜甜拿吹风机简单吹干了头皮，梳理了长发，将领口整理了一下，系紧了腰带，踩着棉拖鞋慢慢磨蹭到了厨房。

卢卡背对着她正在盛汤，后背肌肉紧实，身材着实不错。

他端着汤盘转身，甘甜甜歪着脑袋瞅他："你不去穿衣服啊，不冷吗？"

卢卡耸了耸肩，将汤盘摆在桌子上，又掉头去柜子里拿汤匙："衣服洗了啊，你这里又没有我可以穿的衣服。"

甘甜甜自动忽略掉他语气中的小委屈，坐在餐桌旁，接过他递来的汤匙喝汤。

豆子跟蔬菜煮成的汤，味道意外的鲜美，甘甜甜心里给卢卡的贤惠点赞，她就是喜欢卢卡的上道，居家技能全部点满，完全不用操心。

"等雪停了陪我去买衣服吧。"卢卡在她对面坐下，随意道，"我

"总要在你这里放一些备用的。"

"免谈！"甘甜甜抬头拒绝得干脆利落，却抑制不住地笑出了声，破坏了前半句话的霸气，"滚蛋！还想以后常来啊？"

卢卡闻言瞥了她一眼，咬着汤匙冲她弯了眉眼，笑得理所当然。

吃完饭，卢卡去洗碗收拾厨房，甘甜甜裹着浴袍抱着电脑在床上看电影。

卢卡绕到客厅，还贴心地给两个不待见他的一猫一狗各添满了一碗食物，这才回了卧室，反手关上门。

甘甜甜半靠在床头，卢卡一声不吭，直接跳到床上。甘甜甜吓了一跳，电脑差点儿让他晃到床下去，她按住电脑，转头瞪他："发什么疯啊？"

"我开心。"卢卡也不计较被子了，轻描淡写地说完话，抖开被子裹在身上，手臂却伸出去搂着甘甜甜，吻了吻她的鬓角，"周一我请假，我们去递交材料结婚啊。"

甘甜甜愣了愣，差点儿手一抖自己把电脑推下床，她啼笑皆非地拿脑门磕了他一下，说："你能不能别发疯啊？"

"我说真的，"卢卡一脸真诚地跟她对视，"你不相信我？"

甘甜甜嘴唇动了动，眨着眼睛实在不知道该说什么，婚姻不是这么玩的好吗？她这么一说，他就赶着一结，父母亲戚朋友一个都不用见？未来都不用考虑？这样的婚姻靠谱吗？能不能不这么随心所欲啊？

甘甜甜忍不住仰头问："我能问你个问题吗？"

卢卡顿了顿，眼睫眨得特别用力，企图遮盖住他抽抽的眼角，这孩子明显已经被甘甜甜折腾得有后遗症了，他故作淡定地扯出一抹笑，说："当然，亲爱的，你想问什么？"

"你喜欢我什么啊？"甘甜甜终于也俗气了一把，"一见钟情太扯了，你给我说老实话。"

卢卡："……"他是真的打算回答一见钟情。

"还有，从我来到摩德纳，你就总是能准确地出现在我的坐标范围内，"甘甜甜又抛了一个要命的问题给他，"上帝指引心有灵犀太扯了，你也给我说老实话。"

卢卡："……"他是真的打算回答上帝指引心有灵犀。

甘甜甜瞥了一眼电脑屏幕下方的时间，再抬头盯着他近在咫尺的俊脸，一点儿不客气地说："我给你十五分钟时间组织语言，如果你打算说谎，那么希望你的谎言永远不要有被我识破的那一天。"

卢卡："……"他是真的打算编……不是！他是真没打算说谎话！

甘甜甜右手举在空中握了握拳，霸气十足地给卢卡在空中展示360度拳头的3D实体："知道我上个男友骗我之后，被我拆穿的下场吗？"

卢卡："？！"

甘甜甜挑着眉稍冲他冷笑了一声，又故作云淡风轻地哼了哼，压低声线柔柔道："被我揍进医院了。"

"亲爱的！"卢卡的表情绷不住地裂了，他试图解释，将自己跟甘甜甜的前男友区分开，"我不是——"

"倒计时还剩 14 分 52 秒。"甘甜甜面无表情地提醒他。

卢卡被噎了一下，顿时哭笑不得。上完床才想着找事儿？他女朋友是反射弧太长啊还是太长啊还是太长啊？

事实却是，甘甜甜不是反射弧长，她是真心想跟卢卡谈完恋爱直奔婚姻殿堂，半辈子之后十指相扣白发苍苍。

有人说感情看似凉薄的人，其实最是重情，也有人说看似游戏人间的人，感情最是细腻。

甘甜甜看似万事不走心的，打小疯疯癫癫，在家人眼里三观崩坏，什么事儿都能大而化之，只要别触到她底线，她就是个脾气很好的人。

卢卡在别人眼里玩心重、好奇心强，看似是个不可靠的阅尽繁花的大众情人，实则心思又细埋得又深，整日端着一副俊朗贵气识风趣的公子模样，不扒掉衣裳看不到那一身肌肉都让人难以相信他是个军人。

甘甜甜对叶纯说，卢卡在她心中连缺点都没有，只不过是这人一贯会掩饰，将自己的缺点都藏得干净。

甘甜甜问他的两个问题都不是在无理取闹，一个外国人能迅速看上一个中国人，并且立即展开激烈追求，在她眼里不过两种情况：一个是那人是个对中文抑或是中国文化感兴趣的，另一个便是觉得对一个异国人好下手，能顺利拐带上床尝鲜的。

不然要怎么解释，在没有任何了解基础、审美完全不同、鸡同鸭讲不能沟通，还隔着人种的情况下，爱情能来得如此快，就像龙卷风？

甘甜甜面上强装淡定，关掉了声音，在看无声版的电影，内里已经翻江倒海纠结成了一团。

大多数感情难以维系的原因除了三观不和性格不对盘外，就剩下对伴侣信任度降低而导致的两心背离了。

甘甜甜实在害怕卢卡编造了谎言来哄骗她，她连这样的揣度也不想有。她跟卢卡认识不过半年，恋爱两个月，分别两个月，却已经让她心甘情愿交付了身与心。卢卡给予她的，比她回报他的要多得多，她又不傻，真假她能够分辨。

只不过有些问题，还是需要直视，说出来总比压在心里，最终压成一出狗血误会的前戏要好得多。

"准备好了吗？"甘甜甜云淡风轻地戳着电脑屏幕右下角的时间，偏头示意卢卡，扬了扬下巴道，"就剩两分钟了。"

卢卡眉头紧蹙，低头凝视着她，一副心事重重的模样。

我靠！甘甜甜只瞥了他一眼，就心里打了个突：果然有问题！

"亲爱的，"卢卡志忑地咳嗽了一声，慢吞吞地说，"等下我坦白从宽了，你可以揍我，但是不可以提分手，我们还没结婚呢。"

甘甜甜："……"不是，这画风怎么又不对了？

她顿时有些无力，挥手道："开始吧。"

"先从哪个问题开始？"卢卡撑着床头半把甘甜甜环在怀里，"按时间顺序吗？"

"对。"她抚额，气氛让这货两秒就搅和成异次元的产物了，"时间顺序……"

等卢卡开始将这些往事一一揭开的时候，甘甜甜才明白他为什么一直藏着掖着，因为某人一开始的确居心不良，而她也终究用不着更正对他的评论了，某人最拿手的戏码果然是惯于隐藏。

"第一次见你的时候，是巧合……"卢卡的措辞很小心，语速很慢，似乎知道下面所说的内容用意大利语表述，她会听不懂，自动切换了怪味英语，"在市中心，我在弗兰科的车上休息，你撞进了我们的车里，指挥弗兰科帮你追小偷……"

甘甜甜"嗯"了一声，示意他继续，要是第一次见面就居心叵测，那才叫真的神了。

"可是在那之前，发生了一些事情，几名亚裔女特工才引起一场大波澜，欧洲各国都在秘密追捕，突然见到一个身手不错的亚洲女孩儿出现，我们都心存疑虑……"卢卡说，"等到了下午，又遇到了你，你的职业有些不同寻常，很坦白地就晾了出来，可我们又觉得特工惯常会变换身份掩饰自己，过分的袒露或许就是隐藏的一种……"

是安珂跟她的同伴？甘甜甜不由得思忖，可不是说安珂是因为被卢卡连累的吗？

卢卡一直在观察甘甜甜的脸色，此时见她蹙眉，便知道她心中疑虑所在，插了一句话解释："这就是之前偷袭我的那名特工，说是我连累了她的原因。起初她与我们……算是有一丝的合作关系吧……比较微妙的关系，而她与那几位亚裔特工也并无关联。只不过我没有相信她，并认定她有嫌疑参与任务，便下了错误的决断与指令，害得她……挺惨……"

卢卡已经在边缘地带跑来跑去，尽可能地给甘甜甜讲解清楚事情发生的经过，而不越过保密工作的边框。

"然后呢？"甘甜甜从卢卡时不时流落出的担心的眼神中，隐隐觉得后面的故事可能不会太复杂，但是说出来一定会令她很不爽，果然——

"然后……"卢卡顿了顿，吁了口气，像是在自我减压，他硬着头皮继续道，"我就趁着受伤，抢了别人的任务，来盯着你……"

甘甜甜闻言嘴角抽抽，掀着眼皮斜觑他。卢卡压着一口气不敢喘，眼瞳里电光"噼啪"闪烁，试图色诱甘甜甜。

"看我干吗！"甘甜甜完全不买账，"继续！"

卢卡讪讪地笑了笑，摸着鼻头艰难道："然后，我就每天都能接收到，关于你行踪的线报……"

甘甜甜闻言夕了毛，她忍不住想抱着电脑当板砖，直呼卢卡左右脸。

"所以你那一段时间，总是准确地出现在我的坐标范围内，像个召唤兽一样？你借助高科技手段都做得这么明显了，还有脸说上帝指引心有灵犀一见钟情？！"

卢卡想扑上去抱她，给她顺毛的手被甘甜甜无情地一巴掌拍落，于是他只能退而求其次，转而用甘甜甜没办法阻止的语言攻势，继续道——

"但是！"卢卡眼瞅着甘甜甜的脸色已经开始沉得像是暴风雨来临的前兆，举手快速地解释，"但是各方面关于你的分析报告，都显示并无问题！我们很快就撤销了对你的盯梢！"

可是甘甜甜并不信服，联想刚来那一个月，处处都能见到卢卡的身影，他所谓的"撤销盯梢"是在什么时候？

"就在我弹竖琴之前！"卢卡抢在甘甜甜发问前，语气急切中又透出股惆怅，"可是我弹琴的时候，就喜欢你了，你的眼神让我想起了我的母亲。我小的时候，每逢我父亲弹琴，她坐在旁边眼神也跟你一样，你的眼神，让我觉得安心、心情舒畅，所以……"

他大爷的，这是个什么理由？甘甜甜转过头生闷气没理他，卢卡抬手托着她下巴企图将她的脸转过来，结果被她敏锐地避过了，他只好尴尬地继续道："所以我就让其中一条线路，继续帮我监视你的行踪，每逢你出现在广场附近，就通知我……"

"！"甘甜甜惊悚了，"借助职业便利，浪费国家资源，这么可笑的事儿你的上司不管啊？"

"啊？为什么要管？其实他也不知道啊，不过，"卢卡理所当然道，"大家都懂的，一切为了爱情。"

甘甜甜："……"搁我军身上，能大耳刮子扇死你！

"现在还保留着？"她扭头瞪他，不由自主地回想起公交车站那一场"偶遇"。

卢卡仰头，视线游移，含糊地应了一声。

这样便能解释得通了，所以她窝藏安珂那一次他也知道，第二天大早急火火地跑上楼来，显然已经是憋了一个晚上。她的嫌疑才消，就又跟安珂有了瓜葛，怪不得他那么紧张。

"说完了？"甘甜甜挑眉，冷冷地道，"所以撇去这些，你是想告诉我，你喜欢我的原因，是因为你有恋母情结？"

卢卡急道："怎么可能？我母亲在我十岁的时候就改嫁了，我已经十多年没有见过她了！"

"那你到底喜欢我什么啊？"甘甜甜抱着双臂，目光不善地盯着他，威胁道，"说得不好，你就立马滚到楼下，在雪地里面壁思过！"

这惩罚不轻不重，十足情人间的打情骂俏。

卢卡低头眸中突然带了笑，眉眼弯弯，他又使出了至贱无敌的一招——突然扑倒在甘甜甜身上，猛地吻住了她的唇，笑得胸腔都在振动："我就是喜欢你这副模样，有时候公主有时候女王。"

甘甜甜腿上的电脑让他扑得直接"哐当"一声砸在地板上，屏幕侧摔，凶多吉少。

"我的电脑！"甘甜甜登时推着他厚实的肩膀，气急败坏，"电脑被你弄坏了啊！"

卢卡非常大爷地道："明天给你买新的。"

我靠！甘甜甜愤然心道：这给的什么破理由？你不是该俗套地回答"你的所有我都喜欢"这个经典而又狗血俗气得让人边掉鸡皮疙瘩边暗自爽翻天的答案吗？！

内心没被满足的甘甜甜又一把扣住了卢卡的脖子，红着眼角杀气腾腾地说："我还有一个问题！"

卢卡："……"

"大部分的意大利人并不会在太过年轻的时候选择婚姻，你为什么……"甘甜甜顿了顿，话虽然没说完，但是卢卡明白了。

卢卡意味深的视线从甘甜甜脸上往下扫，从上扫到下，再扫回来，慢悠悠地说："我既然已经找到了一个身心都完全契合的伴侣，早结婚晚结婚还有区别吗？意大利人不愿意结婚，不外乎是讨厌约束、家庭与责任，我又不讨厌，为什么不结婚？"

"而且，"他欠揍地补充了句，"我的伴侣喜欢婚姻。"

甘甜甜："……"

论说情话的新知识！

两天基本都是在床上度过的，甘甜甜觉得自己都被饿瘦了，她周日凌晨就醒了，窝在卢卡怀里懒得动。

卢卡照着意大利人早餐的习惯，烤了几片面包，热了火腿，煮了咖啡。

甘甜甜吃了两口，却越发觉得饿了，这些东西根本不顶饱。

"我想吃饺子。"

"嗯？"卢卡愣了愣，显然没明白过来，"午餐？"

甘甜甜抿了口咖啡，苦得抖了抖："现在。"

"饺子……要怎么做？"卢卡茫然地问她，放下手中的咖啡杯，拿餐巾擦了擦嘴角。

甘甜甜发现，卢卡简直有二十四孝男朋友的潜质，她起身从冰箱上面的冷冻柜中抽出半袋饺子，示意地冲他抖了抖袋子，说："烧一锅开水，把它们扔进去煮。"

卢卡闻言自觉起来烧水煮饺子，照甘甜甜的指示等水滚了三滚后，把饺子捞出了锅，关火。

甘甜甜自己吃一个，喂卢卡一个，两人又分了半袋饺子，她这才觉得吃饱了。卢卡等她吃完又去洗碗，甘甜甜就靠着墙坐着，偏头盯着他瞧。

卢卡洗完，还仔细地将碗碟刀叉拿碗布擦干了，才放进碗橱里，转头拉了椅子坐在甘甜甜对面，又递给她一盘切好的水果，还在上面插了几根牙签，方便她拿取手指不沾上果汁。

她面无表情地道了谢，心想：体贴到这种程度了，今后想不胖成吗？

吃完水果，卢卡这才慢悠悠地对她说："待会儿我们出去一趟吧。"

"去哪儿？"甘甜甜忍住打嗝的欲望，撑得整个人又泛了懒，她本来打算今天再回屋躺躺的。

"去一个名叫热那亚的城市，在意大利的西北部，是意大利第二大海港，离法国很近。"卢卡说，"我们待会儿就走，当天来回。"

赶时间旅游不太像卢卡的风格，甘甜甜诧异地问："大冬天的，我们去海边吹海风啊？"

卢卡笑着探身吻了下她额头，故意卖关子："暂时保密，到了再告诉你。"

于是，甘甜甜被卢卡裹得像个球了，这才被他半搂半抱地拖出了门。

外面路上的雪厚得实在凶残，甘甜甜穿着包到小腿肚的雪地靴，故意走进没被清理的雪地里，抬脚踩进厚厚的雪层中，膝盖瞬间就隐身不见了。她突然就起了童心，扯着卢卡的手不走了，把另一只脚也踩进去，低头瞧着没入雪中的两条腿，觉得自己瞬间成了短腿的小矮人。

卢卡任她玩了一会儿，觉得时间差不多了，便环着她腰将她提出了雪地，道："再玩裤腿就湿了。"

甘甜甜应了声，跟着他往前走了没两步，就又不由自主往另一块雪地里走，临到跟前被机智的卢卡拖了回来，无奈地警告她："火车要开走了啊！"

甘甜甜郁闷地抬头瞥了他一眼，不甘愿地点点头。

遇见下雪，连她也年轻了十岁。

卢卡带着甘甜甜搭公交车去了火车站，买完票转头向她解释："博洛尼亚的雪更大，已经封铁路了，幸好我们的目的地是更北的城市，不然今天就走不了了。"

甘甜甜瞬间露出一副吃惊的表情，卢卡笑着吻了吻她的鼻尖，牵着她的手去站台。

甘甜甜落后卢卡半个身位，忍不住低头用空着的那只手的手指蹭了蹭鼻头，只觉得卢卡的亲密动作现在做得相当顺手啊。

甘甜甜上车就睡觉，好在选择雪天出行的人并不多。

卢卡将两个车座间的扶手推起来，让甘甜甜半伏在他怀里，火车一路驶出了大约半个多小时，才终于从一片雪白得几乎毫无杂色的世界中，进入了另外一个已经是初春的世界。

穿过伦巴第大区再往上，一个多小时后便到海滨城市热那亚。

甘甜甜睡得迷迷糊糊被卢卡唤醒，下了火车便耸了耸鼻子，果然，一股海风中特有的腥咸迎面而来，她刘海儿瞬间被刮得向上竖着飘起。

风虽然大，但并不是太冷。

卢卡转头一巴掌帮她把刘海儿压趴在头顶，这才眯着眼睛边笑边带着她出站，熟门熟路地在火车站前面找到了需要搭乘的公交车，上车用手机短信买了两张公交车票。甘甜甜不由得感叹：某人就是个活地图般的存在，比什么谷歌地图啊高德地图靠谱多了。

下车之后，卢卡先带她在车站旁的餐厅里吃了饭，吃完也不急，又带着她溜溜达达到了热那亚著名的费拉里广场，坐在喷泉附近吹着风，给她讲解热那亚城市的历史。

热那亚是一个很神奇的城市，大部分建筑是建在山上的，随着山脉高低起伏。市中心广场的位置很高，站在市中心广场往下看，笔直的一条主干道，向下倾斜的角度似乎超过了四十五度。

卢卡显然不是带甘甜甜来旅游的，他抬腕看表，直到三点才将她拉起来，从广场后的一条小道穿过去，带着她拐来拐去，最终停在了一座地势较低的小教堂前。

那座教堂规模简直不成气候，外观残破可怜，窝在一个小拐角里，跟摩德纳大教堂一比，就像是个被挤扁的小孩子。

甘甜甜站在教堂的台阶下仰头，一阵海风刮来，她瞬间脑补一堆树叶打着旋儿飘落，转眼间淹没了整个教堂的凄凉场面。

卢卡搂着她的肩膀，莫名其妙地深吸了一口气，眼中隐隐透出股郑重其事的味道，低头对她说："我们进去吧。"

甘甜甜点头，奇怪地瞅了他一眼，觉得下面的事情很可能又要有神转折了。

推开教堂厚重的木门，教堂内部的光线很是充足，只不过内里配置却有了些年头，而且并未加以修缮——几根粗壮的大理石柱子，几幅斑驳褪色的壁画，几排数量寒酸的长椅……与它的外观倒是相当的一致……

甘甜甜好奇地举目四顾，这个教堂看似残旧，却似乎人流并不稀少，祈祷蜡烛在铁架上被点亮了很多。一排排烛火跳动，生命力旺盛。

卢卡半跪在地上，虔诚地在正对中央十字架的位置单膝虚虚跪下，微垂着头默默祈祷，右手在胸前画十，片刻后起身，目光深沉而坚定，似乎连带着周身空气一并有了重量。

甘甜甜茫然地对上他一副英雄烈士赴死前的经典表情，眨了眨眼睛。

"我带你来这座教堂的原因，"卢卡低头凝视着她，像是每个字都经过了精心筛选般慢慢道，"是因为我知道，你还是没有完全信任我……"

所以，你带我来这儿忏悔、祈祷，还是发誓？甘甜甜做出了悟状，抬头瞥了眼前方高悬的十字架：这个教堂通灵，与上帝可以直接对话？所以誓言有人监督，做不到会被天打雷劈？

卢卡不知道她已经想远了，还在谨慎而缓慢地自说自话："这座教堂比较特别，很早以前有一个神父……"

他发现了这座教堂与上帝之间的关系？甘甜甜脑补。

"这个神父认为爱情不是一时兴起的产物，而是需要经过时间的考验，而婚姻更加神圣……"

哦？哦！甘甜甜发散性的思维闻言顿了顿：嗯？

"所以，神父便在教堂里的角落摆放了一个厚厚的本子，他让每对前来预约结婚的人，在签过了名字之后回去，等到两年后再来。如果两年之后这些情侣还在一起，并且还愿意步入婚姻的殿堂，那么他认为这些人会加倍收到来自上天的祝福……"

他说到这儿，甘甜甜已经懂了，她仰头，卢卡正好低头，四目相对。

卢卡说出了这个故事至关重要的结尾："但是，事实证明，能够挺住两年，返回举行婚礼的情侣少之又少……"

甘甜甜："……"

这个教堂它不是见证爱情的，它是见证分手的！甘甜甜突然就想给卢卡脑门一下：你这是脑袋生锈了吗？来这儿干吗，不嫌晦气啊？

她转身就走，卢卡刚讲完故事，就见女朋友沉着一张脸要跑了，吓得魂都快去追随上帝了，他赶紧探臂一伸把她的手腕抓住，也不敢高声，压低了嗓音诧异道："Dolcinna，怎么了？"

甘甜甜一把甩掉他的手，横了他一眼，没好气地说："你别告诉我你是来预约分手的！"

卢卡愣了愣，等反应过来她话中的意思又是感动又是甜蜜又是好笑，最终还是混成了一脸的啼笑皆非。他说："我带你来预约结婚啊！"

甘甜甜露出一脸"这两者有区别吗"的表情。

卢卡叹了口气，低声笑了笑，重新拉住她手腕，将人拽到身前解释"我说我们现在就结婚，你觉得不合适，不外乎是你觉得我们认识的时间还不够长，感情并不稳定。我带你来这里预约结婚，是想告诉你，我有信心，我们在两年之后会回到这里，举行我们的婚礼，并且受到祝福的加持。"

甘甜甜抿着唇低头，含混地应了一个意味不明的音节，她是刚才一时情急，情商瞬间就归零了，这会儿自己也有点儿窘迫。

"意大利人不像你们中国人，"卢卡轻声说道，"你应该明白的，我们看似不重视婚姻，但是我们一旦选择了结婚，那必然是心甘情愿，并且甘之如饴。"

滚蛋吧，甘甜甜翻了个白眼：不要逮着机会就给自己脸上贴金啊。

"所以，"卢卡牵着甘甜甜的手，带着她走到一侧的墙角，用眼神示意她看向铁质的书架上，托着的一本昏黄了纸页的本子，郑重其事地道，"今天是 2015 年 3 月 1 号，赶天天，你愿意与我——Luca Di Maggio，在此签下彼此的姓名，并且在两年之后，也就是 2017 年的 3 月 1 日，回到此处接受上帝的祝福，举行婚礼吗？"

卢卡目光灼灼地盯着她，甘甜甜却垂着头，长发盖住了脸颊，辨不清表情，卢卡忐忑而又期待，紧张得两只手心都在冒冷汗。

良久，甘甜甜才叹了口气，仰头瞥了他一眼，抬手握住了摊开的本子中间竖放着的那支有了些年份的钢笔，不自在地红了脸还强装霸气道："看什么啊，帮我把笔盖打开。"

卢卡瞬间就笑了，他把笔帽卸下，摆在书架上，抬手用还隐隐带着冷汗的手掌，包住甘甜甜握笔的手，两个人握着同一支笔，一笔一画慢慢地在发黄的纸页上，在几对情侣名字的下面，写上了他俩的名字——Luca Di Maggio&Gān Tián Tián。并在后面标注了日期——2015 年 3 月 1 日。

第十章

遇上这么一个人，想不沉沦，都没道理

甘甜甜第二学期的课程比较繁重，她总共需要补九门课的学分，才可以在九月份的时候顺利升上研究生，除了上学期的四门，这学期她还有五门课必须攻克。

至于等到了九月份，她到底是会选择法医硕士还是医学硕士，她想，她还是更倾向于重操旧业。毕竟对于医学来说，她只是补够了课程，却严重缺少实践。

甘甜甜现在对意大利语的学习已经渐入佳境，上课的时候也能够大致明白教授讲述的方向，虽然她还是不能够完全听懂。

而卢卡的工作安排也发生了一些变化，军校也已经开了学，所有教官全部各司其职，他短期内也不用再出任务，并且可以轮休周末，请假出校。

跟卢卡交好的那位教官，被他用甘甜甜带回来的好茶贿赂了一回，卢卡便占了对方的名额提前休息了一周还不算，第二周又恰好轮到他自己的假期，可以继续连休。

甘甜甜一直没有明白为什么他已经当上了教官，又需要时不时地出一些任务。貌似在国内，教官是不需要这么做的吧？

不明白归不明白，甘甜甜暂时又懒得问，好像恋爱谈到现在，很多情侣间应该关心的细枝末节都被他俩自动忽略了。

也不知道是他俩的神经都太过于粗大，还是当真觉得，这些其实都不重要。

比如现在——

卢卡靠着床头在看书，甘甜甜躺在他腿上玩 iPad，她突然反应过来，自己还不知道卢卡的生日跟年龄，偏头去问他。卢卡半坐起身抚摸着她脸颊，凝视着她意味深长地回答："我是天秤座的，跟你 100% 相配。"

甘甜甜："……"她对星座并不是很热衷，仅仅知道个大概，但是意大利人却非常推崇，连公交车上的移动电视里，都会滚动播报当天十二星座的注意事项与运势。

"问你年龄跟具体日期呢，"甘甜甜简直哭笑不得，"我还不知道你多大。"

卢卡手掌滑下她的脸颊，在她的脖颈与肩头轻蹭，轻描淡写地道："去年，我送你回家，路遇特工寻衅的那天，正好三十岁。"

甘甜甜："……"好一个别开生面的生日之夜。

"那天来找我的时候，为什么不说？"甘甜甜在他腿上翻了个身，侧躺着眯眼问他道，"你来找我，难道不是想让我陪你过生日？"

"是啊，可是你扔下我一个人走了。"卢卡遗憾而委屈地叹了口气，漫不经心地说，"好惨啊。"

甘甜甜又心疼他又好笑，伸手握住他放在肩头的手，十指交叉放在他腿上，他说完自己也笑了。

"你什么时候，会去看望你的奶奶跟爷爷呢？"甘甜甜仰视着他，暗暗算了算，卢卡已经三十岁了，就算他的父亲跟奶奶都是在二十多岁的时候就有了孩子，老人家现在也该七十多了。意大利人均寿命再领跑世界全球，老年人的日子却也是过一天少一天。

"你回来之前，我去过一次，"卢卡单手将书翻了个页，连想都没想，显然早就做好了打算的，他语气轻快地说，"复活节啊，会有一周的假期，而且马上就到了，我们一起去。"

"好。"甘甜甜心想，不知道中国厨艺可不可以打动两位老人。

"不过，"卢卡努力压制住了语气中的一丝不耐，"爷爷奶奶没有住在一起，爷爷住在家里，奶奶搬到了外面。我们复活节先去探望奶奶，改天再去看望爷爷吧。"

甘甜甜好奇地发出了一声疑问。

"这事比较麻烦，"卢卡叹了口气，握着她的手轻轻晃了晃，随手扔了书在床头，滑下身子躺平将她抱在了怀里吻了吻，"到时候再跟你解释，说多了心情不好。"

这是第二次了，甘甜甜暗暗道，卢卡提起那个所谓的"家"都会说不开心。

甘甜甜的室友们周末都不在家，正好方便了卢卡过来。按卢卡自己的话来说就是，他小时候是跟奶奶以及父母住在那栋市中心的老楼里的，后来他父亲出了事，妈妈又改嫁，他跟奶奶便搬走了。

再等他回来在摩德纳军校上学，便住了校，工作以后的住处也不需要他操心，所以他在摩德纳名义上的房产就剩那栋老楼了。

卢卡曾提过，他可以把那栋老楼整体休整一下，毕竟当时被某某无良人士撬锁出租之后，房间内也是一塌糊涂，再加上被那一把"无情"大火的烧灼……更加不能住人了。

待重新装修粉刷之后，他们可以搬进去，她也不需要再租房。

甘甜甜想了想，觉得单论上学方便的话，她还是希望住在这里，因为这学期开始她有了解剖实践，尊重天主教的信仰与说法，他们需要凌晨去医院解剖尸体。

住在市中心，来回太不方便。

卢卡点了点头，尊重她的想法，搂着甘甜甜浅尝辄止地亲热了一番，爬起来去做午饭，甘甜甜抱着 iPad 跟他进厨房，坐在餐桌旁玩着《植物大战僵尸 2》，时不时抬头瞧瞧他。

吃完饭，卢卡终于如愿以偿地拖着甘甜甜去市中心逛街，买了几身衣裳外加男士洗漱用品等等杂七杂八的一堆，两人拎着两手的袋子在罗伯托的店里又吃过了晚饭，这才准备往回走。

临上车，卢卡还拉她进车站旁的家居店里，笑容暧昧地买了一床双人被。

甘甜甜："……"

到家后，甘甜甜将塑料袋全部拆开，把需要先洗一下才能穿的内衫分拣出来，将外衫分门别类地摆放进衣柜中给卢卡腾出来的地方，卢卡就在她身后将其他的用品挨个摆放在相应的位置。

甘甜甜忙完抱着一堆内衫正准备去厕所，转头忍不住"扑哧"一声就乐了，卢卡将他的东西全部摆在甘甜甜东西的旁边，凑成一对对一双双的模样——两只靠在一起的水杯，两双紧紧偎依着的棉拖鞋，围成一圈像是在开集体会议的护肤品……

某人有时候真的像是个孩子，甘甜甜笑着斜了他一眼，去厕所给他的那些衣裳简单过水。

单人间里慢慢就变了味道，另外一个人的气息占的比重越来越大，甘甜甜边把洗过的衣服晾在衣架上边想：遇上这么一个人，想不沉沦，都没道理。

周一早上，解剖课的教授下发了实验时间安排表，他们一周有一次的解剖实践，前两周观摩，第三周开始以四人小组形式亲自动手，直到课程后期才会每人一具尸体。

甘甜甜跟乔托、玛尔缇娜还有维奥拉一组，她名正言顺被推选为组长，玛尔缇娜虽然不乐意，却也没那个能耐抢了她的头衔自己来。

乔托跟维奥拉还指望借助甘甜甜，在这门课上拿到30+的逆天分数。

不料，第一节课就出了大乌龙。

甘甜甜他们进医院的时候，头上连星光都没有，天气特别配合地营造出一种瘆人的环境，而一进入厅门，一股浓郁呛鼻而熟悉的福尔马林的味道，瞬间让她回想起熏肉。

"天天，呕！"乔托拽着她的袖子，干呕了一声说，"好想吐。"

"忍着。"甘甜甜无奈，这种味道谁不想吐啊，闻习惯就好了。

乔托委屈地吸吸鼻子。

第一节课，教授详细地解说完注意事项后，便招手让学生都围站在他身前的解剖台旁，近距离观看他做示范教学。

躺在解剖台上的是个年轻男子，赤身裸体，皮肤白皙，肩头有一片刺青，中等体态，表情安详且身上无明显伤痕，看似正常死亡。

甘甜甜打眼从头扫到脚，眼神里像是带着把锋利的小刀，已经在意识中自觉行动起来。

教授平淡无奇的嗓音毫无起伏感，反倒是激起了不少人的鸡皮疙瘩："第一步，我们需要将背部皮肤分离至颈部……"

一刀下去，皮肤还未被撕开多少，被福尔马林泡过的皮肤有些硬，翻开的皮肤翘着刀口，像是开了半扇的窗户一样，看似强悍牛逼傲气的玛尔缇娜白眼一翻，无声地晕了过去……

全体师生低头行注目礼："……"

教授司空见惯地拨打了内线，让医院里的值班医生上来把人带走，扔下手机后，重新戴上了手套，淡定地继续第二刀。

"第二刀，在枕骨下方进刀，切断头发，撕下头皮……"

然而，第二刀下去，室内一片寂静，刀口划过头皮的轻微声响瞬间像是被放大了一般，头皮翻开到一半，身高一米九的乔托"唧"了一声，身子猛地一抖，两只眼珠不自觉地挤在内眼角，形成一个明显的斗鸡眼，身体缓缓滑了下去……

他临倒还正好砸在甘甜甜身上，带得她一个跟跄。甘甜甜顿时哭笑不得，维奥拉捂着额头不忍直视地叹了一句："我的上帝啊。"

他们小组一次就阵亡了俩，前途堪忧。

教授无奈，只好放下了解剖刀，摘了手套，继续打电话："您好，麻烦您，再多来两个人，又晕倒了一个……"

教授说完顿了顿，抬头对着下面的一众学生，未雨绸缪道："还有谁觉得自己可能撑不下去，会晕倒的？"

话音未落，又举起了几只颤抖的手，教授略略一数，对着电话听筒补了句："待会儿可能还得麻烦你们，这届学生胆子尤其小，怎么能——"

教授顿了顿，恨铁不成钢地说了一个感叹句："怎么能这么小！你们在高中就应该已经接触过局部解剖了的啊？！"

甘甜甜不由得回想起当年她上学的时候，第一节课之后，她做了一个礼拜的噩梦。

没有人，是生来便无所畏惧的。

等课程结束，学生们挨个走出，表情各异，倒是再没人晕倒，那几个举手的学生可能也是被乔托跟玛尔缇娜给吓的，毕竟他们两人太惨烈。

教授临出教室还在甘甜甜肩头拍了一下，说："没事儿帮你的组员们练练胆子吧。"

甘甜甜啼笑皆非地点了点头。

乔托住在卢卡上次带她去过的玛莎拉蒂那个厂房附近的住宅区，乔托进了家门脱鞋脱衣服，直接蹭上了床拿被子把自己从头裹到尾。

甘甜甜抽着嘴角，想笑话他又不忍心，帮他关了卧室门跟房门，按原路返回。

她走到市中心附近的市民花园，天已经微微开始亮了，她顺着花园外的铁栅栏往里面望，一群长腿少年迎面跑来，绕着花园里面最外围在晨练。

三月的天，高温不过十来度，连暖气都还没停，这群人却跑得热气蒸腾，呼吸一丝不乱，脚下步伐齐整，看年龄跟乔托不相上下，左右不过十八九岁，浑身上下焕发出青春的活力。

队伍后面还缀着四名少女，长腿细腰、肤白貌美，长发在脑后利落地扎成高翘的马尾，身高比起前面少年丝毫不逊色，身材好得让甘甜甜都忍不住顿足。

少女的体力明显拼不过少年，却始终跟在队尾稳稳当当，也不曾脱队。

甘甜甜站着看了一会儿，等少女们远远跑走了，正准备抬脚走人，却不料领头的队伍又绕了一圈已经回来。

领头的那人迎着微熹的晨光，发梢轻轻跳跃，他拉开后面少年十来步的距离，面不改色心不跳、呼吸匀畅，目光始终直视前方，摆臂姿势标准专业，腿部肌肉紧致有力，他身上的短裤短袖与身后人群是同一款式，只是在胸前多了个表明身份的标志。

甘甜甜愣了一下便笑了，这真是——早起的鸟儿有福利，古人果然诚不欺我，天刚亮的时候出门，原来就能看见卢卡同学在领跑啊！

甘甜甜视线追随卢卡身影，一直到他转过拐角再没回来，想必是晨练已经结束，他们顺着公园另一侧的出口回了军校，甘甜甜这才懒洋洋地伸了个懒腰，准备回家补觉。

卢卡同学，啧，甘甜甜边走边笑，心道，你跑步的姿势也很帅啊。

第二周再上课，乔托跟玛尔缇娜倒是结成了同盟，一脸视死如归的表情，分别站在甘甜甜跟维奥拉的两侧。

教授思虑很是周到，相对于第一节课正常体型的尸体，他这次选择了一具身材矮小，但是体重严重超标的胖妹子。

医学解剖不需要关注尸体死亡原因，他们需要注意的是身体的各种组织与结构，对照图谱进行记忆学习。

而对于这种体型的尸体，在为了能够辨认出结构之前，必须做的准备工作便是先切割分离各种脂肪，并且注意不要将血管神经破坏。

教授用平淡无奇的嗓音，语无波澜的强调讲述，手下动作不停，技巧娴熟，手指灵活，分析到位，实践经验简直逆天。

教授将手术刀停在那人被剖开的腹腔上，顿了顿，甘甜甜注意到那人明显应该是常年吸烟的，肺部像是掉进了煤渣堆里又滚过几圈一样。

教授示意旁边的学生伸手，帮他往上推了推眼镜，这才解释："大家看，在这位女士的右肺门，有一个鸡蛋大小的肿块，应该是中央型 Ca。"

俗称肺癌。

围着的学生中，有人不禁发出一声低呼。

意大利男女抽烟的人都很多，而且平均年龄偏低。

教授满意地环视学生们微微变了的脸色，道："都看清楚了抽烟的后果了？该戒烟的就开始行动吧。"

甘甜甜盯着那个可怜的肺，心道幸好卢卡不抽烟。

上完解剖实践，甘甜甜专门又去了市中心的市民花园，站在对面建筑前，倚着墙打瞌睡。

凌晨的街道空无一人，空气潮湿，她扯了扯领口，缩了缩脖子，视线盯在公园门口。没多久，一队穿着统一白短袖短裤的青少年，跟在卢卡身后跑步进了公园正门，然后顺着公园围栏内跑大圈。

甘甜甜抱着两臂，嘴角抿出一个清浅而满足的弧度，每周见两面，明显不够啊！她视线心酸地追着卢卡的矫健背影心道，这可什么时候是个头啊？

这个问题，他们两个人始终没有正面提起过，只不过有一次，卢卡在跟她腻歪的时候，含含糊糊地说过一句："真想天天都可以见到你。"

他顿了片刻后，几不可闻地补了句："或许就快可以了……"

卢卡心思比她还重，甘甜甜觉得，有些事情，就算卢卡不说，其实也是放在心上了的，她不想催他。

一切顺其自然吧，她想，能解决就解决，不能解决就慢慢来，有这么一个人每周能陪她两天，已经比之前的二十六年，都要好了。

甘甜甜在花园对面一直待到卢卡带着人又跑了出来，结束晨练回学校。她伸了个懒腰，向上舒展双臂，忍不住又滑出个哈欠。

天已经亮了，甘甜甜顺着花园对面这边的人行道慢慢往前走，悄无声息地踩在湿漉漉的石砖上。

卢卡带着学生正准备经过一个十字路口，然后左转。

直向通行的路灯还没有变过来，虽然晨起没车，不过卢卡教官也不能带领一群学生破坏交通规则。

他站在路口随意转了转头，却意外注意到了对面两手插在大衣口袋里，同样顿足在等待变灯的甘甜甜。她正仰着头，像是在出神。

卢卡一瞬间错愕，片刻后，转头对身后队伍做了个原地等待的手势，他正准备走下人行道到马路，又笑着再侧身对学生做出了一个噤声的动作，他眯着眼睛，右手食指竖在唇间。

一群学生莫名其妙。

卢卡做完动作穿过横着的那条马路，拉开长腿几步到了对面，在众目睽睽之下一把从背后抱住了正在出神的甘甜甜。

甘甜甜吓了一跳，正想抬肘后击反抗，却听见抱住他的人在她耳边轻声道："你怎么知道，我早上会来这里跑步？"

甘甜甜嘘出一口气，偏头跟他交换了一个清浅的吻，笑着如实说："上个礼拜做完实验，送胆小的乔托回家，碰巧看到的。"

"所以今天又来等我？"乔托拿鼻尖蹭着她额头，动情地呢喃，手上力道越收越紧，"你很想我啊。"

"想啊，"甘甜甜坦然地点点头，手握在他搂在她胸前的双手上，凑过去又主动吻了吻他的唇。卢卡刚跑完步，身上热气蒸腾，一头一脸全是汗，他鼻尖蹭得她额头一片汗湿，甘甜甜笑着咬着他下唇磨牙，"你把汗蹭到我脸上了。"

"嗯，"卢卡笑着应了一声，他抬头瞥了眼已经跳了颜色的路灯，埋在她颈间深吸了口气，"你转过来，好好接一个吻，我要走了。"

甘甜甜也把那一队青少年给忘了，色令智昏地转身搂着卢卡的脖子，闭着眼睛跟他深吻，却没注意到卢卡举起一手冲着对面一群一直保持安静，看热闹看得颇有军中秩序的学生连打了两个手势，意思是让他们自行过马路，停在对面等他。

学生的队伍在领头两名队长的带领下穿过两个路口，卢卡终于放开了甘甜甜的唇，冲她"瞥啪"放电似的挤了挤眼，两步过了路口，走到队伍的前头，若无其事地带着一队学生迎着晨曦回学校。

甘甜甜转身抬头，瞬间石化。我靠！她一张老脸，在对面几十双眼神暧昧的注目礼下，红了个通透。

周五卢卡意外地没来，甘甜甜出了实验室就迫不及待地掏手机，干干净净的屏幕上没有未接电话也没有短信，她只当卢卡是学校临时有事儿，也就没催。

甘甜甜晕晕沉沉小睡了一觉，醒来的时候，手机在她枕头旁不停在闪，她偏头眯着眼睛辨认着上面不知名的号码，伸手接通了电话，慢悠悠地唤了声："卢卡？"

卢卡在那头闷声笑了笑，声音半是愉悦半是满足："你总是能猜到是我，我的手机没电了。"

甘甜甜累得不想说话，哑着嗓子应了一声。

"我今天跟明天都不能过去了，"卢卡遗憾地说，"朋友这周只能匀一天的假期给我，我很想你。"

卢卡嘱咐她要早点儿休息，然后又道："你要起来吃些东西，然后好好睡一觉，后天早上跟我去米兰吧？"

"去米兰干吗？"甘甜甜半死不活地问，她现在只想周末连睡两天觉。

"你别问，全部交给我，只说去还是不去？"卢卡低声笑道，尾音挑起满满的期待，他舌尖一卷声似呢喃道，"Dolcinna？"

甘甜甜耳朵应景地烧了烧。

卢卡压低嗓音笑着说话的时候，似乎总是能带出些许不经意间的挑逗，用声音便能演绎出情人间常有的那种耳鬓厮磨间才有的亲昵暧昧。

甘甜甜认命地叹气，成功地被美男计勾走了："去。"

"那就说好了，"卢卡在电话那头愉悦地闷声笑，"Dolcinna，周日早上六点半，我去你家楼下接你，我们坐火车过去。"

"这么早？"甘甜甜挪了挪身体，把脑袋埋进枕头里，困倦得眼皮直打架，嘀咕道，"不能晚点儿吗？十点半怎么样？"

"不怎么样。"卢卡笑着反驳，"我们必须在八点半之前抵达米兰中央火车站。"

甘甜甜眼睛已经黏在了一起，不得不承认，某人的嗓音有让人安心的力量。

"Dolcinna，你可以在火车上睡，"甘甜甜意识被睡意彻底侵袭前，听到他暧昧又贴心地说，"我的肩膀、大腿和胸膛，你可以选一个，作为借你的枕头……"

甘甜甜反叛心理顿起：选什么选？！都是小爷的好不好？！

甘甜甜一觉睡到第二天中午，她睡得太久，大脑缺氧，头重脚轻地坐在餐厅里，边喝牛奶边刷微信朋友圈。

叶纯的朋友圈一如既往的干净，除了偶尔给叶妈的自拍点个赞；她哥的朋友圈依旧腻歪，每日大晒特晒跟叶纯的一切互动：吃饭晒桌布，看电影晒屏幕，连一起逛个街也要晒一晒柏油马路；她妈似乎也是受了叶妈的影响，没事儿换个新衣服也要发上来一套自拍照；老李十年如一日不变地抱怨今天送来科室的尸体死相惨烈……

甘甜甜手指往上滑动，细细地翻看，一条不落地挨个点赞。

这些，如今都是与她隔了七个小时时差，隔了半个地球的亲朋好友。

甘甜甜看到好笑的消息，忍不住牙齿咬着玻璃杯沿，笑得直拍桌子。

直到，她在满满都是中文的屏幕中，发现了一串意大利语："为什么时间过得这么慢？亲爱哒，后天见，晚安！"

那是卢卡申请了微信号后，发的第一条朋友圈，时间是昨天晚上九点，挂了电话之后一个小时。

甘甜甜牙尖在杯口上磨了磨，盯着那条朋友圈看了半晌，手指一滑往上拉了拉，翘着嘴角故意不给卢卡点赞。

甘甜甜喝完豆浆，又去洗了个苹果啃了，啃完苹果又去剥了个橙子。

她杂七杂八地吃了一堆东西后，又心不在焉地随手开了瓶桶装的矿泉水泡了袋金骏眉，手捧着杯子靠着琉璃台出了会儿神。

等甘甜甜毫无所觉地将一杯凉茶喝了，转身进厕所打算将脏衣服洗了，结果又把柔顺剂当洗衣液，倒进了洗衣机的时候，她终于叹了口气，坐在马桶盖上后知后觉地笑了。

她手撑着下巴，无奈地掏出手机，重新翻找到卢卡的那条状态，光速地点了赞：哎，遵从本心吧，不点赞不舒服啊！

似乎生物钟已经习惯了每周这个时候，某人都会陪着她，他们会一起去超市挑选新鲜的食材，某人会下厨做意大利菜给她吃，某人会抱着她窝在床上看电影，某人会拿吻跟体温熨烫她。

某人突然的缺失，对于甘甜甜来说就像少上了两滴机油，整个机械运转的方式都不对了。

当天凌晨，正赶上1时区更换夏令时，时间莫名其妙地走快了一个小时，从冬令时与国内的7个小时时差，变成6个小时。

甘甜甜半夜失眠，捧着手机在被窝里盯着电子时钟上的数字，凌晨01:59:59的下一刻，倏然跳成了03:00:00。

她心脏跟着数字的突然变换，"嘭"一声，剧烈跳动。她就那么瞪着手机屏幕上持续跳动的数字，似乎觉得这一切都有点儿魔性了。

六点半，天已微亮，天边橙黄色光晕的颜色很是梦幻，碧空无云，天空蓝得像是加尔达澄澈的湖水。

甘甜甜神情怏怏地坐在楼梯口的台阶上等卢卡，跟没充满电似的。

她一晚上没睡，现在困劲儿上来，当真是凶残得想挡都挡不住。她把脑袋埋在臂弯里，迷迷糊糊地打着瞌睡，隐约听见敲击玻璃的声音。

声音不大，很有节奏感，"咚咚咚"，像是一首无名小调。

她茫然抬头，从模糊的视线中，只依稀瞧得出楼门外站着的那人的一个大致轮廓。

那是一道颀长的身影，身材略显瘦削。是她……唔，爱着的人。

"Dolcinna，开门。"卢卡在门外敲了一阵玻璃，大清早的，又是周末，他下手控制着力道，生怕动静太大惊动邻居。

但是甘甜甜明显困顿得连反射弧都无限拖长了。

卢卡敲了一会儿玻璃，敏锐地分辨出了甘甜甜用表情传达给他的话——困！不想动怎么办？

卢卡啼笑皆非，他蜷起的指节顿在半空，眯着眼睛偏头想了想，贴着玻璃张口哈了一口气，提指在凝结的水汽上，一下一顿，写写停停。

片刻后，四个歪歪斜斜、字体结构松散的汉字，赶在水汽彻底消散前，赫然出现在玻璃上："甜甜，开门。"

甘甜甜维持着坐姿，一直盯着那四个汉字连带着雾气消失殆尽，这才满意地起身拍了拍裤子，按了开门的按钮，将楼门打开了。

门锁弹开的一瞬，卢卡就从门外蹿了进来，速度快得惊人。

他扑到甘甜甜身前，伸出两手抱着她，垂头狠狠在她唇上亲了口："亲爱的！你故意让我着急是不是？！火车就要开走了！"

他说完，转身拉着甘甜甜就往外跑。甘甜甜让他拽得两脚差点儿离地，飘在后面愤愤地控诉："凌晨怎么就突然跳过了一个小时啊！"

卢卡："？"

"我一晚上都没睡着！"甘甜甜故意掐紧他的手，耍无赖拖长了尾音，"我快困死了啊啊啊啊啊！"

卢卡"扑哧"一声就乐了，他飞快转身在甘甜甜脸上咬了一口，甘甜甜"嘶"了一口，捂着脸瞪他。

"亲爱的，"他眨了眨眼睛，笑意从眼底一点点泛出来，转而换了姿势，带着她的肩膀将她半搂半抱拖到马路旁的停车位上，顺手还在甘甜甜的臀尖上掐了一把，"我说过了，胸膛跟大腿，等你上了火车任选其一。"

甘甜甜被他掐得一个激灵，困意登时就烟消云散了。

卢卡不止抢了他那位可怜同事的一天假期，还将人家的座驾开走了。他将甘甜甜塞进停靠路旁的车中，将车开到摩德纳中央火车站外，找了个车位停了。

卢卡开了门快步下车，本来想帮甘甜甜将车门拉开，不过甘甜甜速度太快，等他跑过来，她一条腿已经伸出来了。

卢卡只能机智地将手掌挡在门框上，略带着点儿纠结地对她说："亲爱的，小心，别碰头。"

甘甜甜揶揄地挑眉看了他一眼，似笑非笑。

某人的绅士做派遇上了她的行动派，瞬间委屈得都要哭了。

卢卡无奈地吻在她写满笑意的眼睛上，甘甜甜条件发射地闭了闭眼，眼皮上温软的触感一触即离。

甘甜甜睁眼，卢卡已经掉头往车尾去，她好奇地尾随他过去，见他从车后背箱中取出一个黑色的长条盒子，宽不过四十厘米，长不及一米。

卢卡将盒子背在背上，启动了车的防盗系统，又在旁边的自动机器上预付了停车费，这才招手对她说："走吧。"

甘甜甜跟在他后面进了火车站大厅，耐不住好奇心的驱使，头不停往后转，瞧他背后的盒子："你拿了什么？"

"到了米兰，你就会知道。"卢卡故作神秘，像是个职业卖安利的，"你会见到另外一个意大利，一个比摩德纳更大的意大利。"

甘甜甜耸肩，卢卡神秘地笑着对她眨了眨左眼，拉着她的手腕将她拖下了地下通道，他们的车次貌似已经快到了。

从摩德纳到米兰，普通的绿皮火车需要两个半小时。

甘甜甜站在三号站台上，怔怔地望着迎面过来的红白相间的火箭头型车头，诧异地偏头问卢卡："这辆？"

卢卡点了点头。

"你有这么着急？"

车身上标有Frecciabianca字样的特快列车停在了站台前，电子车门"叮"一声缓缓拉开。卢卡拉着甘甜甜循着车厢外的标识，找到了他们的车厢，示意甘甜甜先上。

甘甜甜第一次坐这种快车，快车比慢车票价翻了一倍不止，若是不赶时间，其实并没有这种必要。

卢卡在一排椅子前停下，将甘甜甜按在靠窗的座位上，做出一副痛心疾首的表情："很急！"

他将肩上的长盒子放在上面的行李架上，又将休闲系的黑色风衣外套挂在靠窗的衣钩上。

卢卡今天反常地穿着一身运动装，他贴身套着一件纯棉的白色T恤长袖，下身是条铁灰色的修身运动裤跟耐克的运动鞋。

他交叠双腿坐在甘甜甜身边，转头凝视着甘甜甜拍了拍大腿，又拍了拍挨着她的那个肩头，眯着眼睛笑道："你想枕哪一个？"他说完，暧昧地冲她挤眼，手放在大腿上暗示，"我更希望你选择它们。"

甘甜甜故作呆滞表情，跟听不懂一样，兀自把外套脱下来盖在身上，头枕着椅背，眯合双眼，静等开车。

卢卡遗憾地在她身旁叹气，夸张得像是在演话剧，一口气叹出了不可言喻的心酸。甘甜甜闭着眼睛没理他，嘴角却忍不住翘了翘。

过了没两秒，卢卡已经将扶手悄悄掀了起来，他拉过甘甜甜的胳膊，将她抱在怀里。甘甜甜自觉调整了一个舒服的姿势，觉得他透过衣裳传来的体温，缓缓熨烫着整颗心，就像是一瞬间，灌满了新鲜的氧气。

车程一个小时五十分钟后，他们到达了目的地。

甘甜甜甫一下车便被震撼了，意大利人的艺术果真是遍布各个行业，她的头顶是用裸露的钢筋交织在一起架出来的穹顶，宏伟壮观，富有一种理性而独特的美。

播报员的甜美声音，在空旷的火车站里显得异常空灵，熙攘人群在甘甜甜眼前经过，建筑物本身的冰冷被嘈杂与热闹融化殆尽。

"很好看？"卢卡跟她并肩站在一起，伸手环在她胯骨上，漫不经心地仰头欣赏那些有序地盘绕在一起的钢条，笑着说，"如果你喜欢这种风格，我们有空，可以一起去巴黎看埃菲尔铁塔。"

"好。"甘甜甜笑着应了，"我听我嫂子说起过埃菲尔铁塔。"

卢卡逮着机会自夸，一点儿也不含蓄："对，设计师是个深情的男人，意法的男人，就是这么执着而深情。"

甘甜甜："……"

"难道你要否认？"卢卡偏头俯视她，故意强调，"你真的要否认吗？"

甘甜甜糟心地抬头瞥了他一张写满"求表扬"的脸，在他期待的眼神中，抬手把他脑袋推正，一声不吭就往前走。

"喂！"卢卡跟她前后错了两步，他俩之间正好插入一小队人流，举着小旗子的导游"呼啦啦"在前面摇着旗，后面跟着一溜儿男女老少。

"喂！"卢卡一双大长腿瞬间成了摆设，他被堵在后面前后左右都难以突围，只能焦急地大喊，"Dolcinna！别乱跑！你会迷路的！"

甘甜甜背手在前边走边笑，听到他唤她，就那么理所当然地停下了脚步。片刻后，卢卡赶过来，他脚下不停，经过她身边的时候顺手拉住她的手腕，拖着她抬起来装作凶狠地在她手背上啃了口，然后拉着她往前走，这一套动作他做得自然流畅。

卢卡昨天是肉没吃着吧，甘甜甜"啧"了一声抗议："哎！你的口水！擦擦！"

卢卡闻言转头，将她一把拉近了，吻在她唇上跟她在大庭广众之下堂而皇之地深吻。

他们身后是一队中老年旅行团，两边是来去步履匆匆的旅人，头顶的钢架穹顶撑出广阔的空间，就像是一个小世界。

舌尖似乎是有吸力，在这种众目睽睽之下，甘甜甜另一只手不由得摸上他前襟，揪着他的衣领，闭着眼睛，脸皮跟胆子都莫名涨了一个加号。

卢卡吻够了，舌头收回来的时候，故意在她唇上舔了舔，鼻尖抵着鼻尖，嘟嘴吹了个口哨，暧昧地说："亲爱的，要这样擦擦吗？"

碰上流氓，段数不够，不过这不妨碍甜甜哥燃烧熊熊灵魂。甘甜甜霸气地拽着卢卡的领口，冲他脸上吹了口气，隔着风衣下摆，抬腿拿膝盖飞快地蹭了某人的某个部位一下，蹭玩立刻收手走人，绝对的管杀不管埋。

卢卡一怔，喉头不由自主动了动，甘甜甜在前面蹦蹦跶跶，像是个顽皮的孩子。

甘甜甜恋爱谈得她久违的本性一点点被勾了出来，最近越发贱痞起来，在某人面前不加遮拦地做些恶作剧跟小玩笑，肆无忌惮。

卢卡站在原地啼笑皆非了半晌，这才赶紧追着甘甜甜跑了过去。

第十一章

亲爱的，你睡，我抱着你下车或者你醒来自己走，你选一个

米兰中央火车站外围是石材制成的墙壁，每隔几米，还有神似辛巴的石狮雕像。地铁站就在外厅地下，通过向下的传送电梯就能到达。

卢卡带着甘甜甜下到地下二层，找到了地铁的入口，又在自动贩卖机上买了票，打票进了地铁，找到了开往市中心方向的 M3 号黄线地铁上了车。

卢卡带她乘坐的是开往市中心方向的线路，临近还有两站时，瞬间拥上来了一群人，他们身上几乎穿着统一的蓝色运动服，套着个翠绿色的印着一串数字的小马甲，背上还背着一个同色的小背包。

这是……运动会啊？

甘甜甜愣愣地仰头捱个打量，男女老少都穿得精神，下身运动裤运动鞋，倒是跟卢卡的风格一致。

"我们……"甘甜甜转头，视线探究地盯着卢卡，说，"你该不会是要带我去……"

卢卡眉眼一弯，笑着说："哦亲爱的，我什么都不知道。"

甘甜甜："……"

典型的此地无银三百两……

甘甜甜下意识低头瞥了眼自己的裤子跟鞋，好在她基本周末都穿得运动而休闲……

等车到了站，一车厢的人热热闹闹地往下挤，甘甜甜缀在队伍最后面，跟着人群慢慢往出口磨蹭，卢卡背着他的匣子，揽着甘甜甜，心情无限好。

甘甜甜基本已经确定，他们是跟着一起来参加运动会的，只是不知道这个运动会是个什么形式。

等他们出了地铁站，望着满广场的人，甘甜甜这才觉得：她又土鳖了……

米兰多莫大教堂前的广场，实在比摩德纳大广场大出不少，起码担得起"广场"之名。

然而，这并没有什么用处，再大的广场此时也是水泄不通，统一着装的男女老少人挤人肉贴肉，热闹喧嚣。

靠近马路的一侧搭着一溜儿绿色帐篷，卢卡拉着甘甜甜艰难地从人缝中穿梭，挤进帐篷中，在接待处登记签名，领取了两个沉甸甸的绿色小背包。

甘甜甜接过递来的其中一个，拉开袋口往里瞧了一眼。

"我提前在网上报了名的。"卢卡拉着她站到帐篷的角落，兀自将匣子竖在地上，脱了外套搭在匣子上，从手中的袋子中取出一个包着塑料袋未拆开的蓝色阿迪运动短袖，对她解释道，"今天是米兰全民环城马拉松，非专业组只需要在规定时间内跑完五公里，就可以得到一个纪念奖牌。"

甘甜甜点头，垂着脑袋在背包中瞅到了一瓶运动饮料、一包饼干、一包袋装酸奶，还有两包……薯片？这怎么一股浓浓的春游节奏？

卢卡也没管她，利落地一把将衣裳外包袋拆了，将短袖抖开套在白色的 T 恤长袖上，又从里面掏出一个折叠得十分整齐的绿色小马甲套在肩上，将左右两个绳结都系上了，这才抬了抬甘甜甜的下巴，将她低垂的脑袋抬起来，说："亲爱的，快换衣服，就要开始了。"

甘甜甜保持着端着双手的姿势抬头，肤白貌美的卢卡一张小脸让蓝蓝绿绿映衬得越发白皙，头发因为套衣裳微微蹭乱了些，像是个活力的少年模样。

"帅！"甘甜甜直白地赞了声，脱了外套，接过卢卡递给她的印着活动 logo 的运动衣往脑袋上套。

米兰不愧是时尚之都，统一服装上大片的印花设计得挺漂亮，而且颜色不怎么挑人，男女老少皆适宜。

甘甜甜穿好衣裳正在整肩膀，冷不丁卢卡一张俊朗欺近，卢卡嘴角噙着笑，意味深长地说了句："亲爱的，你不是喜欢制服系吗？怎么，对运动装也……"

甘甜甜一头雾水："我什么时候说过喜欢制服系了？"

卢卡拿鼻尖蹭了她一下："我刚认识你的时候，每次都在你面前穿不同风格的衣裳，你只有在我穿那套仿海军制服的那次，夸过我啊。"

"你……"甘甜甜哭笑不得，"你那个时候每天都穿得帅得离谱，就是为了试探我的喜好？"

卢卡闻言挑了挑眉稍，没说话，亲耳听到女朋友夸自己"非常帅"，简直心花怒放。

甘甜甜推了推他一张心满意足的脸，探手从口袋里揪出属于她的号码衣。卢卡凑近脑袋又在她唇上碰了下，等她套好了马甲，帮她绑一侧的绳子，还打了个蝴蝶结。

甘甜甜绑完另一边转头，卢卡还在专心地将蝴蝶结的两个圈拉成对称的。

甘甜甜："……"

卢卡完成他的艺术品，又弯腰将他俩的外套叠好分别收进两个背包里，扎紧包口，俨然一副仔细的居家好男人模样。

甘甜甜跟卢卡各背了一个包。

卢卡低头提着他的匣子，示意甘甜甜跟他出去。

卢卡临出帐篷，掏出手机瞧了一眼，甘甜甜瞥见一条未读短信，她也没多看。卢卡却明显一副喜出望外的表情，他激动地拨了电话出去，将手机扣在耳朵上，惊喜地大声道："奶奶，您真的来了？我们在帐篷入口，您在哪儿？"

甘甜甜闻言，突然腰杆一僵傻了。

啥？！

甘甜甜此时只有一个想法：这就要见家长啦？！

她紧张地伸手摸了摸后脑勺儿上的马尾：嗯，很好，没歪，发型保持良好。

然后她又不由自主地抬头拍了拍肩膀，顺了顺袖口，拉着衣摆扯了扯。

卢卡激动地打完电话，扭头就见甘甜甜面上摆着一副淡定从容的表情，手已经不知道该往哪儿摆了。

"亲爱的，"卢卡莫名其妙问道，"你怎么了？"

甘甜甜斜觑他，紧张得嗓子都隐隐有些干涩："你奶奶……来了？"

"对啊，"卢卡笑了，眼角的痕迹压出几许的温柔，"奶奶前些天有些感冒，虽然报了名，但是说不确定会来。刚才她打电话来，说也到了，正在赶过来。"

"你为什么不早说啊？"甘甜甜懊悔道，"我都没准备。"

"要准备什么？"卢卡茫然地回视她，想了想恍然大悟，"亲爱的，见奶奶，你紧张啊？"

甘甜甜实诚地点头，表情是淡定的，内心是咆哮的：见家长啊！还是 Boss 级别的家长啊！怎么可能不紧张！

甘甜甜觉得自己已经站成了一根木桩，她僵硬地竖在卢卡身旁，面前全是人。

卢卡等了等，似乎是在人群中瞧见了奶奶，他低头对甘甜甜道："你在这儿等我，不要走，人太多了，我去接奶奶过来。"

甘甜甜点头应了声好，卢卡侧身从人缝中挤进去，艰难地前行。

前面活动负责人员正在将两个用无数个气球绑成的巨大叹号模样的气球塔从下面拆开，将气球分给附近参加活动的人。

不时有气球飘上半空，甘甜甜仰着头瞧着，冷不丁就有两个气球停在了她面前，她低头，一个老妇人笑着将手中拽着的绳线递给她，说："给你。"

那是个精神爽朗的老太太，一头银发盘在脑后，模样温柔而又干练，笑起来脸上会有纹路很深的皱纹折痕。

只不过这没头没尾的，甘甜甜眨了眨眼，那老妇人也不急，越加笑得开心，友善地将手中绳子向她递了递："你不喜欢气球吗？我以为孩子们都喜欢的。"

甘甜甜愣愣地伸手接过，当老妇人只不过是因为路过被分到了气球，但是却不大喜欢这些东西，想分给她，便笑着道了声谢谢，将细线绕在左手食指的指根上，又冲老妇人笑着解释："我喜欢，不过我已经不是孩子了。"

"怎么会呢？"老妇人温柔地笑道，"在我面前你们都是孩子。"

她用的是"你们"，甘甜甜眼皮一跳，心说这该不会就是卢卡的奶奶吧？

甘甜甜纠结地瞥了她一眼，抿着唇想问又不知道该怎么开口，老妇人似乎瞧出了她的踟蹰，不说话只是笑，停在她身旁也不走，悠悠闲闲地抬首四处瞧。

甘甜甜这辈子第一次见家长，技能还没点亮她简直不知道该怎么办，整个人的智商跟情商瞬间一落千丈，生怕一句话说不对，戳中两国文化间不重合的那片区域就糟糕了。

而且，卢卡同学也不知道跑哪儿去了。

说好九点开始的活动一直在拖延，人数太多，意大利人的组织能力又歇菜了，远处有一大片气球被放上了天，白色的气球迎着太阳飞上蔚蓝的天空，引起阵阵惊呼。

"你瞧，"老妇人突然出声，温和地笑了笑，主动跟甜甜交谈，"是不是美极了？"

甘甜甜点头，提着口气笑着说："对。"

陆陆续续又有大量的气球被放上天，极目眺望，满眼的白色气球遮云蔽日，挡着太阳，身披柔光，甚至有了几分别样的壮观。

身旁有工作人员从帐篷里出来，给等待得焦躁的人群解释说："请大家再稍等片刻，因为参加活动的人数太多了，前面虽然已经开始出发，但等到这里还需要一些时间。"

老妇人听到他的说辞，点头示意甘甜甜看向她自己身前六位数的号码："今天真的很多人。"

意大利人会生活也爱运动，虽然不知道这个号码位数与人数有没有直接的关系，但是就目前广场上的这个人数来看，四五千人绝对是有了。

甘甜甜正紧张地手抄在裤子口袋里，踮脚越过重重脑袋搜寻卢卡同学的身影，她正犹豫要不要给卢卡打个电话，老妇人便出声吓了她一跳——

老妇人调皮地学着她踮脚张望，说："孩子，你在找谁？找卢卡吗？我让他去买水了，因为我不喜欢背包里的运动饮料，他马上就会回来的。"

甘甜甜闻言脚尖一软，差点儿扑倒。

她僵着脖子转头。

老妇人眯着眼睛笑得跟卢卡一样温柔中带着戏谑，估计也是实在忍不住了，说："天天，我以为你知道是我，结果直到现在你还没认出来，对不对？"

甘甜甜："……"

她嘴角挑出一个赧然而又欲哭无泪的笑：现在穿越回去，让她跟卢卡奶奶热情地来个拥抱，大方地自我介绍还来得及不？

卢卡你个坑爹的，你就不能发个短信告诉我一声，你奶奶正在靠近吗？！

卢卡大手抓着两瓶水，就是在甘甜甜从脖子一路烧红到额头的时候回来的。

甘甜甜蹲在地上，头埋在两臂间简直没脸抬头，奶奶笑眯眯地站在她身旁踮脚抱了抱卢卡，在他脸上亲了亲。

卢卡环着奶奶，亲热地让她靠着他肩膀，他诧异地低头跟甘甜甜打招呼。

甘甜甜半死不活地抬手冲他挥了挥，就是不抬头。

"亲爱的，你怎么了？"卢卡皱眉，询问地低头瞅了眼奶奶。

奶奶耸肩，卢卡只好又问甘甜甜道："你是又困了吗？"

甘甜甜继续装死，卢卡一头雾水。

卢卡奶奶只是笑，她让卢卡把买来的其中一瓶水塞进她的背包里，她又拿着另外一瓶半侧身放进他包里，整个过程神色如常。

卢卡越发莫名其妙。

"天天只是在害羞。"卢卡奶奶憋不住笑道，"你说中国人含蓄内敛，可是你怎么忘记告诉我，他们还喜欢害羞啊！"

卢卡恍然大悟。

甘甜甜蹲在地上，简直无地自容，这哪儿是害羞，这就是丢人外加害臊啊……

"亲爱的，"卢卡弯腰将甘甜甜架起来，弯着眉眼道，"你见奶奶原来会害羞啊？"

甘甜甜羞愤欲死地横了卢卡一眼，脸上两坨红云特别喜感，奶奶哈哈大笑："卢卡，你的女朋友好可爱啊。"

甘甜甜一介奔三的人，被夸可爱，心情无比复杂。

卢卡冷不丁当着他奶奶的面，一口啃在甘甜甜的嘴唇上狠狠亲了两下。甘甜甜尴尬得正想推开他，就听卢卡的笑声跟他奶奶保持着相同的频率，他说："奶奶说得没错，亲爱的，你怎么能这么可爱！"

甘甜甜："……"

他们这边闹成一团，前面的人已经开始慢慢挪动，卢卡跟人生赢家似的一手搂着甘甜甜一手搂着奶奶，三人站成一排跟着人群准备出发。

全城马拉松主旨在于呼吁全民健身，可选组别分为儿童组、非专业组、专业组。

非专业组只需要在五个小时内跑完五公里的路线，到达指定地点，就可以得到一个纪念奖牌。

而五小时五公里，就算是散步也能到了，所以前来参加的老年人不在少数。

他们一直磨蹭到进了米兰多莫大教堂一侧商铺林立的步行街道，才算是正式开始进入了马拉松的路线范围。

卢卡带着甘甜甜跟奶奶站在一旁人少的角落，终于卸下了背后一直背着的匣子。

匣子"咔"一声被打开，里面是两个造型小巧的黑色滑板，长宽都比一般滑板小上两圈。

奶奶瞅了一眼就笑了："卢卡，你总是这么调皮。"

已经三十的某人被说调皮，抬头还略微得意地冲奶奶挤了挤眼，他偏头问甘甜甜："亲爱的，会玩吗？"

甘甜甜怔怔点了点头，有点儿不明所以："踩滑板？我们不是来跑步的吗？"

卢卡仰着下巴示意她往人群方向看，甘甜甜转身，面前正好略过一队轮滑少年，少年们像是有组织有纪律的团体，一个搭着一个的肩膀，像是开火车一样。

甘甜甜："……"

好吧，有逗比民族打底，她就放心了。

卢卡把滑板取出来放地上，甘甜甜瞅他一眼瞅滑板一眼，转头盯着卢卡奶奶欲言又止，他们都踩着滑走了，奶奶怎么办？可是让奶奶踩滑板，是不是又太危险了？

卢卡奶奶看出了甘甜甜的纠结，爽朗笑道："好孩子，你们年轻人好好玩就行，在终点等着我，我要慢慢跑完五公里，才不要像卢卡一样作弊。"

卢卡一脚踩在滑板上探身亲了亲奶奶的脸颊，冲甘甜甜一比手势让她上来。甘甜甜不确定地又瞥了眼奶奶，卢卡奶奶笑着跟她贴了贴脸，安抚她说："亲爱的，去吧。"

甘甜甜这才点了点头，跟卢卡一人一个滑板踩着走了。

刚才一群人都挤在一起也没注意，现在人流一分散，眼前景观简直壮观。

要说踩轮滑骑自行车牵狗还算正常，那么推着婴儿车，挂着登山棍和外加坐轮椅的，就已经足以诠释什么叫作——全民健身！

像是一个温馨的大家庭出游一样，不分男女老少跟是否特殊。

五公里的路线全部被戒严禁止机动车辆通行，两步一交警十步一警车，连救护车也在旁待命。

甘甜甜边滑边留心路边建筑，随手举着手机还能"咔嚓"抢拍两张留给叶纯。叶纯的工作团队据说正在准备一个比赛，负责建筑外观的那位设计师已经被毙掉了不少方案，快吐血身亡了。

"我怎么不知道你还喜欢建筑？"卢卡等她收了手机，偏头笑问，"拍给谁的？"

"我嫂子。"甘甜甜压住脱口而出的那句：我嫂子跟想揍你的那个特工很像。她主动钩着卢卡的手指，说，"走吧，继续。"

卢卡眸中飞快略过一丝疑虑，却没多问，脚下一蹬，两人顿时又滑出一段距离，跟着人流过了一个十字路口后，转进一个街角。

街角中央被穿着蓝短袖绿马甲的人围得水泄不通，也不知道是在做什么，等他们到了跟前才发现是负责红牛活动宣传的人员开着车停在路边，几名穿超短裙戴运动帽的意大利妹子正在分发罐装红牛。

甘甜甜："……"

要不要这么会做宣传啊，时间掐得真好，路程刚过三分之一，正是体力过了巅峰的时候。

"来！"卢卡将滑板留在人群外，拉着甘甜甜挤了进去，他人高腿长，站在人群里，低头对着意大利妹子"噼啪"一个电光四射的微笑，妹子自觉越过众人给他手心塞了一瓶开过拉环的红牛。

甘甜甜："……"

我还在旁边呢，你这样真的没关系吗？

卢卡心满意足地又拉着甘甜甜钻出人群，跟她一人一半对着瓶口喝了，扔了瓶子在垃圾桶里，重新踩上滑板走人。

再滑过一条街道，又是一群人围在一起，甘甜甜自觉停了滑板，跟着卢卡挤进去，这回是某个不知名的意大利运动饮料公司，他俩一人领了一杯柠檬黄的功能饮料，干了继续上路。

又约莫滑了十分钟，路旁插着高高的旗子，示意路程已经过去了一半，还剩下 2.5km。

甘甜甜脑门上连汗都没出，她侧头，卢卡一张容光焕发的脸笑意盎然，越发显得帅气逼人。

这熊汉子到底长没长大啊，甘甜甜有时候真心觉得卢卡对于生活的定义可能就是一句——美特斯邦威不走寻常路。开心快乐随心而行，对他来说可能就是生活的全部。

他们两个手牵着手，十指相扣，站在滑板上慢慢配合出了默契，同时加速，速度渐渐保持一致。

等再滑出一公里，宽广的街道一侧立着一溜的简易展列柜台，柜台上的广告照片是面包、饼干、薯片还有橙汁。

甘甜甜眼瞅那儿围着的人群规模比之前那两个摊位的加起来还要多，卢卡已经放好了滑板，眯着眼睛笑着看她，自觉分派任务说："我去抢面包、饼干跟薯片，你去抢橙汁，有没有问题？"

甘甜甜："……"

卢卡说完，一个闪身已经进了人群，挤在最前边大手一抓，抓住了四袋薯片。

甘甜甜站在马路中间绿化带的边沿上，简直哭笑不得，某人真的是带她来春游的吧？

甘甜甜脚跟一转去抢橙汁，待会儿吃完面包饼干跟薯片，没有喝的得干死。

她已经自觉忽略了他俩背包里，总共背着的两瓶饮料一瓶水。

等她完成任务回来，卢卡两手都是花花绿绿的包装袋，不只有薯片饼干，还有其他两种她没见过的零食。

卢卡挑眉得意扬扬地向她展示手上的战利品，甘甜甜忍不住"扑哧"一声就乐了。

他俩蹲在绿化带旁，跟其他抢到了东西的人一样悠悠闲闲地开吃，边吃边聊，品评哪个味道好哪个牌子不错，回去可以在超市多买两包。

吃到最后甘甜甜都想打嗝了，喝橙汁压了压嗓子，把剩下的两包薯片跟全麦饼干塞进背包里留给奶奶，这才跟卢卡打扫了战场，将包装袋扔进垃圾桶，拍打干净身上的食品残渣，再次上路。

于是，在经过了一次野外聚餐后，后半段的参与者背包都是鼓鼓囊囊的，颜色艳丽的塑料包装袋一角探出背包口，颇为喜感。

临近终点的时候，他们又抢到了一次酸奶，然后收了滑板，拉着手终于算是跑了一小段的路。

终点设在偏离市中心没多远的一个公园里，甘甜甜跟卢卡沿着临时拉起的标识线跑进入口，乌泱泱的人群站满了整个场地，场地前有一个提醒完成用时的电子时间牌。

甘甜甜把卢卡推在电子牌下给他拍了张照，然后到分发纪念品的工作人员处领了奖牌。卢卡拉着她到放着橄榄枝的地方挑了两根长枝，首尾相缠弯成花环的模样给她戴在头上，另外一个拎在手上，带着甘甜甜坐在台阶上等奶奶。

甘甜甜靠在卢卡肩头，微风拂面，温馨而又自在。

"卢卡同学，"甘甜甜钩着卢卡的手指，开始翻旧账，"你居然没有提前告诉我奶奶会来！"

"奶奶说不确定啊，我可不想让你空欢喜一场。"卢卡偏头看着她笑，愉快中带着揶揄，"亲爱的，第一次见你这么不自在啊，你不喜欢奶奶吗？"

甘甜甜斜了他一眼。卢卡脸一再靠近，耍无赖地贴着她脸磨蹭，含糊地重复道："你不喜欢奶奶吗？"

"喜欢！"甘甜甜让他蹭红了一张脸，忍无可忍地掐着他下巴将他推开，喘了口气瞪他，"别闹了！"

卢卡弯着眉眼低头照她手指上亲了一口，复又伸手把她揽怀里，说："我看得出来，奶奶也很喜欢你，我很开心。"

"唔。"甘甜甜这时候才把从早上吊到现在的那一口气咽下去，她轻声道，"我也很开心。"

能养出卢卡这种性子的奶奶，又怎么能不让人喜欢？卢卡幼年丧父失母，成年后却乐观开朗，这其中不乏有奶奶的功劳。

他们等到下面的电子计时器跳到一小时二十分的时候，奶奶终于到了，卢卡在上面眼尖地捕捉到奶奶的身影，拉着甘甜甜的手下去接她。

卢卡抱了抱奶奶，将手上一直攥着的橄榄枝花环戴到她头上，笑着说：

"Bravissima（真棒）！"

奶奶笑着跟他道了谢，亲了亲他的脸颊，然后转身热情地跟甘甜甜拥抱。甘甜甜弯腰抱着她，下巴靠在她肩头，觉得她身上的味道慈祥而阳光，跟卢卡一样，是个长不大的孩子，但是又给人以可靠的安全感。

甘甜甜递给奶奶另外一瓶没开封的矿泉水，奶奶连连摆手："路上一直在发饮料，我喝了好多，一点儿也不渴。"

甘甜甜莞尔，卢卡抽出背包里的薯片晃了晃："那您饿不饿？我们还给您留了这个。"

奶奶凑上去瞅了一眼，果断摇头，直白而干脆地说："哦，谢谢你，可是亲爱的，这个包装的不好吃，味道很奇怪。"

卢卡无所谓地又将薯片塞回背包，一手揽着奶奶一手揽着甘甜甜："那我们就去吃点儿好吃的吧。"

米兰不只是意大利的设计之都，也是经济最为发达的几个城市之一，汇聚各国外来人口，兼容性很强，就像是上海跟香港。

所以，米兰的餐馆多如牛毛，攒齐了各国风味。

活地图卢卡同学居然带她们坐有轨电车，去离市中心不远的一家汉堡店吃汉堡。

那家店是美国乡村风味的手工汉堡202，店铺不大，汉堡味道却好得出奇，馅料很足，厚厚的一大层，每咬一口都得把嘴张到极限，在摩德纳可能不大能吃得到。

甘甜甜被夹在卢卡跟奶奶中间，每次咬汉堡都忍不住偏头对着卢卡，她实在不想把这么凶残原始的形象袒露在奶奶面前。

结果这么一个小动作偏被奶奶发现了，卢卡奶奶笑得一脸揶揄，脸上的皱纹间都深刻着慈祥温柔。后来她已经不吃了，故意手托着下巴端详甘甜甜窘迫的表情，甘甜甜捧着汉堡吃也不是不吃也不是，简直哭笑不得。

吃完汉堡，甘甜甜想去洗手间，询问了收银小妹，小美女笑着让她去隔壁炸鸡店，因为两家店其实是一家的缘故，汉堡店太小，厕所就只在炸鸡店里有。

甘甜甜出门转头去隔壁炸鸡店，一直走到尽头，才看到厕所的标志。

意大利很多公众场合的厕所是不分男女的，她推门进去，正好遇见正对的那个隔间里有人出来，站在水池旁洗手。

那人身形高挑细瘦有点儿眼熟，似乎是已经注意到了甘甜甜，身体崩得有点儿僵硬。她头上戴着一顶黑色棒球帽，上身耐克长袖运动衫，下身是运动长裤运动鞋，看身材像是个女生，气质却又过于中性，倒是有几分像动画片里《网球王子》的二次元人设。

甘甜甜跟她一个错身，冷不丁瞧见她倒影在镜子里的脸，愣了愣，等她再扭身视线跟着那人追出去，那人已经走得远了。

是安珂。

甘甜甜原地立了两秒，嘴角翘起露出了个清浅的微笑。

一面之缘的故人尚且安好，便是最好的消息。

甘甜甜从炸鸡店里出来，他们就一起去了火车站，她跟卢卡将奶奶送上了火车，这才踏上返回摩德纳的列车。

奶奶临走前，还不停叮嘱卢卡，复活节要带甘甜甜去见见爷爷。

卢卡应了声好。

等他们到了摩德纳已经是下午了，卢卡在火车站外取了车，甘甜甜坐在副驾驶席上，手撑在车窗上托着下巴，突然"哦"了一声，一时兴起转头对卢卡说："我在炸鸡店的时候，见到了安珂，就是之前找你寻仇的那个特工。"

卢卡打方向盘的手顿了顿，然后又若无其事地将车开出了停车位。

卢卡什么都没问，甘甜甜却打算什么都说清楚，毕竟她已经见了卢卡的家人，而卢卡总有一天也得见见她的家人，为了避免误会，还是早说早好，于是她兀自道："之前收留她呢，是因为她跟我嫂子长得很像。"

卢卡不动声色地"嗯"了一声："我后来查过你的资料，见到了你家属成员的照片……"

甘甜甜瞬间就没话可说了，她谴责地斜视他。卢卡抬头，从后视镜中难得地不好意思了一回。

"不过其实已经无所谓了，"卢卡半讨好地冲她笑了笑说，"她现在已经没有危险性了，就算她真是你嫂子也没有关系。"

甘甜甜："……"

她啼笑皆非地瞥了他一眼，心道：熊汉子，请问你哄人的底线在哪里？这么说真的好吗？

那趟米兰之旅后，甘甜甜他们班连着两周的解剖实践都被取消了，教授要去外省参加研讨会，课程堆积在放假前，下周一周三他们都需要凌晨去解剖室。4月2号会迎来为期一周的复活节假期。

复活节假前的那个周五晚上卢卡来的时候，进门二话没说直接将甘甜甜压在玄关墙上热辣地吻了下去，他们两周只见了两次，时间加起来都不到十二个小时，这对于热恋中的情侣来说，显然太少。

甘甜甜本来以为卢卡亲亲就完了，想说的话被他堵在喉咙也就没说。

结果，眼瞅着卢卡越发收不住手，甘甜甜赶紧唤了声："卢卡！"

"嗯？"卢卡抬头，在她耳旁发出一声询问的鼻音，低喃道，"怎么了，亲爱的？"

声音该死的性感。

甘甜甜让他整得晕头转向，头脑都不大清楚了，突然一道开门声传来，卢卡动作一顿，甘甜甜这才后知后觉地想哀悼她死去的理智。

艾米丽一脸哀怨地站在走道中央，正对他俩。

卢卡笑着跟她打了个招呼，淡定地将甘甜甜抱在怀里，甘甜甜尴尬得简直连头都抬不起来。

艾米丽半开玩笑半愤恨地两手叉腰："在我跟男朋友吵架冷战的时候，你们怎么可以这么刺激我？！"

卢卡闻言体贴而厚脸皮地对艾米丽道："我们进屋，这样你就看不见了。"

甘甜甜："……"

进了卧室，卢卡倒是没再继续亲热，甘甜甜开了电脑坐在床上，卢卡搂着她，两人选了一部电影准备看。

电影片头的演员介绍还没过完，甘甜甜就觉得卢卡的视线犹如实质地戳在她脸上，自带高温属性。甘甜甜被他盯得脸热，忍不住抬头，果然——某人的兴趣根本就不在电影身上，见她仰脸，卢卡笑着低头跟她交换了一个深吻，缠绵黏腻，然后他故作正经地抬手把电影的进度条往前拉了拉，说："你看你捣乱，前面的我都没看到。"

甘甜甜禁不住嗤声笑了，心说拉倒吧，还装着看呢，每次他俩抱一起，基本上电影就只能记住个片头主演表跟片尾的那句"谢谢观看"。

最终他们还是没忍住，一把扣上了电脑……

半夜甘甜甜醒了一次，裹着浴袍去厕所洗澡，迎面碰见艾米丽一脸揶揄地杵在厕所门前，囧得简直想掉头回去。

日子越发得过得腻歪，就像是泡在蜂蜜罐子里，甜，却又不会得蛀牙。

周日晚上甘甜甜送走卢卡，赶紧睡了个觉，凌晨又披星戴月地爬起来去医院。

这周的两节解剖课，都是需要他们以小组形式亲自动手的，甘甜甜到的时候，室内已经聚集了不少学生，三三两两地趴在解剖台上打瞌睡。

每个小组的解剖台上，已经提前摆放好了待会儿需要解剖的尸体，尸体上盖着白布。

在经历了两周的"大开眼界"之后，大家基本也都不怕了，跟尸体抢占一个边边角角趴着睡觉，也不是什么惊悚的事儿。

唯有乔托一脸的要死要活，在胸口画十祈祷教授睡过了、玩嗨了、车子在路上抛锚了，花式诅咒教授千万不要来。

结果，教授掐着点儿进门，乔托一颗神汉心哗啦啦碎了满地。

教授屈指叩了叩桌面，把一干人全部唤醒，这才开始再一次叮嘱步骤跟注意事项。然后他顺着墙挨个溜达过来，依次掀开盖在尸体身上的白布，根据提供给各小组的尸体，进行相关的指导。

乔托跟玛尔缇娜第一节课的状况太令人印象深刻，等教授到了他们这一桌，先是视线似笑非笑地从甘甜甜小组成员脸上来回扫了几遍，这才说道："我本来是想着，既然赶天天在你们组，为了公平起见，就给你们专门准备了一具不太容易操作的尸体，结果没想到，你们俩却胆小。"

小组四人："……"

"我也不知道下面这具尸体，对你们的心理发育会不会造成不良影响。"教授慢慢悠悠地开完冷笑话，正色道，"但是我却觉得，这具尸体，会让弱者成长，会让你们想要成为一名好的医生。"

四人闻言面面相觑，不由得心里打了个突。

"胆小，不能让你们成长。"教授盯着乔托跟玛尔缇娜点了点头，"但是同情怜悯，以及坚强可以。"

乔托跟玛尔缇娜忍不住站得笔直，教授说完一抬手掀开了他们桌面上盖着的白布，露出了下面尸体的真容。甘甜甜直着眼睛，眼珠子都差点儿脱窗。

那是个半大的小男孩儿，细胳膊细腿，明显是发育不良的模样，看身形约莫只有五岁，闭着眼睛睡得平静，睫毛长长，可爱又乖巧。

小男孩儿胸口开了个洞，暗色的血液已经凝结，洞口周围还垫着纱布未取下，明显是心脏手术失败了，孩子死在了手术台上。

"我的天……"玛尔缇娜捂着嘴发出一声惊呼。

教授背着手解释道："这是两天前就发生在这所医院里的事情，死者是先天性心脏病，想必在手术台上发生了什么事你们也明白。死者的父母均是医生，所以自愿捐献死者尸体以供学术研究。"

乔托也有点儿愣。甘甜甜从业四年，也遇过受害人是孩子的情况，但依然做不到铁石心肠。

小孩子最容易激起人们的同情心，教授估计找这么一具尸体给他们，显然是想另辟蹊径，以另外一种方式帮助乔托跟玛尔缇娜克服恐惧，此时看来，或许会见成效也不一定。

教授满意地瞥了眼甘甜甜他们小组组员的反应，指着摆放着手术刀的托盘，语气期待雀跃："加油！年轻人嘛，要勇于接受挑战啊！"

甘甜甜闻言深深吸了口气，率先戴上了手套，握着手术刀抬手示意其他人开始行动。

乔托站在尸体脚边，玛尔缇娜立在死者脖子附近，维奥拉取过另外一把手术刀，一脸盲目崇拜的表情站在甘甜甜对面。

"天天，有什么问题吗？"维奥拉观察着她的脸色，低声问道，"你好像很为难？"

"别难过啊天天，"乔托吸吸鼻子，情绪还有些没缓过来，他听到维奥拉问话，也没细想，下意识便颇为乐观地安慰她，"就像教授所说的，以后等我们成为了很厉害的医生，就可以避免这种事情发生了嘛。"

玛尔缇娜也跟着点头。

甘甜甜握着手术刀的刀柄，一脸的惨不忍睹，她语气沉痛地解释原因："这个……我觉得……正是因为他的死因是手术进行过程中失败了，所以心脏附近的血管肯定破裂了不少……"

甘甜甜抬头说："我们要怎么在一堆充血破裂模糊的血管中，辨认出具体血管并记忆？"

"啊……"玛尔缇娜跟乔托对视了一眼，眨着眼不约而同地发出了一个意味不明的疑问音节，"呃？"

好吧，他们还是没懂，甘甜甜叹了口气，认命地举起手中的手术刀，准备用实际行动来告诉他们："挑战挑战！来来来！我来挑血管，你们来辨认。"

她说完，示意乔托戴上手套帮她把尸体翻过来，背朝上，第一步是先扒皮。

甘甜甜站在尸体的身侧，正准备扣住他肩头，却突然怔了怔，她的手被玛尔缇娜握住了。

"赶天天，"这是为数不多的几次，玛尔缇娜主动找她说话，玛尔缇娜低着脖颈，微微有些不好意思地说，"这次，你可不可以让我来？我的意思是说——"

玛尔缇娜鼓起勇气对上甘甜甜的双眼，说："你让我来动手，你在旁边指导我，可以吗？我想、我想让你帮我……"

玛尔缇娜话没说完，甘甜甜已经明白了。甘甜甜点点头，把手中那把手术刀递给她，冲她笑了笑点头。

乔托喉头动了动，抖了抖举手："我……我也来！"

"那就开始吧。"甘甜甜跟维奥拉对视了一眼。

　　维奥拉说："这样吧，我们四个人，乔托跟玛尔缇娜你们两个动手，我跟天天负责辨识记录，怎么样？"

　　乔托跟玛尔缇娜一脸的感激，维奥拉站到乔托对面，把手术刀也递给他："喂！开始吧！"

　　一场解剖实践就他们组做得最凄惨，甘甜甜不知道原来玛尔缇娜内心是如此丰富，她眼泪汪汪地一直进行到刀口对准男孩儿的胸口时，便再也下不去了。

　　甘甜甜想帮她，她却不让，哭得梨花带雨还坚持要自己来。

　　乔托比她情况好些，还有闲心时不时抬头担忧地瞥她一眼。

　　等下了课，甘甜甜跟维奥拉去了趟厕所，出来的时候意外碰到乔托坐在走廊的长椅上，抱着玛尔缇娜不住安慰，哄着哄着，两人抬脸就嘴对嘴亲上了，一黑一白纠缠在一起，就像是德芙牛奶巧克力的广告，浓郁的可可搭配柔滑的牛奶，口感黏腻享受，就像——爱情一样。

　　甘甜甜跟维奥拉对视，眼中带着笑意，踮脚绕过他俩，径自走了。

　　甘甜甜在路口跟维奥拉道别，一个人往市中心去看卢卡同学领跑。

　　卢卡的学生也都认识了她，调皮的学生发现了甘甜甜，也不唤卢卡，自己抬手比画着爱心抛给甘甜甜，甘甜甜简直哭笑不得。

　　似乎每天早上迎着晨光，就算是隔着马路陪那人走上一段路，也是无比幸福的。

　　周三凌晨，甘甜甜他们才算是彻底完成对小男孩儿的解剖跟辨识记录，下了课，他们又火速回家补觉，早上八点半又集体赶到学校上课。

　　等到下午，每一个人都是一副晕头转向的模样，在教授临下课"BuonaPasqua（复活节快乐）"的祝福中，几乎都是扶墙出的门。

　　甘甜甜跟朋友们道别，两步回家关上门就睡了个昏天黑地，直到晚上卢卡来做好了晚饭，叫醒了她，她这才迷迷糊糊睁眼。

　　外面天都黑了，卢卡把床头灯拧开，灯光昏黄温暖。

　　"茱莉亚跟男朋友走了，"卢卡躺在床上隔着被子抱着她说，"艾米丽也走了，她跟男朋友还没和好，所以回西班牙了，她临走前把猫猫狗狗送到了宠物宾馆。"

甘甜甜应了一声，还是困，在他怀里蹭了蹭脑袋，溢出两个眼角的眼泪，兀自打了个哈欠。

卢卡笑着揉她头顶："亲爱的，起来吃了饭再睡。"

"就是不想起啊，"甘甜甜哼了一声，"困得浑身都没劲儿。"

"那我抱你过去？"卢卡摩拳擦掌，显然跃跃欲试。

甘甜甜："……"

画面太美不忍看，她还是自己爬起来走过去吧。

吃完饭，甘甜甜去收拾行李，她跟卢卡明天早上就要走了，先去奶奶家，过两天再去爷爷家。

这就是一趟见家长的旅程。

甘甜甜打包了几件换洗的衣裳，又塞了几盒她偷偷薅她爹的好茶，塞满了一个小号行李箱后，终于消停了。

翌日大早，卢卡洗漱完叫她起来，自己去做早饭，吃完早饭后两人上了火车。

甘甜甜一晚上没睡好，本来是在纠结那个让卢卡无比头疼的爷爷家究竟会是怎样的模样，后来她翻腾得卢卡也睡不着了，事情就演变成两人一起折腾，等他们彻底睡下都到后半夜了——论成人双人花样折腾的命名方式。

甘甜甜被卢卡拖上火车继续睡，转车等车的时候还在睡，转车之后继续睡，一直睡到火车停在他们要下的站，卢卡用老一套威胁她道："亲爱的，你睡，我抱着你下车或者你醒来自己走，你选一个？"

甘甜甜狠狠揉了把脸——下车！

卢卡奶奶住在雷焦艾米利亚大区跟威尼托大区交界的一座小城市罗威戈，那座城市大多是富人在养老或者是牛人在隐居，民风热情淳朴，治安很好，建筑风格很有意大利古朴的味道。

据说帕瓦罗蒂当年也在这儿住过好些年月。

罗威戈实在是太小了，甘甜甜一直以为摩德纳就够小了，结果整个罗威戈市大概就是摩德纳市中心的规模，他们光靠走，就能到任何想去的地方。

而罗威戈的公交车，大多都是国内小巴车的模样，因为客流少，连车甚至都少见大型的。

甘土鳖一路大开眼界。

卢卡带她从市中心后面的街道绕进别墅区，停在一个小教堂对面的白色洋房前。

教堂里似乎是刚刚举行完婚礼，一对新人在门前的空地上与亲友合影，新娘笑容甜美灿烂，提着厚重的蛋糕状的裙摆，露出一双漂亮的高跟鞋，就像时刻准备在幸福上翩跹起舞的公主。

甘甜甜不住扭头去瞧，卢卡搂着她，在她耳边闷笑低喃："想结婚吗？我们去问她要手捧花，怎么样？"

甘甜甜笑着拿手肘撞了他一下，卢卡在她耳垂上吻了吻，按了门铃不见奶奶应声，卢卡掏钥匙自己开门："奶奶可能没在。"

他抬腕看表，将近十二点。

"奶奶喜欢中午吃比萨，她一定是出去买比萨了。"

卢卡推开院门让甘甜甜进来，卢卡奶奶的小洋房是白色的墙壁跟大幅的玻璃窗组成的，整个小楼的外观显得干净又敞亮。

楼前一边的空地上种着蔬菜，一边是个小水池，水池后是一个狗屋，中间是一条小石子路，一路通到楼口。

卢卡打开了门，带着甘甜甜进了一楼客厅，客厅的装潢风格很是现代，沙发是大格子布艺的，壁炉里跳跃着电子影像的火苗。

奶奶果然没在家，狗狗也显然被一并带出去了。

卢卡示意甘甜甜跟着他上楼，将她带进了自己的卧房，甘甜甜侧躺在床上打瞌睡，卢卡坐在床边打电话。

"我得告诉奶奶咱们来了，让奶奶多带两张比萨回来。"卢卡摸着甘甜甜的脑袋说，"想睡就脱了鞋睡一会儿，奶奶一时半会儿回不来。"

甘甜甜眯着眼睛摇头，卢卡笑了笑也没再管她，专心跟奶奶打电话。

卢卡的奶奶笑着回他说猜到了，她就知道卢卡不会第一天放假就去爷爷家，肯定会来。知道他们要来，所以她才去了罗威戈最有名的那家比萨店，给他们买比萨。

卢卡笑着说了声谢谢，扔了电话，转头在甘甜甜对面卧倒，气息纠缠。甘甜甜眨着眼睛看着他，没两秒眼皮就往一起黏，片刻后就睡着了。

卢卡见她气息越发平缓，无声地笑了笑，蹑手蹑脚地起来抖开张薄毯给她盖上。

卢卡的奶奶回来的时候，卢卡在屋内听到了脚步声，他光着脚开门出去，无声地跟奶奶拥抱。

卢卡侧身给她指着睡在床上的甘甜甜，低声说："睡着了，她昨天凌晨做过实验，一直都没睡好觉。"

奶奶笑着点点头，轻轻替甘甜甜掩上门，拉着卢卡的手转身下楼。

他们坐在一楼，围着靠墙的壁炉，奶奶递了一盒刚出炉的蛋挞给他，笑着说道："饿不饿？"

卢卡点头如实道："饿。"

奶奶说："所以，你先吃甜点，等天天醒了，我们吃比萨。"

卢卡笑着说好，跟奶奶分了一盒蛋挞，吃完开了两罐啤酒，边喝边聊天。

"什么时候带她去见见你爷爷啊？"奶奶说，"你要不去，你堂弟就又要来接你了。"

卢卡头大地蹙眉，回道："晚两天吧，我火车票都订好了，是四天后的。"

"坏小子，你就是故意的。"奶奶似笑非笑地瞥了他一眼，跟卢卡碰了碰杯，"你堂弟最晚后天就得来，你信不信？"

卢卡偏头想了想，苦笑点头。

"对不起，请问——"

卢卡跟奶奶闻声齐齐扭头往楼上望过去，甘甜甜扶着楼梯扶手光着脚，忐忑地说："对不起，我睡得时间有点儿久，我……我打扰到你们了吗？"

卢卡低头与奶奶对视了一眼，卢卡眸中带着笑意，奶奶爽朗地大笑出声，她招手对甘甜甜说："快下来，孩子，我们给你留了好吃的比萨跟酒。"

甘甜甜红着脸说了声谢谢，下了两层台阶才发现自己没穿鞋，这又低头回屋套上了鞋，转身再下来。

"她怎么又回去了？没穿鞋很冷吗？"奶奶小声问卢卡。

"他们中国人的礼节很多，可能没穿鞋不太好吧，"卢卡低头跟奶奶窃窃私语，"而且他们很含蓄，觉得见长辈也一定要很讲究。"

奶奶好奇地瞥了他一眼："这些东西你怎么知道的？"

"追她之前上网查的，"卢卡眼瞅着甘甜甜已经下到楼梯的半中腰了，似笑非笑地像是想起了往事，"她啊，真不好追。"

奶奶抿着嘴，忍了半天没忍住，"扑哧"一声就笑了。

甘甜甜下到一半，突然听见奶奶的笑声，诧异抬头却看见卢卡已经离开了沙发，站在楼梯下对着她大张着双臂，笑着说："亲爱的，快点儿，我接着你。"

甘甜甜："……"

快点儿跳下去还是快点儿滚下去？

甘甜甜睨了他一眼，加快速度"噔噔噔"下楼。

卢卡的奶奶幽默开朗，甘甜甜跟她相处久了，渐渐便不再感到拘束，奶奶很有童心，将狗狗养得像是一个调皮的孩子。

卢卡奶奶的狗狗，就像是动画片里主人公常常养的那种品种，卷毛大眼睛，仰头瞧着人的时候，两只眼珠湿漉漉的，小鼻子一抽一抽，表情天生适合卖萌。

狗狗的名字发音跟"妞妞"很像，但它又是个公的，甘甜甜叫它"扭扭"，大早上起来睁眼就带着狗狗出院子疯跑，连卢卡都不要了。

卢卡每天起床都找不到爱人，光着上半身，凄凉地坐在楼梯上跟奶奶唉声叹气地抱怨，奶奶捂着嘴笑。

三人一狗的美好生活没过两天，不出奶奶所料，卢卡的堂弟奉命找上了门。

堂弟来的时候，卢卡正在厨房做午饭，甘甜甜在菜园旁边帮奶奶给扭扭洗澡，挽着裤腿跟袖管，长发随意扎在脑后，让扭扭甩了一头一脸的水。

堂弟的出场很是酷炫，轰鸣的跑车稳稳停在院外，菜青虫色的跑车外观器张跋扈，锋利的多面几何形车身风格犀利。

片刻后，车门像是翅膀一样向上升起，将一身藏蓝色西装穿出一股子骚包气质的男人，优雅地从车门下钻了出来，发梢有些长地遮住了耳朵的轮廓，墨镜挡着半张脸，通身气质比起卢卡那种带点儿艺术家气息的不俗，更像是打小在富贵中养出的贵气。

装逼有道，甘甜甜脑中不由得弹出这么一句话。

那男人捧着包装精美的花束，在院门外亲热地向园里的两人抛了个飞吻，冲奶奶喊道："亲爱的奶奶，开门，麻烦啦！"

奶奶笑了，把毛巾递给甘甜甜，起身去给他开门。

帅哥等门一开，将花束双手捧着递给奶奶，展臂将奶奶抱在怀里，左右晃了晃，嗓音清越中透出股与众不同的华丽："奶奶，您越来越年轻漂亮啦！"

奶奶"扑哧"一声乐得停也停不住。

帅哥跟奶奶贴面礼后，拉着奶奶的手向甘甜甜走过来。

扭扭一个劲儿往甘甜甜身上扑，甘甜甜没办法，弯腰把它抱在怀里站起来。堂弟也不介意，摘了墨镜，露出一双迷人的灰蓝色眼瞳，眸中像是有清浅的水纹晃动，他隔着扭扭跟她自我介绍："我叫杜乔，很高兴认识你，美丽的小姐。"

"甘甜甜，幸会。"

甘甜甜一副落拓婢女样儿，被他这么夸，哭笑不得，只觉得果然意大利男人的嘴甜是基因里带的。

她跟杜乔握手，杜乔拉着她手臂在她手背低头就烙了个吻，像是老电影里演的中世纪那些优雅贵族的礼数。

亲也亲了，手也握了，杜乔保持着视线与她平齐的姿势，眼中桃花春意泛滥，嘴角弯得弧度惑人。他说："奶奶，这是您新认识的小朋友吗？

她长得真迷人，声音也很美，像是甜点上的那层糖霜一样，我想我动心了。"

甘甜甜："……"

我靠！你哥得揍你，你信不？！

甘甜甜僵着脸，心道一家人一家人，不能动粗不能动粗……

她想把手抽出来，杜乔故意在她手指上捏了捏，像某种暗号一样。她让他捏得一激灵，身子一抖，差点儿把扭扭摔下去。

奶奶把甘甜甜怀里的扭扭抱过来，笑得意味深长地对杜乔说："她是卢卡的未婚妻。"

杜乔笑容都不带变的，"哦"了一声补了句："怪不得，我跟卢卡的审美，总是那么一致。可惜了，我来晚一步。"

甘甜甜："……"

"卢卡呢？在做午饭？"杜乔拿尾指挑着墨镜晃了晃，摸了把扭扭的狗头，身上古龙水的味道恰到好处地张扬出他的个性，他搂着奶奶的肩膀往楼里走，笑着说，"真是来得巧，我最喜欢卢卡的料理，味道棒极了。"

甘甜甜跟在他们身后，听前面那位帅哥嘴巴一张就是一串赞美之词，不禁思忖：卢卡的嘴甜，在他家族里，是不是垫底的？

杜乔心满意足地吃上了卢卡牌料理，卢卡中午做的龙虾面、海鲜沙拉跟蔬菜杂烩。

杜乔非常识相地吃完了饭，手上转着造型像是一朵含苞待放的郁金香模样的高脚杯，抿了口里面的香槟，这才说道："卢卡，待会儿跟我走吧？"

卢卡把甘甜甜喝不完的酒倒进自己杯子里，头也不抬，拒绝得干脆利落："不。"

"不要任性，"杜乔笑着拿酒杯去碰卢卡的高脚杯，"躲是躲不掉哒。"

甘甜甜看得出来杜乔跟卢卡的感情其实很好，卢卡熟知杜乔的口味，分给他的沙拉菜里还额外撒了些胡椒。

奶奶也不管他俩，切了些水果递给甘甜甜，她们两个纯属围观热闹。

卢卡摆出一副"任你舌灿莲花，我自岿然不动"的表情，继续喝他的酒

"我后天下午会到的，你自己回去吧。"

"不要那么浪费嘛，"杜乔闻言又道，"我开车来了啊，你跟我一起走，我们还算是节约了油，对环境保护也做出了一份贡献啊对不对？"

卢卡油盐不进地抬眼挑了他一眼，道："谢谢，我后天坐火车去，票已经订好了，特价票不能退，不坐也是浪费。"

甘甜甜第一次见卢卡为了一件事如此态度强硬，像个小孩子一样固执。

甘甜甜失笑摇摇头，杜乔简直没了办法，他每次奉命来请卢卡大爷回家，都会被卢卡当成敌对势力奉送无数白眼。

"嘿！美女！"杜乔眼瞅着从卢卡这儿难以下手了，转头对着甘甜甜道，"你喜欢跑车吗？喜欢哪个牌子的？"

甘甜甜莫名其妙抬头，她就认识那么几个跑车的牌子，被他这么一问，理所应当地道："玛莎拉蒂？"

卢卡笑着瞧了她一眼。

"真遗憾，"杜乔惋惜地摇头，又问道，"兰博基尼你喜欢吗？"

甘甜甜一头雾水，以为他是想炫耀自己的车，便想顺着他说喜欢好了，反正她也不懂，便点了点头。

杜乔闻言笑得一脸得意，手指头上突然套了个钥匙环，他抖着指头将钥匙晃得"叮叮"地响，冲甘甜甜挤了挤眼，诱惑力十足，活像个卖安利的："想不想饭后去兜兜风？兰博基尼就在外面，今年最新款AventadorLP750-4Superveloce，超级跑车哦，马力超强！"

甘甜甜："……"

少年，会玩啊！曲线救国！

卢卡不待甘甜甜回他，侧身一把抢了杜乔手上的钥匙，霸气地冲他道了句："把盘子洗了。"

说完，他起身拉着甘甜甜往外走："我们去兜风。"

"喂！"杜乔在后面喊道，"卢卡你不能这样！"

卢卡头也不回，杜乔目送他出门，郁闷地倒在奶奶肩膀上蹭脑袋。

卢卡奶奶哈哈大笑。

／ 好幸运

罗威戈实在太小，想要兜风只能上高速。

卢卡将车开上城外高速，微微偏头问甘甜甜："你喜欢兰博基尼？"

"不，"她如实答道，"本来害怕说不喜欢，你堂弟伤心，结果没想到钻进了他的圈套。"

卢卡摇头闷笑。

卢卡驾驶技术很好，动作处处透出流畅的美感。

兜完了风等他们回来，卢卡拉着甘甜甜坐在兰博基尼宽阔的车头上，搂着她肩膀望向对面的小教堂。

"亲爱的，"卢卡说，"幸好你不喜欢兰博基尼，我目前可买不起。"

甘甜甜哈哈大笑，转头主动"啾"了他一口："那正好啊，我喜欢穷人！"

卢卡也笑了，偏头跟她深吻，对面的小教堂敲响了整点的钟声，荡开的音波，就像是远古的誓言。

晚饭后，卢卡成功地把杜乔轰走了，杜乔委屈地开着他的菜青虫上路，恨不得冲卢卡那张脸喷他个一立方米的尾气。

奶奶抱着扭扭，拍了拍卢卡的肩膀揶揄道："恭喜你啊，坏小子，你成功地又拖延了一天。"

卢卡笑着对奶奶说："您也忘了，我买的根本就是明天的火车票，让他赶紧自己回去，是不想三个人挤跑车，不舒服也容易出事故。我可不能带头违法。"

"奶奶知道，"奶奶抬手摸摸他的脸颊，语焉不详地说，"你呀，现在后悔了吗？"

"没有，"卢卡坦然笑道，"怎么会后悔呢？"

甘甜甜旁观他们打哑谜，也没多问。

晚上，等她洗完澡出来，卢卡躺在床上，就着昏暗的灯光玩手机："亲爱的，关于我们家这个长长的故事，明天到了爷爷家，再告诉你吧。"

甘甜甜坐在床边擦头发，颇为无所谓地耸了耸肩膀，说："好啊。"

第十二章

不管以后这条路你有多不愿意走，至少都有我在

于是第二天中午吃过饭，拜别了奶奶，他们继续去坐火车。爷爷家在托斯卡纳大区，传说中盛产好酒的地方。

卢卡点头："对啊，杜乔就有一座葡萄园，他最爱干的事情就是种葡萄跟摘葡萄。"

甘甜甜莞尔："你堂弟的爱好很特别啊。"

卢卡耸肩："因为葡萄可以帮他赚很多的钱。"

利用科学发家致富？甘甜甜悟了：原来卖葡萄可以买兰博基尼啊！

甘甜甜正脑补帅气的杜乔戴着老农的草帽，在太阳当空照下摘葡萄，她手机忽然就振了，她掏出电话，发现上面的来电显示居然是她妈，她心里打了个突，忐忑地接通电话，生怕是家里出了事。

"喂，妈！"甘甜甜紧张地唤了一声，结果电话那头她妈的声音并不见异常。

"甜甜啊，在做什么呢？"

"我跟卢卡坐火车去他家见家长。"甘甜甜拿不准到底发生了什么事儿，她明显捕捉到了电话那头的电视机里飘出的翻译腔，她妈又是在看韩剧还是泰剧？

"就是那个意大利帅哥？"甘妈顿了顿，纠结道，"你俩还谈着呢？

没分手啊……"

甘甜甜哭笑不得："说什么呢。"

电话那头似乎是叶妈坐在甘甜甜旁边，估计是看韩剧正看到了伤心处，嘤嘤了两声，拿纸巾在擤鼻涕。

"太帅的男人容易花啊，你说你……"甘妈担忧地说，"你打小跟你爹习武，都快练成个搓衣板了，帅哥为毛看上你啊？他图你啥呀？"

甘甜甜："……"

她闻言忍不住低头，简直想咆哮：搓衣板是我这样的吗？！

"甜甜啊，"甘妈又道，"男人太帅不好管，太有钱了又管不住，你男朋友家境好吗？"

甘甜甜斩钉截铁地说："不！他穷！我俩出门都是走路、公交车，跟坐火车！"

火车"哐嘟哐嘟"的声音特别具有说服力地传到甘妈耳朵里，甘妈刚放下的心又提了起来："怎么这么穷啊？不是说国外车不贵，几乎人手一辆吗？国外部队待遇不好吗？"

甘甜甜快让她妈的语气弄疯了，卢卡诧异地抬着她下巴瞅了眼，甘甜甜郁闷地道："他节俭，环保，我们在为地球母亲能安享晚年做贡献。"

"哎，甜甜呀，"甘妈惆怅地说，"你就不能找个不那么帅的吗？我怕你人傻，管不住他。"

"晚了……"甘甜甜道。

"为什么呀？"甘妈焦急道，"你该不会跟他……"

"别狗血成不？"甘甜甜赶紧把她妈的幻想掐死在电波里，坏笑着把手机递到卢卡耳边，冲他做口型说，"跟我学——妈妈！"

意大利语的"妈妈"发音跟中文基本一样，卢卡显然知道甘甜甜在玩什么小伎俩，他笑得连眼角纹路都出来了，慢慢地吐出一个："妈——妈。"

甘甜甜满意地冲他憋着笑点头，卢卡纵容地搂着她吻了吻。

电话那头甘妈跟被雷劈了一样，捧着手机目光呆滞。

与你相遇

叶妈擤完鼻涕又擦眼泪，诧异地转头瞧着甘妈，道："甘姐，你这是，怎么啦？"

甘妈喉头动了动，喃喃道："吓了一跳而已，没没……没什么……"

下了火车，出站台，杜乔站在出口翘首企盼，见他们出来，挥手示意。

甘甜甜瞥见卢卡无奈地摇头笑了笑，心情显然挺好。

杜乔先扑上去跟甘甜甜贴了贴面，这才转头给了卢卡一拳："嘿！卢卡！要不是奶奶告诉我，我都不知道竟然被你给骗了。"

卢卡扬扬眉毛，给了他一个字："笨。"

"你才笨！"杜乔反驳他，将他们带到了路边的停车场，"看我多好心，还来接你。"

杜乔今天换了辆米兰原产的白色阿尔法罗密欧，看着外观还算低调。

卢卡开了后车厢的门跟甘甜甜坐进去，杜乔耸耸肩膀吹了个口哨，故意招惹卢卡："你让美女坐副驾驶席吧？我车技可不好，美女会不会晕车？"

卢卡似笑非笑睨了他两秒，带着甘甜甜又钻了出来，他让甘甜甜坐进副驾驶席，转身又把杜乔拧着胳膊塞进了后车厢，自己坐进了驾驶的位置，抬眼冲着后视镜对杜乔道："你倒是提醒我了，你车技不好，所以你坐着，我来！"

杜乔："……"

卢卡将车开了足有一个多小时才停，甘甜甜注意到他们已经从市内开到了市外，等车开进一个庄园内的时候，甘甜甜还没反应过来，坐在副驾驶上晕晕沉沉地打瞌睡。

"亲爱的，到了。"卢卡卸了安全带下车，转到甘甜甜那边将她半抱着拖下来，让她站着，头靠在他肩上。

杜乔自给自足地从后面爬下来，将车交给等在一侧却一直插不上手开车门的一个年轻男孩儿，让他把车开走。

天已经黑了，庄园内亮起了灯，昏黄的灯光将庄园映衬得神秘古朴而庄严，远处半山腰上灯火点点，像是一群散落的萤火虫。

甘甜甜眨了几下眼睛清醒过来，抬头就愣了。

"这是……"甘甜甜大脑 CPU 都停转了，她望着眼前壮观的古老庄园，呼吸都吓得顿了一秒，"哪儿啊？"

"我爷爷家。"卢卡淡然地道了句。

"确切地说，"杜乔站在他们旁边，仰头望着气势恢弘的建筑，语气平淡，毫无炫耀地在叙述一件很平常的事，就像是数学老师在介绍公式，"这里是 Maggio 家族子爵世袭并且居住的庄园。"

甘甜甜让"子爵"跟"世袭"迎面糊了一脸，瞌睡瞬间就消失了。

"我……擦……"甘甜甜瞠目结舌地吐了句中文，"咔咔"地扭头盯着卢卡，不可置信地又切换回了意大利语，"你别……吓我啊……我胆小……"

杜乔"扑哧"一声笑了，卢卡也是禁不住扬了扬嘴角说："你意大利语学了这么久，不知道姓氏前面加个 Di 是什么意思吗？"

"大部分的 Di 呢，"杜乔充当着维基百科的角色，解说道，"代表这个姓氏，是贵族。"

甘甜甜捂着脸痛苦摇头，她妈要是知道她男朋友穷虽穷，却是个贵族，他俩一定会被逼分！

"进去吧，"卢卡搂着她一派淡定，"反正子爵是我爷爷，又不是我，我的产业就摩德纳那一小栋楼，穷啊。"

甘甜甜莞尔；混乱的情绪一下让他的哭穷敲碎了一地。

"走吧，我们进去。"杜乔做出绅士的邀请姿势，对着敞开的厅门道，"美丽的东方小姐。"

意大利人的晚餐时间一般是在晚上八点左右，甘甜甜他们一行人到的时候，正好卡着点儿。

甫一进入富丽堂皇的大厅，甘甜甜就觉得自己跟第一次进城没有多大区别，她眼前的世界简直就是另外一个次元。

大厅规模相当于一个学校礼堂，主体色调是红与金，莫名尊贵，花纹繁复的地毯铺出了老远，金叶缠绕玫瑰状的壁灯环墙转了一圈，顶上悬挂着传说中的意大利吊灯，从吊顶一直垂到地面，雍容华贵得像是一位穿着复杂宫装的贵妇，层层叠叠的裙摆上缀满水晶花瓣状的吊饰。

"子爵先生在晚宴大厅等候众位。"从前面走过来一位气质沉稳的中年，穿着得体的西装，两手交叠身前。

甘甜甜眨了眨眼，突然想起来她高中那会儿看过的动画片中经常出现的那种管家模样的人，就差不多是这样的，而且，他们的共同特点是都会穿燕尾服。

甘甜甜眼神不由得往中年绅士身后绕，卢卡握着她的手，奇怪道："亲爱的，你在看什么？"

甘甜甜小声跟他耳语："在看这位先生有没有穿燕尾服。"

卢卡："？"

"不懂就算了，"甘甜甜悄声道，"看来你不喜欢看动漫。"

卢卡一头雾水，杜乔却"扑哧"一声笑了："他没穿。"

甘甜甜遗憾道："看来现实跟动画，还是有一定差距啊。"

杜乔哈哈大笑。

他们三个在大厅里边走边说，前边一侧突然打开了一扇门，一个穿着考究的老人缓缓从厚重的门后走了过来，皮鞋扣在地板上，满厅回荡着足音。

"卢卡，你又回来得这么迟。"

老人衣裳华贵，表情高傲，就算是对着卢卡，也高昂着头颅，像是一个孤独而又独裁的统治者，只接受子民的朝拜。

卢卡握着甘甜甜的手紧了紧又松开，眼神中并没有甘甜甜所认为的厌恶，他只是无奈地说："爷爷，晚上好。"

甘甜甜不禁思忖，这爷孙俩之间，似乎有的不是仇恨。

"卢卡，你为什么不愿回来呢？"子爵大人用高高在上的语气配备向下瞥的眼角，慢条斯理地说，"爷爷知道你不喜欢人多，你看，今天的晚宴就我们几个人，爷爷知道你不喜欢舞会，节日的舞会也因为你而取消，你还有什么不满？"

甘甜甜："……"

您说您老就算是摔个杯子，指着卢卡鼻子大骂"你个不孝子，为毛不回来看老子？老子都快半截身子埋进黄土了你知不知道？啊！知不知道"，效果都会好很多啊！

甘甜甜忍不住仰头，卢卡的眼中只有无可奈何，他眼神跟甘甜甜一个短暂交会后，再投到爷爷身上，轻声说："爷爷，我跟天天都饿了，我们边吃饭边聊吧。"

爷爷偏着头轻轻颔首，又往前走了几步，向甘甜甜伸出手，另一只手横在腹前，与她握了握手，语气中带着一丝明显的骄傲："我是Brando Di Maggio子爵，欢迎你，美丽的小姐。"

甘甜甜与传说中的贵族握手，自我介绍道："您好，我叫Gān Tián Tián。"

子爵大人先是愣了一下，然后迅速恢复过来，冲着晚宴厅，僵硬着舌头，做出绅士的邀请姿势："Gān小姐，请。"

甘甜甜抽着嘴角回给他一个微笑，抬手钩着卢卡的手指头跟他往里走，忍不住叹气，她要是卢卡，也宁愿七天假，五天在奶奶家，两天在爷爷家。

这回家过个节，比祭祖的礼数还多、气氛还凝重啊！

晚宴大厅跟外面的色调并不一致，乳白色的墙面上挂着大幅的风景油画，墙角的装饰雕像底座是一大块紫水晶。

晚宴大厅的吊顶很高，每隔一段距离就吊着一盏小吊灯，灯芯是段电子蜡烛。

灯下是张铺着白色桌布的长桌，长度足有二十米，桌面上的几组烛台正在燃烧，靠近左端的位置上摆放着几套餐具。

子爵爷爷率先在主位上坐下，这才伸手下压示意其他人入座。

甘甜甜跟卢卡坐在一边，杜乔坐在他们对面，片刻后，有侍女模样的姑娘端着餐盘鱼贯而入，将手上镶着一圈金色花纹的盘子摆在他们面前，并为他们倒上红酒。

"这是我们家族酒窖中存放超过三十年的红酒，"子爵爷爷优雅地端着高脚杯向甘甜甜示意，"甘小姐，你尝尝？"

甘甜甜端着酒杯的手不禁抖了抖，她僵硬地道了声谢谢，正想要不要跟爷爷干杯，结果子爵爷爷把杯子转了两圈后，举过头顶向她示意，然后自己喝上了。

我靠！三十年的红酒！82年的拉菲吗？

别这样啊爷爷，等卢卡到了中国，难道还得我爹找一瓶82年的茅台吗？

一家人吃个饭而已，喝橙汁可乐都行啊！

你学学奶奶！第一天请我们吃比萨啊！

甘甜甜心里咆哮完，抿了口传说中比她年龄还大的酒，意大利的酒大多比较酸，所以她并不是很喜欢，外加她也实在不懂酒，尝不出什么特别来。

"喜欢吗？"爷爷问道。

甘甜甜点头："喜欢。"

"品位不错。"子爵爷爷淡然地夸奖甘甜甜。

甘甜甜："……"

"晚宴开始吧，"就算整个大厅总共只坐了四个人，子爵爷爷也要装逼到位，他招手让垂首立在墙角的一位侍女姑娘上前，挑亮了蜡烛，说，"请品尝来自我们庄园内的食物。"

啥意思？自己有地种的菜，还是这些东西都不是来自外卖？甘甜甜一头雾水，除了说谢谢，已经不知道该怎么接话了。

气氛简直奇怪，这一顿饭吃的，就是在上来一道菜，爷爷介绍说：啊这是啥啥啥，你尝尝。

等甘甜甜吃了之后，爷爷问：喜欢吗？

甘甜甜点头。

爷爷说：嗯好品位。

如此四个步骤间循环往复。

卢卡跟杜乔一声不吭，低头以慢三倍的速度在吃饭，随时保持嘴中有食物，生怕让爷爷逮住空隙跟他们搭话。

甘甜甜握着刀叉抬头，觉得其实爷爷也挺孤单。

她偷偷瞥了眼爷爷优雅贵气的坐姿，心说他其实就是想高调地装个逼，并且有人欣赏他吧。

奈何大家都是一介鱼唇的凡人，欣赏不来这种"上古"做派。

吃完饭，爷爷拿餐巾揩了揩嘴角，挥手让他们退席。

爷爷说："甘小姐，让卢卡带你随意走动走动，这里的任何一件东西，都是具有历史意义的，他们都是历代 Maggio 子爵的荣耀。"

甘甜甜额上滑下三条黑线："好。"

"走吧，去看荣耀，"卢卡环着甘甜甜的肩膀，对爷爷说了句，"爷爷，再见。"

卢卡带甘甜甜出了晚宴大厅，爷爷单独留下了杜乔。

卢卡环着甘甜甜直接上了二楼，甘甜甜站在台阶上俯视着半个大厅，诧异道："不是要看你家的荣耀吗？按电视剧上演的，豪宅的二楼一般不都是卧房？"

卢卡闻言登时就笑了："你有兴趣看荣耀吗？"

甘甜甜眨了眨眼，诚实地摇头："没，我们还是去卧房吧，不是！如果不看你爷爷会不会生气啊？"

卢卡犹豫了下，甘甜甜拉着他的手又转身下了楼："走走走！咱们可以去外面花园转一转，欣赏一下建筑的外观以及庄园的夜景，对了解你家荣耀也是很有帮助的嘛。"

卢卡笑了，搂着她亲了一口，带着她出了大厅，绕着楼外转了半圈，坐在花园外的长椅上，靠在上面呼出口长气。

甘甜甜坐在他旁边，枕着他的肩膀，仰头看星星，意大利的空气质量很好，夜晚的时候星光璀璨。

"想说什么，说吧。"

"给你讲故事，"卢卡慢悠悠地道，"很没意思的故事。"

"讲吧，"甘甜甜做出一副洗耳恭听的架势，"你这个故事啊，从认识我就开始隐瞒。"

卢卡抑郁地瞥了她一眼，糟心地皱了皱眉毛："因为真的很无聊，提起来就不开心，很烦。"

卢卡嘴唇贴着甘甜甜的额头，静静地出了一会儿神，说："事情的起源呢，是爷爷的爷爷在二战的时候立下了战功，无比荣耀……"

还有在二战中立过战功的意大利人呢？甘甜甜诧异地转着眼珠瞧他，卢卡觉察到她的疑惑，更加无奈地说："不要被网上嘲讽意大利二战的内容洗脑，好不好？意大利在二战也是有作用的。"

"我以为，"甘甜甜从听故事变成讨论，她慢吞吞地说，"意大利在二战不是用来提供食物、运输，以及设计一些外观精美，但是实用性很那个……什么的武器的吗？"

卢卡顿了顿，没想到她总结得这么精辟，诚实地点了点头，又补了句："运输也是可以立战功的！"

甘甜甜憋着笑点点头："嗯，我懂了，你继续。"

被她这么一搅和，卢卡更糟心了，连讲故事的语气都不由得带上了自我吐槽的感觉："……于是爷爷的爷爷就认为他的后人，应该继续走这条路使家族荣耀。可，不是每个人都适合成为军人，比如爷爷，比如我的父亲……再比如我。

"爷爷失败了，就把希望寄托给我的父亲，我的父亲殉职了，爷爷又把希望寄托给我。我是在这个家族里出生的第一个孩子，所以，好像就必须要走这一条路，试图使家族荣耀。

"但是很讽刺的是，这个贵族的家族，一直在没落。"

甘甜甜不合时宜地发出了一声疑问："你家这样，已经是在没落了？"

那没没落的贵族是什么模样？貌似曾经有新闻提过，法国还有住在古堡中的贵族……这跟在华山上占个山头，是不是一个感觉？

卢卡也不知道她都脑补了些什么，只是单纯对甘甜甜的疑问做出了回答，他点头道："对，已经没落了，实际上，从爷爷还小的时候，就已经没落了。"

"其实Maggio家族的爵位并不高，子爵只是最下等的可以继承的爵位，并且爵位在现在并没有多少用处，可是爷爷以此为傲，子爵就像是他每天呼吸的氧气一样重要。

"今天很幸运，我们没有跟被他宴请的二三十人一起吃饭，没有令人烦恼的上流舞会……他喜欢隆重的晚宴，喜欢节日舞会，喜欢花纹繁复的衣饰，喜欢价格不菲的车酒，他喜欢一切可以彰显他身份的事物，但却并不去关心得到这些应该付出的代价。"

卢卡低头环着甘甜甜，脸逆着灯光："其实在我父亲还在世的时候，因为这些花销太过巨大，这个家族已经财政空虚，即将跨掉。"

"后来呢？"甘甜甜今天已经见识到了子爵爷爷端着的贵族做派，也明白了爷爷话中有话的炫耀，便问道，"可是现在你们家，似乎还不错？"

"父亲跟叔叔，对爷爷的劝说根本无效，为了维持贵族生活的开销，现在很多没落贵族都走上了这么一条路，就是打开这个对于外人来说非常神秘的庄园，出售一切里面非常具有贵族气息的东西，比如私人酒窖中珍藏多年的红酒……这也是我的家族选择做出的事情，叔叔为此开始经商，他用家族的属地开始种植大量的葡萄，自己酿造红酒，打着庄园贵族的名号出售，吸引消费者的眼球。这也是现在杜乔的工作。

"我们，都没有享受到子爵这两个字带来的荣耀，却都为了找回它昔日的荣耀，而付出了很多。父亲只是想当一名竖琴家，叔叔喜欢园艺，而杜乔……"

"你呢？"甘甜甜打断他，问，"你喜欢什么？"

卢卡低头看着她，眼神中带着无奈跟笑意，还不忘说甜话，表个白："我？我想弹琴给我的女孩儿听，随时随地，只要她愿意。"

"文艺。"甘甜甜笑着道，"你就该去当文艺兵。"

卢卡吻了吻她的头顶。

"那你的奶奶跟爷爷又是怎么一回事呢？还有你小时候就住在摩德纳了。"甘甜甜靠在他胸前，轻声道，"还有你的父亲也搬走了。"

卢卡叹了口气："她本身也是贵族，但是却不喜欢贵族的生活，嫁给爷爷算是联姻，婚后却发现原来爷爷比任何一个贵族，都在乎贵族的称号，她厌恶这一切。

与你相遇 /

"后来爷爷逼迫爸爸放弃竖琴成为一名军人，爸爸也在摩德纳军校念书，于是奶奶便借故搬了出来，与爸爸生活在摩德纳。我也是在摩德纳出生，但是很遗憾，爸爸殉职了。"

所以奶奶更加不会喜欢爷爷了，甘甜甜同情地转着眼珠瞧了卢卡一眼，却发现卢卡垂着眼帘，像是在回味自己的幼年，与父母一起的时光。

卢卡八岁的时候父亲意外去世，母亲天天在家里酗酒抽烟，烟味浓烈得像是能点燃屋子，她抽完烟就喝酒，喝完就发酒疯，举着酒瓶满屋子乱砸，连屋里的镜子都没有一块完整的了。

家里的酒喝完，如果当夜来不及买，她就会去酒吧继续喝，没有人能拦得住她。

那个时候卢卡就想，他的母亲一定很爱他的父亲。

两年之后，母亲改嫁，嫁的是奥地利的一位商人，商人来意大利出差，临回去的时候，在酒吧里遇见了卢卡的母亲。

卢卡的父亲，弹得一手好竖琴，而无独有偶，那位商人，正好在认识卢卡母亲的那晚，出现在一首竖琴曲里。

卢卡的奶奶带着卢卡搬离了摩德纳的故居，临走时，卢卡只带走了父亲的那架小竖琴。

因为卢卡与父亲相处的那寥寥数年里，父亲唯一留给他的，就是弹奏小竖琴的技艺。

"奶奶不再理会爷爷，是从我长大了一些后。因为那时爷爷也开始要求我将来必须要成为一位军人，用军功为家族赚取荣耀。

"奶奶认为，在时间长河中能够没落的东西，本身就已经是被淘汰了的，舍弃一个名分并不会因此而失去太多，维持它的存在，却让后世子孙太过疲累。

"因为，我们本身就没有从那么一个华而不实的头衔中获得过什么。可是爷爷舍不得，他自诩贵族后裔，自诩血统高贵，就像是一个末世的王，舍不得他的权杖。"

"所以最后，你还是答应了。"甘甜甜轻声道。意大利人跟中国人一样重视家庭，另类得有些脱离了西方的价值观念。

"与其说答应，不如说是妥协。"卢卡沉浸在他的过去，不见痛苦后悔，只有无尽感慨，"于是，我也走上了父亲的那条老路，想去完成前面三个人都没有完成的任务。"

卢卡摸了摸甘甜甜的脸，四目相对，坦然道："事实证明，或许我们都不适合这个职业，我的事情你也清楚的是不是？我的决策能力很差，我也在工作上犯了重大的失误，连累了很多人……万幸的是，我的生命还在，还因此认识了你……"

"其实我一开始，想学的也不是法医，是刑事侦查，我也想像我的父亲一样，成为一名出色的公安战警。"甘甜甜静了片刻，不知道有些东西该怎么告诉他，她只能也回忆着自己的过去，平静地给他讲另外一段故事，"可是我父亲认为我并没有这个天赋。后来考大学的时候，我也很遗憾地没有被录取，而是被二次分配到了法医系。"

甘甜甜仰头跟卢卡对视，昏黄的灯光将他们的五官都柔化出了一股暖心的味道，她慢慢地说，也突然文艺了一把："有时候想想，人生本来就不可能十全十美，而我们选择走怎样的一条路，其实都是为了能够遇上一些人，然后这些人里的某些人，会愿意陪伴我们走完这样一条不知道是对还是错的路。"

甘甜甜冲着卢卡笑着，搂着他的脖子，轻吻他的嘴角："我也因为一条不合心意的路，遇见了你。"

这就够了，不管以后这条路你有多不愿意走，至少都有我在。

卢卡的双眸里瞬间像是荡出了清浅的涟漪，他专注地凝视着甘甜甜，喉头滚出一个含糊的应答。甘甜甜在微凉的夜风中抱了抱他的腰，然后率先站起来，似乎是在不好意思刚才的文艺腔跟明显的表白，她掩饰性地伸了个懒腰，说："亲爱的，故事讲完了，我们该回去睡觉了。"

甘甜甜负着手往前走了一步，偏头瞧着一片黑压压的花园，故意"唔"了一声说："真漂亮，好荣耀。"

卢卡哭笑不得，起身追上她，拉着她的手放在唇间吻了吻，满满的都是珍惜。

他们进了厅门，门内的大厅还是一副灯火通明的模样，中年帅哥等在旋转向上的石阶旁，恭敬地向卢卡欠了欠身。

卢卡向他点头回礼，拉着甘甜甜上楼，进了他自己的卧房。

卢卡的房间比甘甜甜他们教室都大，里面的装潢有点儿难以言喻，床头的造型似是半个贝壳，吊灯像是悬在空中的一群小水母。

关了吊灯打开壁灯，四面墙上还有水纹状的灯光效果。

甘甜甜扶着墙仰头，简直好想笑，心说难道卢卡的心里其实藏着一条美男鱼？

甘甜甜问他："感觉你的房子跟外面的风格不符啊。"

卢卡有种被看穿了心事的尴尬，搂着甘甜甜，仰头瞧着天花板，笑着摇头："小时候看童话，最喜欢的就是《美人鱼》，后来跟父亲有空回来住的时候，跟杜乔聊天提起，就被他出卖给了他的父亲，房间被我的叔叔故意改成了这个样子。"

"为什么啊？"甘甜甜又好笑又诧异，"故事那么悲惨，王子还那么蠢。"

李代桃僵这种事，王子到最后都没发现，可不是蠢？

卢卡："……"

他摸了摸鼻子："可是人鱼公主很漂亮，又痴情。"

"啊，你小时候喜欢温柔痴情，还天真烂漫又漂亮的啊。"甘甜甜斜觑着他，意味深长地拖长了尾音戏谑道，"怎么长大了，品位差了这么多？"

卢卡："……"

"亲爱的！"卢卡突然打横抱起甘甜甜就往浴室里跑，"快去洗澡睡觉！"

甘甜甜被他猛地抱起，双脚离地吓了一跳，扣紧他肩头的时候，简直再也憋不住了，放声大笑。

卢卡家的浴室也大得惊人，顶个小型澡堂了。

甘甜甜站在浴缸里冲澡冲到一半，浴室门从外面忽然被打开，她第一反应是转身面对墙面，本能地留了个后背对着来人。

她不用问也知道进来的是谁。

水汽氤氲在她四周，头顶的水流流淌，水花渐在浴缸里，声音清脆。

甘甜甜半恼半怒，也不回头，道："你进来做什么啊？"

卢卡靠在她左边那堵墙上，直视对面墙上的大面镜子，蒙着层雾气的镜面上，倒映出甘甜甜模模糊糊的身影。

卢卡解了衬衣的前三颗扣子，动了动脖颈，低声闷笑道："我来问你一件事。"

甘甜甜连动都不敢动，压着嗓子道："问什么不能等我出去，你有这么急啊？"

"是。"卢卡道。

"问！"甘甜甜差点儿咆哮。

"我就是想问：故事讲完了，"卢卡起身往前走了两步，在浴缸外停住，在水声中，缓缓道，"你有没有什么想法？"

"想法？"甘甜甜愣了愣，"我该有什么想法？"

卢卡对着她的后背耸肩："什么想法都可以啊，只要是你的。"

"打个商量，"甘甜甜脑门上跳青筋，"说了想法你就给我赶紧出去！"

"好。"卢卡答应得也痛快。

"你……"甘甜甜偏头盯着墙壁上的一颗往下滑落的水珠，想了半天才道，"你不会继承爵位的，对吧？"

卢卡闷笑了一声，摇了摇头，眉头一挑，丝毫歉意也无地说："我不会，爵位留给杜乔，你说好不好？"

"别这么坑自家兄弟。"甘甜甜"噗"一声笑了，手僵硬地扶在墙壁上，另一只手紧张得都不知道该往哪儿放，说完立马收了笑赶人，"好了，我说完了，你快点儿出去！"

"可是我的想法还没说完。"卢卡不要脸地变了卦，往前踏了两步，抬脚迈进了浴缸里，贴着甘甜甜的后背手就环在了她的胯骨上。

甘甜甜瞬间汗毛都开始跳舞，她跟卢卡在一起这么久，始终还没有完全脱去矜持民族的保守，鸳鸯浴这种事儿，就算卢卡同学想她也不会允许。

结果，某人今天终于在自己的主场得逞了。

靠！甘甜甜心想：好想揍他哦！但是又不舍得……

卢卡搂着她，胸膛与她的后背完全贴合，甘甜甜觉得她后背的温度似乎比头顶的水温还高。

卢卡亲吻着她的脖颈，嘴唇一点点向上移，一手缓缓抚上她的脸颊，轻握着她下巴将她的脸转过来，专注地吮吻她的嘴唇，越吻越深，动情而缠绵。

"亲爱的，"卢卡在水流声中，轻声呢喃，嗓音性感沙哑，他闭着眼睛鼻尖抵着甘甜甜的鼻尖，嘴唇始终不离她的双唇，"一段故事的结尾，都会是王子与公主幸福快乐地生活在一起。虽然我不是王子，但你是我的公主，所以我们是不是，等回到摩德纳，也应该住在一起了？"

"……"甘甜甜让他吻得整个人都酥了，难得地又重当回了一次掉渣的油酥饼，她一出声，自己的嗓子也是沙哑而低沉，"你想怎么住在一起？你的条件允许吗？"

卢卡睁眼凝视着甘甜甜，头发被水流打湿，贴在额头上像是一个讨巧的孩子，熊孩子一双茶瞳中掩盖不住得意道："我递交文件卸任了其他事务，现在只执教军校，并且申请了校外居住，就等文件被批准下发。"

甘甜甜："！"

"所以，亲爱的，"卢卡将她整个人带得转身，正面拥住她，笑着说，"等回摩德纳，我们把老楼按照你喜欢的样子重新翻修一下，然后，我们……"

"好。"甘甜甜不等他说完，拉着他的衣领自暴自弃地踮着脚凑上去吻他的嘴唇。

碰上这个长不大的熊孩子，一切原则都碎成了渣……

故事的最终，都是王子跟公主幸福快乐地生活在一起，纵使我不是公主，你也只不过是个没落的贵族，但是我们也可以——幸福而快乐地生活在一起。

就像童话的结局，一样美好。

甘甜甜第二天早上起床，卢卡同学一副睡美人的姿势搂着她，见她醒了，先是凑上去抢了个早安吻，然后才说："亲爱的，还想去哪儿看看？午饭后我们就准备回去了。"

甘甜甜眨了眨眼，还没完全清醒："这么快？"

"明天你可就要开学了。"卢卡笑道。

"也对，"甘甜甜坐起身准备下床洗漱，又忍不住回头说，"可是感觉我们来，你跟爷爷都没怎么交谈，爷爷其实……很可怜啊……"

卢卡失笑："如果我告诉你，如果不走，今天晚上就要参加一场奢华盛大令人厌烦的上流社会的舞会，你还……"

"不是说取消了吗？"甘甜甜惊悚了，"昨天晚上爷爷亲口说的啊？"

"爷爷惯用的伎俩，"卢卡道，"取消了的只是昨天的，在庄园里举行节日舞会已经是惯例了，不举行才奇怪，爷爷才不会让人有机会怀疑他的财政是不是出了问题。"

甘甜甜迅速下床："走走走！"

卢卡莞尔。

他们下楼在另一个小宴会厅吃过早饭，卢卡被杜乔叫住，甘甜甜自己去花园散步。

甘甜甜绕着花圃外慢慢地走，有点儿出神，冷不丁身后有人唤她："甘小姐。"

甘甜甜转头，也不知道爷爷是从哪儿冒出来的，讲究得在家里还穿着衬衫跟西装马甲，打着笔挺的领带，矜持地微微扬着头问她："你很喜欢花吗？"

甘甜甜笑着说："对。"

其实甜甜哥从小对植物就不怎么感冒，花就知道那几种常见的什么玫瑰啊郁金香啊樱花啊桂花啊百合啊这些，只不过对着这么一个打理得很是漂亮的花园，说她不喜欢花，好像有点儿不怎么好。

"你喜欢什么花？玫瑰吗？"子爵爷爷视线往花丛间那么一瞥，瞬间就定了所有花的生死，"等你跟卢卡在这里结婚的时候，就把这里全部换成红玫瑰花丛，你觉得怎么样？"

甘甜甜："！"

这么一大片花园，全部种上红玫瑰，搁远处那么一瞧，跟着火了的效果一样啊！

"不用！"甘甜甜惊悚了，她瞬间明白了卢卡的心酸，立马就产生了想逃跑的冲动，她僵硬地冲爷爷笑了笑，感激又惊甫未定地道，"不不不……不用了……谢谢……我我我……我什么花都喜欢，就是不喜欢——玫瑰！"

"这样啊，"爷爷表情不变地点了点头，"那好吧，我明白了。"

甘甜甜直觉那句"我明白了"的后面，才是重点。

果然，爷爷继续慢条斯理地补了句："那到时候，就从全球各地空运些不同的花种，在你的国家，人民好像是喜欢——郁金香，对吗？"

甘甜甜："……"

卢卡……救命……

想什么，什么就来，甘甜甜心里刚这么一求救，抬眼就瞧见卢卡迎面走了过来。

"爷爷。"卢卡停在他们旁边，跟爷爷打了招呼。

爷爷偏头清浅地点了点头。

"爷爷在跟天天聊什么？"卢卡笑道。

"没什么，"爷爷淡然地瞥了他一眼，"我听说，你现在只愿意执教军校，把其他的职务都卸任了？"

甘甜甜视线在爷爷脸上转了转，明显捕捉到了他的失望。

"是。"卢卡如实承认。

"为什么？你忘记了我说过什么？"爷爷沉着声音道，"自甘堕落当一名教官，你还怎么获得军功与荣耀？"

"军功与荣耀？"卢卡轻笑了一声，转而收了笑，眼睛看着爷爷，视线却又像是停留在更远的地方，"我今年三十岁，少校军衔，我父亲去世的那年也是三十岁，少校军衔。爷爷说我们的任务是获取军功与荣耀，而奶奶却告诉我们，我们应该活得像自己。父亲两样都想做到，但是他哪个都没有成功，之前的我，也是一样。"

爷爷压着怒气，猛然一抬眉眼："不要听从那个女人灌输给你们的思想！"

"为什么呢？"卢卡平静地抬了抬嘴角，"为什么不呢？奶奶说我活得像父亲一样左右为难，我们——我、父亲，甚至是爷爷、爷爷的父亲，我们都活得不像自己，都像是那一位先生。"

"我们……"卢卡顿了顿，直视着爷爷的眼睛说，"应该找回自己了。"

爷爷的呼吸一滞，只见卢卡转身拉着甘甜甜离开，临走又道："爷爷，我对我之前选择的路不后悔、不遗憾，只是现在，我想放弃了，像奶奶所说，活得像自己一样，而不是别人。"

爷爷立在原地，直到他的孙子跟客人离开，他面对盛开的花丛，突然就明白过来——想要光复这个腐朽而没落贵族的念头，其实在他当年失败的时候，就已经应该打消了。

"爷爷其实是好人。"被爷爷惊吓了一早上的甘甜甜，直到下午跟卢卡离开庄园，还在车上喃喃地说，"他是好人。"

他还替他们想着以后结婚，要怎么布置花园。

卢卡开着车，杜乔照旧坐在后面。

"他是好人，只是他爱他的头衔他的身份大过于一切。"杜乔接道，"甚至是与我们说话，他都要维持着一副高高在上的模样，距离被他一再拉远。"

卢卡点了点头，似乎与爷爷的那席剖白让他放下了很多，整个人都轻松了起来，但是他又莫名担忧。

"我就害怕爷爷，还是想不开。"卢卡叹道。

"这个你不用担心，"杜乔自信地抬脸笑了笑，他今天把微长的头发向后扎起，露出一整张精致而帅气的脸，"只要我还在，葡萄酒产业的运作就可以继续维持爷爷的贵族生活，让他做完他的贵族梦。"

卢卡抬眼从后视镜里瞧着他，感激道："谢谢你，杜乔。现在最辛苦的其实是你，而我，其实什么都没做。"

"千万别这么说，"杜乔半起身伏在卢卡的座椅上，皱着眉道，"幸亏当年是你自愿去了军校，不然，咦——"

他夸张地拖长了音："想到去那个刻板地方的人是我，就悲痛得不想继续活下去。"

卢卡："……"

甘甜甜忍不住"扑哧"一声乐了。

甘甜甜跟卢卡回了摩德纳没两天，又到了周末。

意大利的节假日很多，法定假日几乎占了总年的三分之一。而且他们放假很随意，不攒假，该是哪天放就哪天放，放完法定假日遇到周末就继续放。

周五晚上，卢卡捧着本设计期刊，窝在床上一页一页翻给甘甜甜看，他那句"翻修装潢老楼"竟然不是说说。

这才两天，他就已经开始跟甘甜甜商量室内的设计方案。

意大利的设计师已经多到成灾，不管是建筑设计家具设计还是室内设计，外加意大利人与生俱来的艺术天分，使得他们就算是后天不学习，也可以动手画两笔。设计个把自己的居室，简直不是难事。

所以，大批大批的设计师，面临无法就业的困扰。

卢卡也是"逼死"设计师大军中的一员，他腿上放着个素描本，上面画着老房子的室内平面图，指头上还夹着根彩笔，他已经把他满意的方案做上了标记，然后挨个指给甘甜甜看，想让她挑选个喜欢的风格，后续俨然打算自己设计。

甘甜甜的艺术细胞一个都没点亮，看来看去看得眼都花了，也看不出个所以然，她烦躁地伸出巴掌压住卢卡手上的杂志。卢卡抬头，问道："亲爱的，怎么了？"

"你自己决定吧！"甘甜甜差点儿抓狂，"你装修成什么样我都喜欢，行不行？"

"……"卢卡笑了，拉着她的手凑近了吻她，一张彩页被他俩揉得皱皱巴巴，"好吧，愿意效劳。"

卢卡如痴如醉地去设计自己未来的爱巢了，没两天联系了人手已经开始施工，行动力强得逆天，连带着甘甜甜也有点儿小兴奋。

"装修完，通通风，等到秋天我们就可以搬进去，正好你的房子一年租期也到了，临开学也好找学生补你的位置。"卢卡考虑得比甘甜甜还细致，甘甜甜奖励地亲了亲他嘴角，两人相视而笑。

四月最后一节解剖实践结束的时候，年轻教授拦住了甘甜甜，两个人结伴走了一段路。

那个时候甘甜甜才知道，原来当初面试时的那位可爱的老教授还记得她，他时不时跟年轻教授提及，而年轻教授是老教授最为得意的学生之一。

甘甜甜隐隐约约觉察出什么，仰头略带疑问地望着他，年轻教授却拐入了停车场，挥手向她告别："赶天天，继续加油！老教授一直在关注你！"

甘甜甜："！"

关注我咱可以后面再谈，能不能先确切告诉我一声，9月法医系重开吗？

甘甜甜憋了半晌，才忍着没在年轻教授开车走前伸出尔康手拦他。

结果没成想，在年轻教授撂下这么一番语焉不详的话后没两天，甘甜甜就在一个早上，接到了秘书处打给她的电话。

甘甜甜捏着手机在听清对方那句至关重要的话的时候，眼泪都差点儿掉下来，只因为对方笑着对她说："甘甜甜小姐，我想我们有必要通知你一声，今年的9月，法医系硕士将重新开始招生。"

甘甜甜握着手机站起身，她冲着晴朗的天空伸了个懒腰，觉得似乎一切都越来越顺利，越来越好……

2015年8月20号，中国的七夕情人节。
老楼内部的装潢已经竣工两个月整。

与你相遇 ╱

那天早上，卢卡迎着热辣的夏日烈阳，一手拿着批准他校外居住的文件，一手搂着甘甜甜，用新钥匙打开了老楼的门锁，他们一起推开了，属于他们的——新生活。

扫一扫看更多图书番外，作者专访

／ 好幸运